失恋する方法、おしえてください

1

『こんばんは。ナビゲーターの西條要《さいじょうかなめ》です。今夜のクロスムーブ、登場ゲストは――』

FMラジオから流れる甘みを帯びた男性の声が、六畳の自室を満たす。これは毎週金曜夜のお楽しみだ。瀬田《せた》ひなみは、縫い上がったばかりのオックスフォードシャツを人台《ボディ》に着せながら、満足気に頷いた。

（うん。いい感じ）

少し脇線《わきせん》を絞っている作りだから、余計な皺《しわ》やたるみが出にくい。着用した時にすっきりとしたシルエットになって、彼のスタイルを更に引き立ててくれることだろう。爽《さわ》やかな印象のサクソンブルーは空を思わせ、季節を選ばない。やっと手に入ったこだわりの生地だ。彼の印象にぴったりのはず。

今は一月で寒さのピークを迎えているが、上に冬物ニットを重ねれば問題ないだろう。

（今度はいつ帰ってくるのかなぁ。お正月に帰ってきたばっかりだから、当分先かな）

このシャツをプレゼントしたい相手――小川啓《おがわけい》の整った顔立ちと長身を思い浮かべるだけで、頬が緩《ゆる》む。そんなひなみの表情に合わせるかのように、ラジオからは好きな曲が流れてきた。

ひなみはメンズ服のパタンナーだ。パタンナーの仕事は、デザイナーが二次元に描いたデザインを、服という三次元にするための設計図《パターン》を書き起こすこと。

服好きが高じて大手アパレルメーカーのショップ店員として就職したひなみなのだが、気が付けば異動でパタンナーの役割を任されてしまっていた。

別にパタンナーを目指していたわけではなかったから、当時はこの辞令に動揺したものの、結果この異動が転機になった。

ひなみは自身が小柄な体型ということもあり、既製服のサイズが合わないことも多く、服のアレンジを頻繁《ひんぱん》にしていた。服飾学校で服の構造も勉強していたし、パタンナーに向いていたのかもしれない。

パタンナーになれば、自分の引いたパターンが製品ラインに乗る。自分の関わった服が店頭に並んだ時には感動したものだ。当然、やり甲斐《がい》だってある。

パタンナーになって三年。今は仕事が楽しくて仕方がない。仕事だけでは飽き足らず、暇さえあればこうして家でも自作のパターンを引き、服を仕立てているくらいだ。

（この色のシャツは啓くん持ってなかったと思うんだけど。気に入ってくれるかなぁ。気に入ってもらえたら、次は同じパターンで白を縫おう。定番カラーだし、たぶん一枚あると便利なはず……）

その時には、この間手芸屋で見つけたサイコロ型のボタンを、衿《えり》とカフスに付けてみようか。シンプルながらも遊び心があって、いいかもしれない。見る人が見れば気が付いてもらえる、そんなさり気なさが、きっと彼には似合うはず――

啓を思うだけで、創作意欲が止めどなくあふれてくる。

彼に似合う服を、彼をもっと素敵に見せる服を作りたい。それがひなみの服作りの原点だ。

（あ。でも啓くんは立体ボタンだといやがるかも。平面でかっこいいボタンをもっと探して――）

「ひなみ！　ちょっと、ひなみ！」

ドタドタと足音を響かせながら階段を上がってくる母親の声に思考を中断されて、ひなみは人台《ボディ》から手を離した。

「どうしたの？　お母さん」

部屋に入ってきた母親をきょとんとした顔で出迎える。そんなひなみとは対照的に、母親は頬を軽く紅潮させ、ニヤニヤと好奇心丸出しだ。その手には、バトンのように丸まった週刊誌が握られている。

「ねぇ、啓ちゃんに彼女できたって知ってた!?」

「っ!?」

突然もたらされたニュースに、ひなみの心臓がビクッと跳ねた。

内心では充分驚いているくせに、それを表情には出さないようひた隠しにして、「へぇ～」だなんて言うひなみの視線は、母親の手にある週刊誌に釘付けだ。

表紙が折り返された週刊誌には、『人気俳優・西條要（26）密会デート』の見出しが白抜きでデカデカと踊っている。続きは……残念ながら読み取ることができない。

西條要はひなみが手作りのシャツをプレゼントしようとしている相手――つまり小川啓の、芸名だ。今、背後で流れているラジオ番組のナビゲーターでもある。

彼は十六歳で雑誌モデルとしてデビューを果たし、そのあと俳優に転身した。その王子様のような甘いマスクと声で、女性からの支持率は圧倒的。演技力も定評があり、ドラマアカデミー主演男優賞を受賞したこともある。今や映画にドラマにバラエティにと、引っ張りだこの人気俳優だ。そして、ひなみの幼馴染《おさななじ》みで、子供の頃から未だに続く片想いの相手でもある。

もちろんひなみは、俳優・西條要のファンだ。こうしてラジオの視聴も欠かさない。もっとも、ひなみの場合は幼馴染みの啓のことが好きだから、同一人物である西條要も好きなのだが。

彼は不定期ではあるものの、月に一、二回程度の割合で地元に帰ってくる。そしてひなみの両親が営《いとな》んでいる喫茶店に顔を出していくのだ。

「あんた知らんかったん？」

「知らないよ」

(知るわけないでしょぉおおお!?　えっ、えっ？　密会デートって何っ!?　誰と!?)

娘《ひなみ》の視線が週刊誌から離れないことを知ってか知らずか、母親はそれをブンブンと振り回す。週刊誌が上下するたびに、ひなみの顔が小刻みに動いた。

「なんだ。あんたならなんか知っとるかと思ったのに。つまーんない」

母親はひなみの部屋に入ってくると、人台《ボディ》が着ている真新しいシャツの袖をひょいっと持ち上げた。

「新作できたんね。爽《さわ》やかないい色やーん？　啓ちゃんに似合いそう」

「う、うん……。喜んでくれたらいいんだけど……」

生返事を返しながらも、ひなみの視線は母親の手が持つ週刊誌に向いている。

角度が変わって、『お相手は――』まで見出しの文字が読めた。

（お相手は？　誰？　誰？　わたしの知ってる人？）

西條要――もとい、啓には、今まで浮いた話なんてひとつもなかった。学生時代だって、付き合っていた女の子がいたのかさえ謎だったくらいなのだ。だからこれは初スキャンダルと言っていい。西條要のファンとして、いや小川啓の幼馴染みとして、いやいや小川啓に恋する者として！　密会デートの相手は大いに気になる。

「これ、今度啓ちゃんが帰ってきたら渡すん？」

「うん。そうするつもり。バレンタインも近いし――」

「啓ちゃんのこともいいけど、あんたは？　誰かいい人おらんの？」

矛先が自分に向けられ、ひなみは苦笑いしながら口籠《くちご》もった。

「わたし？　わたしは……そんな……」

――ピリリリリッ。

突如部屋に響いた着信音によって、母娘《おやこ》の会話が遮《さえぎ》られる。

ひなみは急いでラジオのボリュームを下げ、ベッドの枕元に置いていたスマートフォンを取った。画面には、二年前まで同じ職場で働いていた先輩パタンナーである石上哲也《いしがみてつや》の名前が表示されている。

「電話？」

「うん。石上先輩から。ちょっと出るね」

一言断って通話ボタンを押すと、背後で母親が「もう夜遅いんだから早めに寝なさいねー」と言い残し出ていった。

「はい、もしもし」

「お、瀬田。こんな時間に悪いな。今、大丈夫か？」

受話器の向こうからハキハキとした明るい声が聞こえてくる。ひなみは西條要の密会デートの真相が気になりながらも、一旦それは頭の端に追いやって背筋を伸ばした。

石上は、ひなみがパタンナーになりたての頃、パターンのいろはを直接教え込んでくれた人だ。一緒に働いたのは一年弱と短い時間だったが、彼はとても仕事熱心で、今は独立してアメカジ系のオリジナルブランド、「STONE《ストーン》・STORM《ストーム》」を立ち上げている。

ひなみが最後に指導したパタンナーだからか、いろいろと世話をやいて、退職後も時折こうして電話をくれる。年は十歳ほど上だったが、とても尊敬できるし、気さくで話しやすい人なので、なんとなく縁が続いていた。

「はい。大丈夫です。お久しぶりですね、先輩。お元気ですか？」

「おー。元気だ。今日はさ、折り入って相談があって連絡したんだ」

「相談……ですか？」

石上がひなみに相談があるなど初めてのことだ。先輩である彼が、自分のような駆け出しパタンナーに何を……と不思議に思いながら、ひなみは話を促《うなが》した。

「独立して二年になるんだが、取引先も増えてだいぶ軌道《きどう》に乗ってきたんだ。いいことなんだが、さすがにそろそろ一人じゃ手が足りなくってさ」

贅沢《ぜいたく》な悩みだと彼は笑う。

（わたしに誰かいいパタンナーを紹介してほしいってことなのかな？）

外注先が欲しいのかもしれない。そう彼の相談内容に当たりを付けながら、知り合いのフリーパタンナーを何人か思い浮かべてみる。すると、途端に石上の声が神妙になった。

「それでさ……瀬田に俺んところに来てもらえたらありがたいんだけど」

「わ、わたしですか？」

まさかの指名に、ひなみは思わずパチクリと目を瞬《またた》いた。

石上の事務所は東京にある。一方のひなみは神戸にいるので、だいぶ距離がある。それにひなみには、今の会社を辞める予定や意思はなかったのだ。実家から通えるし、休みもちゃんともらえる。給料もそれなり。不満なんてひとつもない。石上もそれは承知の上のようだった。

「軌道に乗ってきたと言ってもまだ二年目だ。これから何があるかわからない。今の会社で働き続けたほうが、瀬田にとっていいこともわかってる。ただ俺が……できるなら……また、瀬田と一緒に働けたらいいなと……思ってだな……」

後半を濁《にご》した石上は一度言葉を切ると、今度ははっきりと言い直してきた。

「勝手な誘いをかけてる自覚は充分ある。だが瀬田の腕を見込んで頼みたい。俺のところに来てくれないか？」

「わ、わたしなんかがそんな――」

実力以上の評価と期待を寄せられていることに困惑したひなみが反射的にそう言うと、石上の声に力が入った。

「『わたしなんか』なんて言うなよ！　俺が教えてきた新人の中で、おまえが一番センスがあった。それに俺にはわかる。おまえ、日常的に自分でデザインしてるだろ？」

「どうしてそれを――」

ひなみの会社では、デザイナーとパタンナーは完全分業だ。ひなみの仕事はパターン制作であって、デザインではない。デザイナーの領分《りょうぶん》にパタンナーが立ち入ることを嫌う人もいる。逆もまた然《しか》りだ。それに、いくら服が好きだからと言っても、休日にまで服を作りたい人間はあまり多くない。だからひなみは、自分がプライベートでデザインをしていることを、同業者には一度も言ったことがなかった。なのに、石上は勘付いていたのだ。

「わかるよ。おまえのパターンは、デザイナー目線なんだ。デザイン画に描いてあることを寸分違わず再現しようとするパタンナーが多い中で、おまえは常にできあがりを意識している。いいことだよ。それにミシンテクニックも最強だ。縫製《ほうせい》オペレーター並みだからな。だから、俺にはおまえが必要なんだ」

「あ、ありがとうございます……そんなふうに仰《おっしゃ》っていただけるなんて……」

不意に褒《ほ》められて、スマートフォンを耳に当てたまま、ここにはいない石上に向かって頭を下げる。尊敬する人にここまで言ってもらえるなんて、純粋に嬉しい。しかも、会社に誘ってもらえるなんて。

「俺も自分のデザインを自分でパターンに起こしたい。それで手が回らなくなってきたなら、こりゃもう自分と同じ考えの奴を入れるっきゃないだろ？　俺がおまえに来てほしい第一の理由はそれだよ。もちろん、給料面や休みは今の会社の条件より悪くするつもりはない。ちょっと考えてみてくれないか？」

「……は、はい……」

それからは、石上が会社の状況を事細かに語るのを聞いて、電話を終えた。

（ふぅ……なんか驚いちゃったな……）

スマートフォンの画面を指先で擦《こす》り、小さくため息をつく。いつの間にかラジオ番組は次に移っていた。週に一度の啓の声を聞けるチャンスを逃したことに落胆を覚える。

ふと振り向くと、人台《ボディ》の前にあるちゃぶ台に、雑誌が広げて置いてあった。西條要の密会デートを伝える、あの雑誌だ。

母親が置いていったであろうそれに吸い寄せられるように近付き、ラグの上に座って読みふける。

気になる密会相手として報道されていたのは、本郷葵《ほんごうあおい》。

（ああ……本郷葵さんってあの……）

西條要と同じく、ティーンズ雑誌のモデルから女優へと転身した人物で、正統派の美女だ。おまけに巨乳。

数年前の月9のドラマで啓と共演したから、ひなみも覚えていた。その時の二人は脇役だったが、主役に引けをとらない存在感で、当時ずいぶんと話題になったものだ。

紙面には、二人が都内のホテルから揃って出てくるところが掲載されている。離れた場所から撮影されたものなのか、画像の粗《あら》い雑な白黒写真だったが、並んだ二人の姿はそれこそドラマのワンシーンのようで、とても絵になっていた。

（本郷葵さんってこんな写真でも綺麗……。きっと実物はもっと綺麗なんだろうなぁ……わたしもこの人みたいに綺麗だったら……）

無意識に自分の頬を擦《こす》ってしまう。作業用のでっかい眼鏡のフレームに、指先が当たった。十人が十人、美女だと評するであろう彼女と、誰の目にもとまらない量産顔の自分を比較するのもおこがましい。まさに月とすっぽん。すっぽんはすっぽんらしく、素直に首を竦《すく》めるに限る。

じっと見つめていた紙面から目を逸《そ》らし、ひなみはスマートフォンの画面を突《つつ》いた。ブラウザのお気に入りから、西條要のブログをタップする。

ブログには今日のラジオ放送のお知らせと、バラエティ番組で共演した男性タレントとのツーショット写真が掲載されていた。たくさんのファンからの応援コメントが並ぶブログをひと通り眺め、今度は検索窓に「本郷葵」と入力し、彼女のブログを表示する。

新しい映画の撮影に挑む彼女は、美しく整えられた髪型や綺麗な衣装の写真をアップし、「頑張ります！」と意気込みを記している。そこにも彼女の美貌《びぼう》を褒《ほ》め称《たた》え、撮影へ期待を寄せるファンのコメントがたくさん並んでいた。

眼鏡を外してちゃぶ台に突っ伏したひなみは、顔を覆うアッシュブラウンの長い髪を避けもせずに「はーっ」と深いため息をこぼした。

これが彼らの世界なのだ。

顔形が違う以前に、自分とは生きている世界がまるで違う。ひなみがブログを開設し、「次回作、頑張ります！」と決意表明をしたところで、その情報をいったい誰が求めているというのか。

けれども西條要と本郷葵は違う。彼らが配信する情報のひとつひとつ、写真の一枚でさえも、多くのファンが待ち望んでいるのだ。

芸能界という世界は不思議だ。そこに生きる人たちが自分と同じ人間だということを頭では理解できても、どこか違う存在のように思えてしまう。

ひなみは自分がスポットライトを浴びるシーンなんて想像つかないし、まず人前に出て自分を見てもらおうなんて思えない。そんな自信なんてない。ただ仕事をこつこつとこなし、特にこれといって代わり映えも事件性もない日々を過ごしていくだけなのだ。

ただ、啓とは産まれた時からの付き合いだから、感覚が他の芸能人に対するものと違う。

まずは家が近所で、産院が同じ。母親同士は妊娠中から交流があり、啓が二日先に産まれたものの、幼稚園、小学校、中学校、果ては高校と、ずっと一緒だった。それで今でも時々顔を合わせるから、彼が遠い世界の人だという実感は薄かった。だがそれは、ひなみが麻痺《まひ》していただけの話。

啓は西條要であって、西條要は自分《ひなみ》とは違う世界に生きているのだ。そして西條要には、本郷葵のような華やかな女性がパートナーとして似合っている。ひなみの目から見ても明らかに、西條要と本郷葵は同じ世界に生きていた。

啓に恋するこの気持ちがいつから自分の胸にあったかすら思い出せないくらい、ずっと彼を想っている。一緒に過ごしてきた時間だってきっと誰よりも長い。お互いになんだって話してきた。だから、今まで自分の気持ちを伝えるチャンスはいくらでもあったはずなのに、ひなみは啓に告白できないでいた。

理由は明白。

自分たちはずっと、家族ぐるみの付き合いをしてきた。啓は昔からひなみの両親が経営する喫茶店にひょっこりと顔を出すし、ひなみも啓の両親に会えば実の娘のように可愛がってもらえる。そんな中で一歩を踏み出すことは、逆に難しい。うまくいけばいいが、そうならない可能性だって充分にあるのだから。

自分の気持ちと啓の気持ちが同じでなかったら……そう思うと怖い。

今の関係を壊すことを恐れ、無意識にブレーキをかけていたと言ってもいい。そうしている間に二十六年の月日が経ち、啓は押しも押されぬ売れっ子俳優になってしまった。

西條要の密会デートの真相がどうであれ、もう自分と彼の住む世界が違いすぎて、とてもこの気持ちを告げることなんてできないのだ。

(もー……いい加減に諦めないとなぁ……)

ちゃぶ台に突っ伏したまま、雑誌を閉じる。視線はいつの間にか、人台《ボディ》に着せた新作のオックスフォードシャツへと移っていた。

啓は、ひなみが作った服は全部受け取ってくれる。服だけではなく、帽子やマフラーやアクセサリー類といった小物に至るまですべてだ。

ひなみだってアパレル業界でそれなりに勉強してきたわけだから、啓に似合うものを作る。品質だって、ブランド品に負けてはいない。ミシンも縫製《ほうせい》工場で使われている工業用を使っているし、何よりひなみはプロのパタンナーだ。啓の身体に合ったパターンをいくつも持っている。ひなみの作品は、啓のためだけにあるオリジナルブランドだ。

彼はひなみの作品を気に入ってくれているのか、バラエティやトークショーなど、衣装指定のない番組にはひなみの作った服でよく出演している。

でもそれだけだ。

ひなみと啓を繋《つな》ぐものは、幼馴染《おさななじ》みという立場と服だけ。あの服は啓を輝かせてくれるかもしれないが、ひなみの世界と啓の世界までは繋げてくれない。

ひなみはどう足掻《あが》いても芸能人にはなれないし、啓の世界には届かないのだ。その距離が苦しい。早いところ啓への片想いを終わらせてしまわないことには、自分はずっと前に進めない気がする。

(わたしは、美人じゃないし……本郷葵さんみたいな綺麗な女優さんにはなれないもん……告白されたこともないし、モテたためしもないし……はぁ……)

そう思うと、途端に啓に会いたくなくなってきた。しかしここは啓の地元だ。地元に帰ってきた啓は、律儀にもひなみの両親の喫茶店に顔を出す。ひなみは会社が休みである土日はその喫茶店を手伝っているため、どうしてもそこで啓と顔を合わせることになるのだ。

今まではそれが楽しみだった。啓と二人で話をして、新作の試着を頼んで――変わらない日常の延長を送ってきたのだ。しかし、その先がまったく見えない。二十六年間何もなかったのだ、今更何かあるとは思えない。たぶん自分たちはこのまま幼馴染《おさななじ》みの域を出ないのだろう。

（転職……か……）

ひなみはオックスフォードシャツをぼーっと見つめながら、石上の誘いを思い出していた。

普段啓は東京に住んでいるし、石上の会社も東京だ。転職するとなると、ひなみは上京しなくてはならない。上京すれば啓との物理的な距離が縮むことになるわけだが、人の多い東京でまさか偶然彼と鉢合わせするなんてことはないだろう。

啓は忙しい身の上だし、オフはたいてい地元に戻っている。ひなみが東京に住むほうが、むしろ会う機会は減るはずだ。

というよりこのままでは、啓が地元に帰ってくる度に、ひなみは彼と会わなくてはならない。そんな生活が続くほうが辛いのではないか――

（転職……してみようかな……）

今まで実家を離れたことはないし、転職だって初めてだから不安もあるが、こうでもしないと自分は、この不毛な恋を終わらせることができない気がする。

ひなみは啓への恋心を諦めるために、転職の道を決意していた。

2

会社に辞表を出し、ひと月になろうとしていた二月最後の土曜日。ひなみは両親が経営する喫茶店を手伝って、ホールに入っていた。

ひなみの実家は商店街の入り口に位置しており、一階が喫茶店、二階三階が住居スペースだ。近くにオフィスビルやマンションがある上に駅に近いから、個人経営の喫茶店でも昼時はそれなりに繁盛《はんじょう》している。

昼時のお客が引けて、店に余裕が出てきた頃、裏口の戸が開いた。

「あら啓ちゃん！　おかーえりー。入り入り」

母親の応対する声で啓の訪れを知ったひなみは、お客が帰ったあとのテーブルを片付ける手を止めた。俯《うつむ》き加減で息を詰めたまま、様子を窺《うかが》うように聞き耳を立てる。

西條要の密会デートの続報はなかった。あれから某国の核開発問題や、人気アイドルグループの解散報道などが立て続けにあって、自然に風化した形だ。だが、ひなみの中ではまだ残っている。真実が聞きたいと思いながらも啓からはなんの連絡もないし、ひなみもまた聞けないでいた。

「啓ちゃーん。雑誌見たわよぉ～？　なぁに？　あの人、彼女なん？」

「やだなぁ、おばさん。あんなガセネタなんか信じないでくださいよ。絶対にないですから」

断言する啓の声が漏れ聞こえてきて、ほっと息をつく。しかし、いつか啓にも恋人ができて、ひなみはそれを報道で知る日が来るのだろう。その時、にこやかに笑って啓を祝福することができるだろうか？　たぶん、できない。本郷葵との密会デートを否定する啓の声に、今こんなにも安堵《あんど》しているのだから。

だから彼を諦めるために転職を決めたのはよかったことなのだと改めて思い、ひなみは顔を上げた。トレイに食器をのせてキッチンに戻ると、お正月ぶりに会う幼馴染《おさななじ》みがそこにいる。

さらりとした少し長めの髪に、キリッとした目元。おまけに彫りが深くて鼻筋も通っているから、顔のパーツや配置のすべてが計算し尽くされているかのような印象だ。

テレビ越しや雑誌で見るよりもはるかに魅力的な啓は、ひなみの大切な幼馴染み。

でも今は鼻の頭がちょっぴり赤い。きっとこの寒空の下を歩いてきたのだろう。手袋を忘れたのか、すり合わせた手に息を吹き掛けている。

「よっ。ひなみ」

右手を軽く上げてくる啓に、自分でも意図せずに頬が緩《ゆる》む。ああ、自分はまだこの人が好きなんだなぁと思った。こんなことでは駄目なのに。

「啓くん、おかえり」

「ひなみ。ここはいいから、啓ちゃんに二階に上がってもらい。あとでコーヒー持ってくから」

お客の会計を終えた父親がキッチンに顔を覗かせると、啓は爽《さわ》やかな笑みを振りまいた。カメラなんか回っていないのに、テレビで見る王子様スマイルと同じだ。

「ありがとうございます、おじさん。俺、おじさんのコーヒーを飲むために帰ってきてるようなもんですよ。おじさんのコーヒーが一番うまいから」

「そうかい？　嬉しいこと言ってくれるねぇ」

顔を皺々《しわしわ》にしている父親は、確実に照れている。

ひなみは流しに食器をつけて、エプロンを外した。

「啓くん、行こ？」

「ああ」

一度外に出て、裏から続く階段を上がれば、そこはもう瀬田家の住居スペースだ。ちなみに、三階がひなみの部屋である。

子供の頃から遊びに来ていた啓は、勝手知ったると言わんばかりに、コートも脱がずにリビングの二人掛け用ソファに腰を下ろした。

「はー。今日は寒いな」

「ほんと寒いね。待ってね、今ヒーター付けるから」

ヒーターのスイッチを入れて振り返ると、啓と目が合う。彼は背凭《せもた》れに肘《ひじ》を突き、じっとひなみを見つめていた。

強い視線に囚《とら》われて、たじろいでしまう。芸能人だからかはわからないが、啓は人よりも眼力がある。睨《にら》まれているとは思わないが、正面から見つめ返すのは幼馴染みのひなみでさえ多少の度胸を必要とするくらいだ。

特に二人っきりの時には——

「なぁ、ひなみー」

「な、なぁに？」

意を決して啓に向き直ると、彼は自分の唇を親指でなぞりながら、気怠《けだる》そうに尋ねてきた。

「おまえはあの報道信じたりしてないよな？」

あの報道とは、本郷葵との密会デートに他ならないだろう。

「信じてないよ」

何を心配しているのかとくすりと笑って軽い口調で返事をすれば、啓は「ならいい」と言って目を逸《そ》らす。

「そうだ。新作できたんだよ。持ってくるね」

「またかよー。俺はおまえの着せ替え人形じゃないんだぞ」

後ろで啓の呆れた声が聞こえるが、それは気にしないでおく。

ひなみは、アイロンがけをして畳んでいたオックスフォードシャツを、自分の部屋から持ってきた。

「どうかな？」

広げて見せると、啓はソファの背凭《せもた》れに預けていた身体を起こしてシャツの裾《すそ》に触れた。

「へぇ。いい色だな。この色は持ってなかった気がする」

「でしょう？　あの……着てくれる？」

ひなみが上目遣いで頼むと、啓は鼻から浅い息を吐いて上着を脱ぎだした。

パサッと軽い音を立てて、まだ体温の残るグレーのニットがソファに置かれる。

あらわれたのは肌着代わりの黒いTシャツだ。襟ぐりが大きく開いているから、鎖骨までよく見える。それに結構身体にフィットしている。

(わぁ~何度見てもいい身体。わたしの人台《ボディ》はなんかちょっと猫背なんだよね……やっぱり啓くんの身体がわたしの理想かも)

胸の前で指を組み合わせ、目をキラキラさせながら見つめていると、啓が半目でいやそうな顔をした。

「……あのさ、俺が目の前で脱いでるんだから少しは恥じらえ。ドキドキしろよ。な?」

「え? なんで?」

「なんでって……おまえなぁ……」

啓は呆れているようだが、実はひなみは男の人に目の前で服を脱がれることに抵抗がない。

ひなみは過去何度も啓にプレゼントする服を作ってきた。ついさっきまで彼が着ていたニットも、実はひなみが作ったものなのだ。まだ手作りに慣れていない頃は、仮縫いの状態でのフィッティングモデルを繰り返し彼に頼んでいたし。それこそ、Tシャツ一枚、パンツ一枚の状態で、いやがる彼の全身を採寸しまくったこともある。

それに加えて、仕事でも男性のフィッティングモデルの身体をじっくりと見る機会は多くあるので、啓に限らず男性の下着姿は見慣れているのだ。

「相変わらず啓くんはいい身体してるね。啓くんの身体で型を取った人台がほしいな。ほんと理想的。元モデルにフィッティングを協力してもらえるなんて幸せだよ。眼福、眼福」

思っていることをそのまま言うと、啓はうへっと苦々しい顔をした。

「身体目当てみたいなこと言うな。気色悪い」

啓は小さくため息をつきながらも、黒Tシャツの上に新作のオックスフォードシャツを羽織《はお》ってくれる。

ひなみはボタンをとめるのを手伝ってから、彼のまわりを一周した。肩幅も袖の長さも丈も、啓にジャストフィットだ。爽《さわ》やかな色も、彼によく似合っている。

「大丈夫そうだね。ちょっと腕を上げてみて？」

「ピッタリだ。動きやすい」

腕を上げながら啓が腰をひねる。アームホールが大きいほうがゆったりしていて着心地がいいと思われがちだが、実は違う。アームホールが大きいと、腕を上げた時に裾《すそ》まで引き上がって重たく、動きにくく感じてしまう。しかしアームホールが小さいければ、そんなことにはならないのだ。

啓も含めて昨今の男性は細身の人が多いから、ひなみはパターンを引く時、意識的にアームホールを小さくして高い位置にしていた。こうすると袖も細く仕上がるから、重ね着をしても腕がもたつくこともない。

食器棚のガラス扉を鏡代わりにしていた啓に、ひなみはさっき彼が脱いだニットを差し出した。

「寒かったら上にこれを重ね着してみたらいいと思う」

啓は言われた通りにニットを重ねて、改めてソファに腰を下ろした。

「ちょうどよくなった。気に入ったから、もうこれ着て帰る」

試着の時の啓はいつもイヤイヤ仕方なくといった感じなのだが、なんだかんだ言いながらもちゃんと協力してくれる。そして最後には決まって「気に入った」と言って、服を受け取ってくれるのだ。そんな啓のぶっきらぼうな優しさに、いつも惹《ひ》かれてしまう。

「ふふ、ありがとう。じゃあ、それがバレンタインの代わりね」

「ひなみ、バレンタインってのはチョコを渡すイベントなんだぞ」

「そう？　別にいいじゃない」

ひなみは一度も啓にバレンタインのチョコを渡したことはない。お菓子作りは得意でないから、どうしても買ってきたものになってしまう。それに啓はモテるから、チョコなんていろんな女の子からどっさりともらってくるのだ。それは昔からの恒例イベントで、ひなみをいつもヤキモキさせた。

自分なんかがチョコをあげても、きっと他の女の子たちからのチョコの山に埋もれてしまう。なら自分の得意なことで腕を振るいたい、とひなみが思うのは当然のことだろう。

（啓くん、それ本命なんだよ……。わたしが服をプレゼントするのは啓くんにだけなんだよ……）

それが精一杯の気持ちだ。

啓が脱いだ時よりも、自分が作った服を着てくれている時のほうが、自分があなたを包んでいるような気がしてドキドキするのだと言ったら、彼はどう思うだろうか？

ひなみが言えない気持ちを抱えていると、啓が軽く首を傾《かし》げた。

「どうした？　ぼーっとして。なんかあったのか？」

「ん？　ううん。なんでもない」

そう答えたのだが、啓はじっとひなみを見つめてくる。その視線に、探るようなものが含まれているのを感じる。気まずく思い、ひなみは後ろでゆるく団子《だんご》にした髪を撫で付けた。

本当は転職することを話したほうがいいのかもしれない。でも言いたくなかった。上京することを知ったら、啓は幼馴染《おさななじ》みのよしみであれこれ世話を焼こうとしてくれるだろう。そんなことになっては、せっかく彼を諦めようと決めたこの気持ちが鈍《にぶ》ってしまいそうだ。

「ほんと、大丈夫だから」

そう言いながら彼の横に座る。

「ならいいけど。なんかあるなら言えよ。おまえ裁縫以外なーんもできないんだから。中学の頃の調理実習で作った菓子《かし》を、黒焦げどころか消し炭《けずみ》にしてたろ」

「うっ……」

痛い過去を突かれて顔が引きつる。

幼馴染みというのはこれだから困る。知られたくない過去も忘れたい過去も、全部お互いがお互いに筒抜けなのだから。

ひなみはモゴモゴと口の中で弁解した。

「そ、それは子供の頃の話だってば。今は違うって。普通のご飯はちゃんと作れるんだから」

普通を強調すると、啓は楽しげに笑ってソファにふんぞり返った。

「ほぉ～？　そいつは知らなかった。嫁に行く前に俺が一度味見してやろうか。旦那がひっくり返らないか心配だ」

「い、いいよ……そんなの」

普段通りのやり取りだが、ほんの少し切ない。

啓はひなみが他の男の人のところにお嫁に行くことを当たり前に思っているから、そんなことが言えるのだ。

幼馴染みの壁は強固で、ひなみと啓の世界を護《まも》ってくれる代わりに二人を隔《へだ》てる。この関係が変わることはないだろう。当の本人であるひなみが、この関係を崩すことを恐れているのだから。

「はいはいはい。コーヒーが入りましたよ」

二人の会話に、コーヒーを持ったひなみの母が割って入ってきた。会話どころか、ひなみと啓の間に無理やり大きなお尻を捩《ね》じ込んで、啓の隣を横取りする始末だ。二人掛けのソファから押し出されたひなみは、哀れにも床に敷かれたラグの上に正座する羽目になった。

「ありがとうございます、おばさん。いただきます」

「どうぞ、どうぞ。啓ちゃん、お砂糖ひとつやもんね」

ひなみの母は、お節介にもコーヒーに角砂糖を入れて掻きまぜ、啓に差し出す。彼は迷惑そうな素振りさえ見せずに、笑顔で受け取っていた。

ひなみの父が淹《い》れるコーヒーは、豆から挽《ひ》いたこの店オリジナルの特製ブレンドだ。芳醇《ほうじゅん》な香りと濃厚な味わいで、啓に限らずファンは多い。遠方から豆を買いに来るお客もいる。

本当は店で淹れたてを飲むのが理想なのだが、啓が喫茶店にいると彼のファンに目撃された時に大変なことになってしまうから、この瀬田家の住居スペースで飲んでもらうのが慣例になっていた。

「んー。うまい」

コーヒーを飲む啓を見ていた母親が、ニンマリと笑った。

「あ、啓ちゃん。もらってやってくれたんやね。ひなみのシャツ。ありがと～」

「どうです？　似合いますか？」

「似合う、似合う。啓ちゃんは何着ても似合うから、ひなみも作り甲斐《がい》があんでしょ～。啓ちゃんの服ばっかり作ってさ。たまにはあたしらの服も作ってくれたらいいのに」

「わたしはメンズパタンナーなんだけど……」

そりゃあ、レディースも作れないことはないが、人にはやはり得意分野というものがある。それに、店で父が着ているマスターの制服も、今母が着ているエプロンも、作ったのはひなみだ。母の私服だってサイズ直しくらいは普段からしているし、それなりに貢献しているつもりだと懇々《こんこん》と語るひなみの傍《かたわ》らで、まるっきり聞く耳を持たない母親は啓との会話に夢中だ。

「あのね、啓ちゃん。ひなみから聞いた？　この子ったら会社辞めちゃったのよ～」

「は？」

母親のぶっちゃけトークに、啓の目が点になっている。

ひなみはアワアワと唇を震わせた。

「な、ななな、お、お母さん!?」

（啓くんには言わないでって言ったのに！）

転職を決めたひと月前にそう頼んでいたものを、もう忘れてしまったのだろうか？

慌てるひなみには一瞥《いちべつ》もくれず、母の暴露《ばくろ》は止まらない。

「石田《いしだ》さんだか、石坂《いしざか》さんだかいう人に誘われて、その人の会社に行くんやって。それが東京なんよー。初めての一人暮らし、大丈夫やろか？」

「まだ会社辞めてないし！　あと一日行くし！　それに石田さんでも石坂さんでもなくて石上さんだってば！　ってか啓くんには黙っといてって言ったでしょ⁉」

耐えきれずに叫ぶ。だが、母親は反省のかけらも見せずにペロッと舌を出し、「そーだっけ？」と、すっとぼけて立ち上がった。

「なんかひなみに怒られたぁ～。怖い、怖い。にーげよっと」

もうすぐ六十歳になろうというのに、女子高生も真っ青な弾《はじ》けた声を残して、母親はすたこらさっさと店へと下りていってしまった。

そうなると、リビングにはひなみと啓の二人が残されるわけで――

「ひーなーみーさーん？」

意図的に啓から目を逸《そ》らしていたひなみだが、呼ばれて無視できるほど、図太い神経は持ちあわせていない。

恐る恐る声のするほうを見ると、ソファに座った啓がニッコリと満面の笑みを浮かべてひなみを見ているではないか。しかも目が笑っていない。三日月形に薄く開いた目は、さながら魔界の魔王様のようで、正直怖い。顔が整っているだけに余計に。

「えっと……あの、その……」

ひなみが言い訳を並べようとまごついていると、啓が自分の足元を指差した。

「おい、ひなみ。おまえ、ちょっとここに座れ」

「はひぃ！」

裏返った声で返事をしつつ、ジャンピング土下座で啓の足元に這《は》いつくばる。すると、ぐいっと顎《あご》が持ち上げられた。

「聞いてないんですけどォ？」

「い、言ってませんので……」

なぜか敬語で応対してしまう。それがかえって啓の逆鱗《げきりん》に触れてしまったようで、ずいっと彼の顔が近付いてきた。その距離、わずか三センチ。鼻の頭が今にも触れ合いそうなほど近い距離に、ひなみはクラクラしてきた。しかもなんだか彼はいい匂いがする……

「なんでそんな大事なこと言わないんだよ。今まで、なんだって俺に話してただろ。おばさんに口止めまでして、水臭いじゃないか」

「なんでって……ま、まだ会社辞めてないし……引っ越しもまだ先だし……」

実は引っ越ししてからも言うつもりがなかったことは、この際だから言わないでおこう。相談しなかったことで、啓がこんなに不機嫌《ふきげん》になるとは思わなかった。余計なことを言えば、火に油を注ぐどころかダイナマイトをぶち込む結果になりかねない。

啓は眉間《みけん》に深々と皺《しわ》を寄せながらも、不承不承《ふしょうぶしょう》といった体《てい》でひなみから手を離した。

ソファに凭《もた》れる彼は、まだ納得したようには見えない。だが、とりあえずは解放されたことにほっと息をつく。あんなに整った顔が急接近してくるのは、いくら幼馴染《おさななじ》みとはいえ心臓に悪い。怒った顔でもイケメンはイケメンだ。ひなみの心臓は、口から飛び出しそうなほどバクバクと大きく脈打っていた。

「いつだ？」

「へ？」

聞かれた意味が瞬時には呑み込めず、きょとんと目を瞬《またた》く。すると啓はチッと鋭く舌打ちして、大きな声で言い直してきた。

「いつ引っ越すんだよ？」

「えと、来月中には住むところを見つけたいなって思ってて。実際に働くのは四月から……」

「ふーん。まだ家決まってないのか。で？　その石田とかいうのは……まさか男？」

「だから石上さんだってば。男の人だよ。石上先輩は二年前まで同じ会社で働いてたの。わたしに工業パターンをいろいろと指導してくださった方で、とてもお世話になったの。今は独立して、自分のメンズブランドと会社を作って活動されてて。人手が足りないから来てくれないかって……わたしのこと必要だって仰《おっしゃ》ってくださって……」

自分が転職することになった経緯を話していると、みるみるうちに啓の表情が険しくなっていく。

「啓くん？」

「は……なんだよそれ。おまえ、そいつとデキてんのか？　だから俺に相談しなかったのか？」

ひなみの呼びかけには応えず、啓はその整った顔を大きく歪《ゆが》めている。ひなみはというと、啓の言葉は聞こえてはいるものの、意味がわからずに呆然としていた。

「な、なに？　それ、どういう意味……？」

「俺になんの相談もしなかったってことは、迷わなかったってことだろ？　同じ会社で働いてたって、まさかずっと男がいたのか？　俺に内緒で？　その石上って奴と付き合ってるから、転職に迷わなかったんじゃ――」

目の前がカッと熱くなった。逆流した血液が一気に心臓に流れ込んできたかのように、胸が痛みを覚える。

啓への恋心を諦めようとしたひなみだが、この長年胸に秘めた想いを別の人に向けているなど思われたくない。しかも、よりによって啓に。

悩まなかったわけじゃない。迷わなかったわけじゃない。ひなみなりに必死によく考えて出した決断なのだ。それを言うに事欠いて、石上と付き合ってるのかだなんて！

昂《たかぶ》った気持ちが涙になってあふれてきた。

「な、なんでそんなこと言うの？　わ、わたしが好きなのはずっとずっと啓くんなのに……！」

言ってしまった。

啓の思い違いを否定するためとはいえ、ずっと言うつもりのなかった気持ちを、ここにきてついに言ってしまった。後悔と安堵《あんど》が綯《な》い交《ま》ぜになった複雑な気持ちが、胸いっぱいに広がっていく。

ひなみは俯《うつむ》いて、ギュッと唇を噛《か》んだ。

まるで時間が止まってしまったのではないかと思うほど、長い時間が経った気がする。なのに啓は何も言わない。ソファに座ったまま、身じろぎひとつしていないようだ。

彼は今どんな表情《かお》をしているのだろう？　反応がないことが余計に怖くて、顔を上げられない。

ポタポタと流れ落ちた涙が、ひなみの手の甲を濡らした。

恋なんかしているから、こんなに苦しいのだ。どうせ叶わない恋なのだから、早く終わってほしい。

自分の意思で終わらせられないから環境を変えようとしたのに、それが啓の意に沿わないと言うのなら、もう彼に終わらせてもらう他ないではないか。

「もう、やだ。早く失恋しちゃいたい。啓くん、早く振ってよ……」

長い沈黙に耐えかねて、泣き声を押し殺しながら呟《つぶや》く。すると、ラグに啓が膝を突いた。

「なんで……そんなこと言う？」

そう言った啓の声が困惑している。自分の気持ちはやっぱり彼を困らせるだけのものだったのだと思って、ひなみはますます涙した。

「だって……、無理、だもん。啓くんは、西條要なんだから……。わたしなんか、絶対釣り合わない……」

ひた隠しにしてきたマイナス思考を吐露《とろ》すると、頭の上に啓のため息が落ちてきた。それが呆れ果てたものに聞こえて、彼を困らせるどころか嫌われてしまったのではないかとひなみをビクつかせる。

（どうしよう……啓くんに嫌われるのはいやだ……絶対にいや……）

振られる覚悟はしていても、嫌われるのだけはいやだ。浅ましくも、幼馴染《おさななじ》みの距離は保ち続けたくて彼から離れようとしていたのに、それすら叶わないなんて。

やっぱり告白なんてするんじゃなかった――

そうひなみが後悔していると、大きくて温かい手のひらに、よしよしと頭を撫でられた。

「そんなこと考えてたのか？　えらく俺を買い被ってくれてんだな、おまえは」

呆れてはいるものの、啓の声色がいつもよりも優しい気がして、ひなみはおずおずと顔を上げた。

「ばーか。そんなに泣くなよ」

頭を撫でていた啓の手が、今度は涙を拭ってくれる。

頬を両手で包み込み、コツンと額《ひたい》を合わせるその仕草は、ひなみを嫌っている態度ではない。同情なのか優しさなのかまではわからなかったが、彼がそうしてくれるのが嬉しくて、ひなみは泣きながら目を閉じた。

「ひなみがそんなふうに考えてたなんて知らなかった……。でもさ、俺はひなみが思ってるような男じゃないかもしれない。実際に俺と付き合ったら、ついていけないって幻滅するかもしれないぞ？」

「……そんなこと、絶対にないよ。啓くんが優しいの、わたし知ってるんだから……」

時々、つっけんどんな物言いをしてくることもあるけれど、その裏ではいつも優しい。少し照れ屋なだけで、人一倍真面目で気を使う性格の啓。

西條要は世間の女性の王子様となっているが、そんな啓が自分には無骨な素顔を見せてくれる。その現実に優越感を持っていたことを、ひなみは否定できない。それが幼馴染みの特権であり、ひなみの足枷《あしかせ》だったのだ。

啓の親指が頬の上を繰り返し滑《すべ》るのを感じながら、ほっと息を吐く。頬と額から伝わる彼の体温に安心して、少し力が抜けた。

「あのさ、ひなみ」

呼ばれて、ゆっくりと目を開ける。同時に、啓との距離が近いことに気まずさを覚えて身体を引こうとしたのだが、彼の手に肩を抱かれて制止されてしまう。結局ひなみは、至近距離で視線を合わせることに耐えかねて、目を逸《そ》らして話を促《うなが》した。

「な、なぁに？」

「ひなみが俺のこと好きならさ。俺と付き合ってみるか？」

「……え？」

思ってもみないことを言われ、驚いて啓を見ると、彼は優しい眼差しで笑っていた。

「俺さ、おまえのこと嫌いじゃないから、振ってくれって言われても無理なんだわ。どうせならトコトン付き合えばいいだろ？」

軽い口調で言うが、内容は衝撃的だ。唐突すぎて、涙も引っ込んでしまう。

「つ、付き合うの……？　わたしと、啓くんが？　なんで？」

「……なんでって。いやならいいよ」

途端に素っ気なくなった啓が、ひなみをあしらってソファに座り直す。それが心の距離をあけられたように感じ、ひなみは思わず彼を追いかけていた。

ラグに座ったまま、啓のニットの裾《すそ》を握りしめ、彼を見上げる。だけど、言葉が出てこない。

「……」

「どうする？　俺と付き合う？」

振る理由がないと彼は言った。ひなみのことは嫌いではないとも。それは恋愛感情というより、友情の延長ではないのか。自分に対してそういう感情しか持たない相手と、付き合ってもいいのだろうか。

思えば、ひなみは啓が好きという気持ちをずっと持ち続けてきたが、彼とどうこうなりたいなどと考えたことはなかった。意図的に考えないようにしていたのかもしれないが、啓と付き合う自分が想像できない。

だが――、ひなみに断るという選択肢はなかった。啓が自分と付き合ってもいいと言ってくれたのだ。

一人、部屋でうじうじと悩んでいた時とは違うほうへ、啓の手によって引き上げられていくようだ。

気が付けばひなみは、こくんと頷いていた。

「よし。じゃあ、今からおまえは俺の彼女な」

啓が、座り込んだままのひなみの手を取ってぐいっと引き起こし、自分の隣に座らせる。そして彼は、不敵に笑った。

「そうだな……。ひなみが上京するなら、一緒に住むか」

「えっ、えっ？」

啓は「住むか？」とひなみの意思を聞いているわけではない。「住むか」と決めにかかっている口振りだ。

目を白黒させるひなみをよそに啓は大きく伸びをして、天井を仰いだ。

「俺の今のマンションな、あの記事のせいか記者が張り込んでてさ。実はあんまり帰ってないんだわ。ホテルとかマネージャーの家に泊まるのも飽きたし。どうせ他に部屋借りるつもりだったからちょうどいいや。ひなみの新しい職場はどこになるんだ？」

「青山《あおやま》だけど……。え、でも……」

啓が置かれている状況と言い分はわかったが、彼と付き合うことになったこともまだ信じられないのに、一緒に住む？　展開が速くて、頭がこんがらがってきた。

(啓くんと一緒に住むって……わたしが？　二人で？　それ、いいの？)

もちろんそうなったら嬉しいが、西條要と一緒に住むなんて、世間の女性ファンが許してくれないような気がする。

しかし――

「青山な。わかった。ああ、おじさんとおばさんにちゃんと話してからじゃないとな。こういうのは早いほうがいい」

啓はひなみの心配とはまったく違う方向に気を回しているのか、言うなり立ち上がった。

「ちょっと行ってくる」

「へ？　行くってどこへ？」

「下に決まってるだろ」

未だに理解の追いつかないひなみを置き去りにし、啓は一人で瀬田家の玄関を抜けて、一階の喫茶店の勝手口を開ける。ひなみは慌てて彼のあとを追った。

「啓くん！」

ひなみの呼び声は聞こえているはずなのに、彼は止まらない。キッチンを抜けてホールにまで入っていく。

昼のピークからしばらく経っているので、喫茶店にお客の姿がないのが幸いだ。ホールの中央で立ち止まった啓は、のんびりと窓を拭いているひなみの両親に、明るい声で話しかけた。

「おじさん、おばさん。さっきひなみが、俺のこと好きって言ってくれたんです。俺もひなみのことずっと好きだったから嬉しくって。俺、ひなみが上京してくるなら一緒に住みたいんだけどいいですか？」

ついさっきまで二階で繰り広げていたことを、凄《すさ》まじく歪曲《わいきょく》した形で吐き出される。ひなみは啓の後ろ姿を見つめたまま、水から揚《あ》げられた金魚のように口をパクパクと動かした。

（お父さんとお母さんに何言っちゃってるの!?　一緒に住むって本気なの？）

いや、ひなみにとってそれ以上に衝撃だったのは、「俺もひなみのことずっと好きだったから」

の部分だ。そんなこと、彼は二階で一言も言っていなかったではないか。

……冗談なのだろうか？　それとも同棲の許可をもらうための方便なのだろうか？

（方便かもしれないけれど、いきなり同棲だなんて言ったら、お父さんもお母さんも驚くに決まってる――）

――そう思って両親を見ると、案の定、特に父親のほうが目も口もぽっかりと開けて驚いていた。

「は？　おまえら、まだ付き合っとらんかったんか？」

「そっち!?」

思わずツッコミを入れてしまったひなみを遮《さえぎ》って、母親は豪快に笑う。

「実はそうなのよぉ～。ひなみが素直じゃないからもたついちゃって。啓ちゃんが美人女優と噂になったもんだから焦ったんやない？　小川さんの奥さんと二人でヤキモキしとったんよぉ～。やっとまとまるところにまとまったみたいやね」

「なんだ。啓ちゃんの親父さんと、東京と神戸っちゅう距離があかんから、ひなみは転職するんやないかって、話しとったばっかりやったのに」

（いや、なんか違うんだけど……）

悩み抜いた末に出した転職という結論を、ものすごく妙な形で取り違えられて、軽く脱力してしまう。どうりで、両親に転職を反対されなかったはずだ。

それどころか、ひなみと啓が前から付き合っていたと思い込んでいたらしい父親を見ていると、一から説明する気も失《う》せる。

啓への気持ちを一度も人に話したことはなかったのに、自分の両親だけでなく、啓の両親にまで筒抜けだったのか。恥ずかしいやら、悔しいやらで複雑だ。

しかも、

「ひなみが東京で一人暮らしやなんて心配やったけど、啓ちゃんが一緒に住んでくれるんやったら安心やわ」

「そやな。つーか俺は最初から二人は同棲するんやとばかり思ってたかんな。啓ちゃん、ひなみの面倒頼むわ～」

「はい。任せてください」

だなんて、三人して笑い合っているのだ。

(な、なんか……とんでもないことになったような……)

顔を引きつらせ何も言えないでいるひなみを、満面の笑みを浮かべた啓が振り返った。

「じゃあ、ひなみ。部屋見せてよ」

「へ、部屋？　わたしの？」

繰り返すひなみに、彼は芝居がかった仕草で肩を竦《すく》めた。

「俺、今日の夜には東京に帰るからさ。俺が部屋を探しておくほうが効率いいだろ。ひなみが持ってくる荷物の量を、目安として知っておかなきゃなんないからな」

東京の地理に疎《うと》い上に、一度も一人暮らしをしたことのないひなみが物件を探すよりも、啓に見繕《みつくろ》ってもらったほうが確かに効率がいい。それに、ひなみの荷物には、服作りに使う工業用ミシンや、人台《ボディ》、作業台などの大物がある。書籍類は置いていけても、服作りの道具は置いていけない。

「ひなみ。部屋のことは、啓ちゃんに全部任せんね。そのほうがええんちゃう？」

「う、うん……わかった……」

なんだかまだいろいろと釈然としない思いはあるが、今は何かと口を挟んできそうな両親の前から離れたくて、ひなみは頷いた。

「じゃあ、えと、行こ……」

再び瀬田家の住居スペースに戻って、三階へと案内する。

啓がひなみの部屋に入るのは本当に久しぶりだ。お互いの部屋を行き来していたのは高校生の頃までだった。啓が東京の大学に、ひなみは地元の四年制の服飾系学校に進学してからは、なぜか家族を交《まじ》えてリビングで会うことが多くなっていたのだ。

「ど、どうぞ」

妙に緊張しながら自室のドアを開ける。

普通の部屋にはない、ミシン台や、作業台代わりの折りたたみテーブル、人台が鎮座している。下手をすると作業部屋のような無機質なイメージになりかねないが、そこはひなみが取り揃えた白とピンクを基調にした家具のおかげで、全体的に可愛らしい雰囲気になっている。

「あの本棚は置いていこうかと思ってるの。本も荷物になるし。服も全部持っていくつもりはなくて、シーズン毎に実家に送ったりして入れ替えすればいいかなーって……」

啓は部屋を見回しながら、ふんふんと頷いている。

「なるほどね。なんとなくわかった」

「あの、本当に一緒に住むの？　ってか付き合うの？　わたし……たち……」

(さっき下でお父さんとお母さんに言ったのは本当？　わたしのこと、好き……なの？)

一番聞きたかったことは聞けなかったが、それでも心に引っかかっていた質問を投げかける。部屋の中央に立っていた啓は、ゆったりとひなみを振り返ってきた。

「住むよ？　付き合うよ？　当たり前だろ。家賃の心配ならしなくていいぞ。俺の隠れ家だから俺が出すし」

だいぶ軽い口調で返された。今ならこのノリで、自分のことを好きなのかどうかも聞けそうな気がする。

ひなみはモジモジと下を向きながらも、自分が持てるすべての勇気を振り絞って、一番聞きたかったことを聞くべく一歩彼に近付いた。

「あ、あのさ……さっき――」

「ひなみー」

くいっと腰を抱かれて慌てて顔を上げる。すると、なぜか啓が、そのまま後ろのベッドに背中からダイブした。彼に腰を抱かれていたひなみは、自然とそのまま彼の腹の上に伸し掛かってしまう。

「な、何を――」

太腿《ふともも》まで捲《めく》れ上がったスカートを押さえ、啓の身体の上でアタフタしていると、彼の両手に頬を挟み込まれる。そうして引き寄せられてアッと声を漏らした時には、既に唇が啓のそれと合わさっていた。

（えっ、えっ？）

目を見開くひなみを、啓は柔らかい眼差しで見つめ返す。そしてふっと微笑み、唇の合わせ目を舌先でなぞってきた。

くちゅっ――と、本当に小さく濡れた音がして、思わずビクついてしまう。

ゆっくりと唇を離した啓は、唇を引き結んだまま真っ赤になっているひなみの頭を掻き抱いて、自分の胸に押し付けた。後頭部の丸みに沿って、ゆっくり、ゆっくりと頭を撫でられる。

啓の表情は見えないが、繰り返されるその動きはガチガチに固まっているひなみを解《と》きほぐそうとしているようだ。啓の身体から、心地よい体温といい匂いがする。

ひなみが自分の身に起こったことを反芻《はんすう》する前に、啓が口を開いた。

「俺さ、付き合うからにはトコトンひなみのこと可愛がるつもりだから――」

そう言った啓に強く抱き込まれる。

ずっと好きだった人にキスされて、抱きしめられているのだ、ひなみの心臓はもう爆発寸前だ。彼の上から退《ど》くことができない。

一方で啓は、ひなみの頭を優しく撫でていた手を、頬に滑《すべ》らせてきた。顎《あご》をゆっくりと持ち上げられて目が合う。挑発するような目なのに、それでいて甘い声で彼は囁《ささや》いてきた。

「――覚悟しとけよ」

「〜〜〜っ！」

啓の声がお腹の底に響いてゾクゾクしてしまう。

何も言い返せない。どんなふうに可愛がってもらえるのかと期待してしまっているのは、間違いなく自分の中にある女の部分だ。

真っ赤になったまま引き結んだひなみの唇を、啓の指先がなぞった。

「そんな力いっぱい噛《か》むなよ。跡が付くだろ。あとな、キスの時は目を瞑《つむ》れ」

「……け、ぃくんも、開けてた……」

やっとの思いで掠《かす》れた声を出すと、彼は「へぇ?」と笑って、瞳を妖《あや》しく煌《きら》めかせた。

「なら今度は瞑るわ。おまえも瞑れよ」

そう言った彼にぐっと引き寄せられ、軽く唇が触れ合う。しっとりと吸い付くような感覚に、ギュッと目を閉じる。

「んっ」

意識していないのに声が漏れて、軽く息が上がる。新しい酸素を求めて薄く開いた口に、生暖かいぬめりを伴ったものが差し込まれた。

「ふぁ、んんっ」

それが啓の舌だとわかって肩に力が入るが、彼は躊躇《ためら》いなくひなみの口内をまさぐり、舌を吸ってくる。

強くはない。ゆっくりとした舌遣いだ。それが余計に生々しい感触を大きくさせる。ひなみは何もできない。ただ、啓にされるがままだ。心臓ばかりがドキドキして手に負えない。

確かに啓との関係は、今日一日で変わった。もう、ただの幼馴染みではない気がする。でも彼はひなみのことを「嫌いじゃない」と言うだけで、面と向かって好きとは言ってくれないのだ。

「ひなみー。下りないの？」

呼びかけられてハッとすると、啓がニヤニヤと笑いながらひなみを見上げている。自分がまだ彼の上に跨ったままだったことに気が付き、途端に慌てふためいた。

「ご、ごめんっ。重いよね」

「いや、全然かまわないし。続きをしてほしいならするけど？　なんかおばさんにも期待されてるみたいだし」

「なっ！　そ、そんなわけないじゃないっ！　何言っちゃってるのよ！」

既に真っ赤だった顔を更に赤くして、啓の上から下りる。

ベッドから立ち上がった彼は、挑発めいた仕草でひなみの顎《あご》を持ち上げた。

「ざーんねん。続きは引っ越してから、かな？　ねー、ひなみー？」

「～～～～!!」

ひなみはもういっぱいいっぱいなのに、啓は余裕綽々《よゆうしゃくしゃく》でからかってくる。経験値の差を見せつけられている気分だ。

悔しくって恥ずかしくって、でもちっとも本気で怒れなくって。彼の手のひらの上で転がされていることがわかっているのに、抗《あらが》えない。

ひなみが唸《うな》りながら啓を睨《にら》むと、啓はふんわりと蕩《とろ》けそうな笑みを浮かべた。

それはまるで王子様で——

「ひなみ、可愛い。今は逃がしてやるけど、次は逃がさないよ？」

ちゅっと軽く唇に口付けられる。

その不意打ちにひなみがろくな反応もできないでいるうちに、啓は部屋のドアを開けた。

「さて。俺、帰るわ。物件見つけたら連絡するから。あと、本も服も好きなだけ持ってきていいよ。じゃあな」

パタンと小さな音がしてドアが閉まってから、ひなみはヘナヘナとラグの上に座り込んだ。

(なに、今の……。あ、あんなの反則だよ)

腰が抜けて、力が入らない。テレビでも見たことがない優しい眼差しで口説《くど》かれたら、そのうち心臓が止まってしまう。

ちゃんと気持ちも聞けていないのに、啓にとって自分が特別なんだと思いたくなってしまう。

恋愛なんて、惚《ほ》れたほうが負けだ。

もう出だしから完全に負けが決まった恋が、はじまっていた。

3

明日で三月が終わりという日に、ひなみは地元を離れた。

『昼まで撮影があるから、夕方に到着するように来て』

あらかじめ、啓からそう連絡を受けていたひなみが品川《しながわ》に降り立ったのは、予定通りの十八時四十七分。

何度か新幹線に乗ったことはあるが、一人でとなると初めてだ。学生時代の修学旅行で感じた妙な興奮を再び体験することになり、ソワソワと落ち着かない。心細さというのはないが、無意識のうちにスマートフォンをお守りのように握りしめていた。

キャリーバッグを片手で引きながら、人の流れに身を任せて改札を潜《くぐ》る。そしてこれまたあらかじめ決められていた通りに、啓にメールを送った。啓が迎えに来てくれる手筈《てはず》になっているのだ。

『着いたよ』

すると、すぐさま啓から折り返しの電話がかかってきた。

「もしもし、着いたか。今どこにいる？」

「改札出たばっかりのところ」

「わかった。そこ動くな。——改札にいるそうです——ひなみ、おまえ何着てる？」

「白のスプリングコートだけど」

「了解。——白のスプリングコートを着ている小柄な子を探してください」

啓は、ひなみの言ったことを復唱している。違和感を覚える話し方に眉を顰《ひそ》めていると、ひなみの目の前に電話をしているスーツの男の人が立った。

年の頃は、三十半ばといったところか。スーツのサイズが微妙に合っておらず、着られている感じが拭えない。気が弱く神経質そうな人だった。

「あのぉー。あなたが瀬田……ひなみ、さん？」

「は、はい……」

スマートフォンを耳に当てたままの彼に話しかけられ、ひなみも同じようにスマートフォンを耳に当てたまま生返事を返す。と、その人が少しホッとした顔になった。

「要くん。彼女さん、見つけましたよ」

「ひなみ。その人、俺のマネージャーだから」

「要くんのところまでご案内します」

電話越しと目の前と、ほぼ同時に言われては頷くしかない。知らない人ではあるが、啓がマネージャーだと言えば、ひなみにそれを疑う理由はないのだ。ひなみは素直に彼に付いて行った。

案内されたのは、駅から信号を三つ、四つ離れた路肩に停めてあるワンボックスカー。黒いスモークフィルムがべったりと貼ってあり、中はよく見えない。

「どうぞ」

スライドドアを手がやっと入る幅だけ開けて、マネージャーは運転席へと回った。乗りやすいようにドアを開け放ってくれるわけでもない。親切なのか不親切なのかあまり深く考えないようにしながら、ひなみはもう少しだけドアを開いた。

「よっ。ひなみ」

中から啓の声がして、一旦は安堵《あんど》したのだが、次の瞬間ぎょっとする。啓が大きなサングラスをかけていたのだ。真冬の、しかも車内でサングラスなんて、おかしいことこの上ない。不審者丸出しの上に、似合っていない。今時、やくざでももうちょっと似合うサングラスをかけているだろうに。

ファッション業界の人間として、いや西條要のファンとしても、このサングラスはいただけない。

「啓くん、サングラス変。似合ってないよ……」

「……んなことわかってるよ。いいんだよ、これは！」

啓はキャリーバッグを取り上げて、ひなみを自分の隣に座らせてくれた。

「オッケー。田畑《たばた》さん、行きましょう」

啓の号令で車が動きだす。

田畑というのはマネージャーの名前だと、啓が教えてくれた。

「今回借りた部屋も、田畑さんが探してくれたんだ」

「そうなんですね。ありがとうございます。すみません、自己紹介が遅れて……わたし、瀬田ひなみと申します」

「僕のほうこそ、すみません。あの、田畑です……。要くんのマネージャーやらせてもらってます」

田畑はあまりひなみと話す気がないのか、啓の言ったことを改めて繰り返すばかりだ。心なしか啓の機嫌《きげん》を窺《うかが》っているようにも見える。

「あ、あの、要くん。今日の撮影よかったよ。ノーミスなのも、さすが要くんって感じで。監督も褒《ほ》めてたし」

「ありがとうございます！」

啓は爽《さわ》やかに受け答える。しかし割と素っ気ない。尊大でもないが、ひなみが見知っている彼とはどこか違う。

赤信号で車が停止して、田畑がわずかに振り返った。

「それで……その、彼女さんと暮らすのはいいんだけど、くれぐれも周りにばれないようにね？」

そう言ってチラチラとひなみのほうを見てくる。田畑が牽制《けんせい》したいのは、啓よりもひなみのほうらしい。自分たちの同棲をよく思っていないことが、やんわりとだが伝わってくる。

（う……う〜ん、これは……）

苦笑いが自然と浮かぶ。どう反応したものかとひなみが考えていると、啓が身を乗り出した。

「大丈夫ですよ、田畑さん。同棲に当たっては社長とも約束したし。ひなみは他人《ひと》に言いふらすような性格じゃないし」

確かにひなみは西條要が幼馴染《おさななじ》みだということさえ、一度も他人に言ったことはない。一緒に暮らすからといって、その性格が急に変わるわけでもない。それに、口が堅いことには自信があった。

むしろ、ひなみが驚いたのは別のこと。

「社長……？」

ひなみの疑問に答えてくれたのは、やっぱり啓だった。

「うちの事務所の社長。俺をスカウトしてくれた人が、今は出世して社長やってるんだよ」

「あーあの時の……。そうだったんだ」

ひなみが思い出していたのは、啓がスカウトされた日のことだ。ひなみもちょうど一緒に出掛けていたから、その時に会った。信頼できそうな雰囲気の人だったことを、なんとなく覚えている。

今は社長となったその人は、啓の芸能界入りを後押ししたひなみを気に入ってくれているそうで、この同棲には賛成なのだと言う。

「僕はマネージャーってことになってますけど、要くんの実際のマネジメントやプロデュースは、社長がメインでやってるんです。それだけ要くんは事務所にとっても世間にとっても大事な俳優で、スキャンダルなんてとんでもない話なんです。しかも一般女性なんて……。今は要くんの全盛期と言ってもいいくらいなんだから、ファンに反感を持たれないようにしないと……」

弱気ながらも田畑は、何度もスキャンダルだけはご法度《はっと》だと念を押してくる。その言い草に、まるで遠回しに身を引けと言われているような気がした。

一般人だから人には知られてはいけないのだろうか？　啓と同じ芸能人だったらよかったのだろうか？　そうしたら、誰もが納得してくれる？

まだ部屋に着いてもいないのに、心が不安に侵食されていく。ひなみの表情《かお》が曇りかけた時、サングラスを取った啓が爽《さわ》やかな王子様スマイルを浮かべた。

「俺はひなみがいなきゃ芸能界なんて入ってなかったから、ひなみと別れるくらいなら、芸能界を辞めてもいいぐらいの気持ちなんですよ。第一、オフのたびに地元に帰ってたのだって、ひなみに会うためなんだから。社長もそれがわかってるから、この同棲にＯＫ出してくれたんですよ」

（芸能界を辞めてもいいとか嘘でしょ!?）

思わず息を呑む。確かに当時芸能界入りを悩んでいた啓は、ひなみに相談してきた。「やりたいなら、やってみればいい」と彼の背中を押したのはひなみだ。

しかしそれを今この場で持ちだされるとは思わなかった。

「ぼ、僕は……わ、別れろなんてそんな……」

啓の極上スマイルからちくちくと棘《とげ》が出ているのを感じ取ったのか、もともと弱気そうな田畑は、より一層何も言えなくなったらしく口を噤《つぐ》んだ。田畑の放つオーラがどんよりとしてきた気がする。

「啓くん、田畑さんは『気を付けてね』って言ってくださってるだけだから。わたしも気を付けるし、啓くんも気を付けよ？」

そう啓を諌《いさ》めつつも、心臓がバクバクする。

地元にちょくちょく帰ってくる理由がひなみに会うためだったというのも、初耳だ。そこまで自分を想ってくれている？　そう思いかけて、いやいやあれは自分に向けられた言葉ではないと気を引き締める。あくまでも田畑に、ひなみと住むことを認めさせるために言ったことだ。

「そうだな。ひなみの言う通りだ。俺も気を付ける」

そう言った啓がじっとひなみを見つめてくる。

テレビに出ている時のような王子様の眼差しでも、地元に帰ってきた時のようなぶっきらぼうな眼差しでもない。

啓はもともと眼力のあるタイプだった。けれども今はぼんやりしているようにも見えるのに、視線自体が温度を持っている。

ひなみでさえ初めて見る、陶酔《とうすい》に似た眼差しだった。見ているこちらの体温が勝手に上がっていくみたいだ。

（あれ……）

目が逸《そ》らせない。それどころか、もっと彼を見ていたい。胸の奥がゾクゾクして、今まで感じていた恋心が凝縮していくような――

「さ、ひなみ、着いたよ。俺らの新しい家だ」

啓を食い入るように見つめていた自分に気が付いて、ハッと意識を戻す。

慌てて窓を見ると、啓が指差す先にはグレーのタイル張りのマンションがあった。

六階建てで、地下一階は駐車場になっている。洗練された感じのする、オシャレなマンションだった。

「駐車場のシャッターゲートは専用キーでないと開きません。部外者は入れない仕組みなんです」

田畑が話しながら運転席から操作する。目の前で、駐車場のシャッターが自動で持ち上がった。

「うわ……すごい……」

「シャッターゲートのリモコンは部屋の鍵と一体化していますから、落とさないように注意してください。駐車場へはタクシーの乗り入れも大丈夫ですから、マンションの前で下りるくらいなら駐車場の中までタクシーで乗り付けてください。写真を撮られるリスクは減らしていかないと。はい、これが鍵です」

解説する田畑は、やはり啓に向かってというよりは、ひなみに向かって言っているようだ。

田畑がくれた鍵はヘッドの部分が若干分厚い。きっとこの分厚い部分がシャッターゲートのリモコンなのだろう。

鍵をしげしげと眺めるひなみに、啓は自分の尻ポケットからキーケースを取り出した。

「ひなみとお揃い」

目の前で掲げられて、じわっと赤面してしまう。

同じ家に住むのだから、鍵がお揃いなのは当たり前のことなのに、急に実感が湧いてきたと言うべきか。お腹の底あたりがもぞもぞしてくる。

啓は嬉しそうではあるものの、軽い口調で言ってくるから、余計に自分だけが意識している気がして落ち着かない。

ひなみがうまい返事を返せずにいるうちに、車は駐車スペースに駐まった。

「あれ？　啓くんの車は？」

啓はシルバーの国産車を一台持っている。彼が実家に乗って帰ってきた時に、ひなみも何度か乗せてもらったことのある車なのだが、駐車場には見当たらない。

「まだ前のマンションにあるから、今度取りに行くわ」

啓がそう言い、田畑の案内でエレベーターに向かう。エレベーターを一度一階のエントランスで乗り換えて、住居スペースへ上がる仕組みらしい。

エントランスには警備員の詰め所がひっそりとあるが、天井を見ると監視カメラの数がすごい。

きっと詰め所の中は、監視カメラのモニターでいっぱいなのだろう。

「ずいぶん厳重なんですね」

「当然です。記者だけじゃなくて、面白半分で芸能人の住居に突撃しようなんて輩《やから》もいますからね。念のため、です。ちなみにワンフロア一部屋しかありません。上下階の人にはもう僕が引っ越しの挨拶《あいさつ》をすませています。上が漫画家さんの事務所で、下は海外から赴任して来られた外国人の方です」

　このマンションは田畑が探してきた物件らしいが、彼の用心深い性格が窺《うかが》える。

警備員詰め所を通り過ぎた奥にあるエレベーターに乗って、住居スペースまで上がる。

三階が、これからひなみと啓が暮らす部屋だということだった。

　啓が鍵を開けて玄関に足を踏み入れた途端、田畑がスケジュール帳を取り出した。

「要くん。約束した通り明日はオフだけど、明後日はモルッアのＣＭ撮影と、雑誌の撮影と、ラジオの収録。明々後日《しあさって》はシグさんのトークショーにゲスト出演だから——……」

　延々と一週間の予定を述べる田畑に啓は苦笑いすると、小さく肩を竦《すく》めた。

「なんか詰まってません？　スケジュール」

「要くんが明日はオフにって言うから……調整してこれなんだけど……」

　急に弱気になった田畑が上目遣いで啓の機嫌《きげん》を窺っている。自分より年上の、しかも三十路《みそじ》を過ぎているであろう男の上目遣いというものに、何やら思うところがないわけではない。が、ひなみがこのスケジュールに対して何か言う立場にあるわけでもなく、田畑と同じように啓のほうを見る。

彼は「ん〜」っと、宙を仰いで頷いた。

「ま、無理を言ったのは俺だし、頑張ります」

「うん、頑張ろう！　要くんならやれるよ！　車ないでしょ？　明後日は十時スタジオ入りだから、八時半には迎えに来るからね！」

「ありがとうございます」

田畑はホッと頬の緊張を緩《ゆる》めて手帳をしまった。

「じゃあ、僕は事務所に戻るね。お疲れ様！」

「はい、わかりました。お疲れ様です」

玄関先で啓が見送る素振りを見せたので、ひなみも田畑にその場で一礼した。

「田畑さん。今日はありがとうございました」

「いえ。また何かあったら遠慮なく言ってください。要くんの芸能活動をサポートするのが僕の役目ですから」

と言いつつも、田畑は少し考えてひなみに向き直った。

「あの……彼女さんにこんなこと言うのもおかしいと思うんですが、要くんのことよろしくお願いします。食生活もそうですけど、メンタル面は特に。要くんは役者なんです。帰りが遅くなることもあるし、付き合いもあるし、不測の事態も——」

「たーばーたーさーん？」

啓の呆れ声に、田畑は「あわあわ」と濁《にご》したと思ったら、瞬《また》く間に回れ右をした。

「あ、あの――」

「でっ、ではっ！　明後日迎えに来るから！　お疲れ様!!」

彼の駆け出して行く様は、脱兎《だっと》の如《ごと》く――という比喩《ひゆ》がぴったりな程だ。ひなみが話しかける暇なんてない。

「ふぅ――悪い人じゃないんだけどな。気に障《さわ》ったなら俺から謝るわ」

啓が頭を掻きながらぶっきらぼうに言うので、思わずクスッと笑った。

(あぁ、いつもの啓くんだ)

仕事モードの啓は、どうにも知らない人のようで落ち着かなかったのだ。

「大丈夫だよー」

軽く返事をしつつ、ひなみは頭の片隅で田畑の言いたかったことを考えていた。

きっと彼は、西條要の――売れっ子俳優の足を引っ張るなと言いたいのだろう。

スキャンダルを起こすな、起こさせるなと。気持ちを揺らがせるようなことを言うな、するなと。

(一緒に住むからには、啓くんをわたしが支えなきゃ。頑張らなきゃね)

啓に告白したのは自分だ。「付き合うか？」と聞かれて頷いたのも自分だ。小川啓の彼女として家族に認められるだけじゃなく、西條要の彼女として、彼の職場の人にも認められたい。

(そうじゃなきゃいけない気がする)

胸の辺りでギュッと拳《こぶし》を握って決意を固めていると、啓が不思議そうに首を傾《かし》げた。

「上がらないのか？」

「あ、上がる上がる」

未だ自分が玄関で立ち尽くし、靴も脱いでいないことに気が付いて、慌てて中に入った。啓がひなみのキャリーバッグを持って先導してくれる。

廊下も広く、ゆったりしている。ずいぶん余裕のある間取りのようだ。

啓がメールで間取りや内装の写真をいろいろ送ってくれていたから、なんとなくの雰囲気は掴めている。確か2LDKだったはずだ。

(でも現物見るの初めてなんだよね)

二日前に、ひなみの荷物が引っ越し業者によって搬入されている。啓の荷物はそれより前に入っているはずなのだが、荷物が入った部屋の写真はまだ見せてもらっていなかった。

「あのね～お父さん特製のコーヒー豆持たされたんだ。道具付きでね。淹《い》れる練習もバッチリしてきたよ」

任せろと言わんばかりに腕捲《うでまく》りをするフリをすると、啓が「ほほう」と顎《あご》に手を当てながら振り返った。

「花嫁修業してきたか。じゃあなんだ。このキャリーバッグの中身は嫁入り道具か。やたら重いと思ったんだよなぁ。ま、いいや。あとでおじさん直伝《じきでん》のコーヒー淹れてくれ」

茶化されているような気もするが、いつものノリのような気もする。こんな時、自分はどんなふうに返事をしていたっけ？　啓が嫁だなんて言うから、なんだかするっと言葉が出てこない。

ひなみが「も、もー」だなんて牛の鳴き声に似た返事をしているうちに、啓が玄関から続く廊下の突き当たりにあるドアを開けた。

そこはもう、開放的な空間だ。西側は全面が窓になっている。今は半分ほどブラインドが閉められているものの、眺めは悪くない。

「ここがリビング・ダイニングな。向こうがキッチン。荷解きも全部終わってる。家具も必要そうなものは適当に買って入れたから」

リビングには五十インチの大型テレビと二人掛け用ソファ、そしてガラスでできた洒落《しゃれ》たローテーブルがある。続きになっているダイニングには、レストラン顔負けのテーブルセットが鎮座していた。

全体的にスタイリッシュなイメージなのに、薄ピンクのテーブルクロスが掛けられているあたり、ひなみの好みも考えてくれたのだろう。

椅子が二脚しかないことに、これからここで二人っきりで暮らすことを意識させられて、少し気恥ずかしい。

キッチンにはひなみが送った食器や調理器具が使い勝手のいいように、きちんと整頓されて置かれていた。

「す、すっごーい。オシャレな家具選んだんだね。荷解きまでしてもらって……ありがとう。大変だったでしょ？」

「いや、別に。ほとんど業者がしてくれたしな。こんなんでよかったか？」

「うん。想像以上に素敵だよ～。ありがとう！」

ひなみが喜ぶと、啓が少しホッとしたように頬を緩《ゆる》めた。

「ならいい。次はおまえのミシンとか置いた部屋な」

「あっ、見たい！　見たい!!」

「フフン。きっと驚くぞ」

なぜか、やたらと自慢気だ。一度、玄関側の廊下に戻った啓が、右手のドアを開ける。ひなみもすぐに彼のあとを追って部屋を覗いた。

「わぁ～っ！」

思わず感嘆の声が漏れる。それもそのはず、実家にあるひなみの部屋の二倍はありそうだ。

「本も服も好きなだけ持ってきていい」という啓の言葉に甘えて遠慮なく荷物を送ったのだが、ひなみ好みの可愛らしい装飾が施された本棚が壁際に据え置かれ、送った書籍がきちんと収納されている。しかも、一角に設けられたスペースはまるで衣装部屋だ。鞄や靴を置く棚まである。

ミシンや人台《ボディ》も置かれ、実家では止むを得ず閉じていた作業台の折りたたみテーブルに至っては、開いた状態で鎮座していた。

「うわぁ、広い」

「気に入ったか？」

「うん！　もちろんだよ！」

部屋の中央に立って見回す。服は啓のものもある。彼の服のほとんどは過去にひなみが作ったものだ。クローゼットのスペースはまだまだ余裕がありそうで、ひなみがハイペースで啓の服を作ったとしても、すべてが埋まるのは数年先だろう。考えるだけでワクワクする。そして何より、今まで啓にプレゼントしてきた服を、彼がこうして大切に保管していて、新居にまで持って来てくれたのが嬉しい。

(啓くん、やっぱり優しい！　でも、あれ？)

改めて辺りを見回したのだが、この部屋にはベッドがない。ここまで部屋を整えてくれた啓が、ベッドを忘れるとは思えないのだが——

「啓くん、ベッドは？」

振り返って尋ねると、啓はわずかに顎《あご》をしゃくった。その時の彼の口元が少しにやけていたような？

「ベッドなら向こうの部屋」

「え？　そうなの？　ここ2LDKじゃ——」

ひなみが疑問を口に出す前に、啓が向かいのドアを開けた。

「ここが寝室」

そこに見えるのは巨大なベッド——キングサイズだろうか。部屋全体に高級感があって、まるでどこかのホテルのようだ。ちょっとしたサイドボードと、小ぶりなテーブル。そして椅子もある。

しかしベッドはひとつだ。

「わたし、ここで寝るの？」

「そうだよ。結構寝心地いいぞ、このベッド」

「そうなんだ。楽しみ。啓くんはどこで寝るの？　ベッドひとつしかないよ？」

「ここで寝るに決まってるだろ。これだけ広いんだからひとつで充分だ」

そう言って啓は軽くベッドに腰掛ける。

「ふかふかで超気持ちいいんだぜ、これ。めちゃくちゃ気に入ってるんだ」

ベッドをポンポンと叩く啓を前にして、ひなみの頭はパニックを起こしかけていた。このベッドが彼のお気に入りなのはわかったが、今はそれどころじゃない。

「こっ、ここで寝る!?　わたし、啓くんと一緒に寝るの!?」

「そうだよ？　付き合ってるんだから当たり前だろ？」

（そうなの!?　聞いてないよ！）

確かに彼のことは好きだし、キスもしたし、お互いに両親への紹介も終わっているし、何よりこうしてひとつ屋根の下で暮らす段取りまでしている。が、ひなみには啓と付き合っているという実感が未だにない。

（啓くんと……一緒……同じ……ベッド……）

本当に寝るだけ？　やめようとしても頭が勝手に想像する。

普通の彼氏と彼女は、同じベッドでどうやって眠るのだろう？

子供の頃は、遊んで疲れたら、どちらかの実家で揃ってお昼寝をしていたものだけど、さすがにあの頃と今を一緒にしてはいけないことくらいわかる。

不意に、いつかの啓の囁《ささや》きが蘇《よみがえ》った。

『ひなみ、可愛い。今は逃がしてやるけど、次は逃がさないよ？』

じわじわとせり上がるように顔が熱くなっていく。

（つ……『次』ってやっぱ今日なのかな――）

寝室に入ることもできず、赤面したまま廊下で立ち尽くすひなみに向かって、啓が意地の悪い笑みを向けてきた。

「何？　同じベッドいやだったか？　そういえばおまえ、子供の頃イビキかいてただろ？　まだイビキかいてんの？」

「かいてないっ！」

咄嗟《とっさ》に反論すると、啓がまた挑発的に目を細める。

「へぇ？　でもそれ、自己申告だからな。今夜俺が確かめてやるよ。だから一緒寝よ？」

啓がちょこんと小首を傾《かし》げる。ドラマアカデミー主演男優賞受賞者のおねだり演技を間近で見せられて、ひなみは悔しいけど何も言えなくなってしまった。

（なんでさっきまで意地悪なこと言ってたくせに、『寝よ？』だけ可愛く言うのぉ～～！）

じとーっと睨《にら》んでみても、啓には通用しない。それどころか爽《さわ》やかな王子様スマイルでにこっと笑ってくるのだ。

「俺、ひなみと一緒がいい」

「う～～」

唸《うな》りながらも思い出す。ああ、これは既に負けた恋だった。自分は啓に敵《かな》わない。

彼が面白がって、自分を挑発しているのだとわかっているのに、拒めないのだ。大好きな彼が望むことなら何でも叶えてあげたい。そう思うのは、諦めることのできなかった恋心のせい――

きっと自分はこの恋心に操《あやつ》られているのだろう。拒否する道が最初から選択肢に含まれていない。

ひなみが選んだ道は、顔を真っ赤にしたまま黙って頷くことだった。

夕飯は、啓が手配してくれたデリバリーだった。

「わ、助かる！　ありがとう」

「ここ、田畑さんおすすめの弁当屋。うまいし、栄養バランスがいいし、買いに行かなくても持ってきてくれるんだ。スタジオにも出入りしてる業者だし、口が堅いから安心だって。忙しい時には頼むんだ」

普段はネットスーパーで買い物をして、玄関前の鍵付きボックスに届けてもらうらしい。

啓が電子レンジで温めた弁当を、ダイニングテーブルに並べて蓋を開ける。出てきたのは、煮魚と煮物、玄米という和食だった。丁寧なことに、お湯を注ぐだけの味噌汁もついている。確かにバランスは良さそうなのだが、いかんせん量が少ない。ひなみでさえそう思うくらいだから、男の啓にはまったく足りないのではなかろうか。前はもっと食べていたような？

「啓くん、足りるの？」

「夜はあまり食わないようにしてるんだ。体型維持は大切だからな。でも朝と昼はガッツリ食う」

（もうモデルじゃないのに、ずっと努力してるんだ……）

玄米が主食なのは、糖質を気にしてのことだろう。モデル時代、体型に気を使っていたのは知っていたが、俳優になってもそれを続けているのは知らなかった。思えば啓と会うのは昼間が多かったし、晩ご飯を一緒に食べるのもごく稀《まれ》。

ちょっとドカ食いしただけでも、それが如実に体重に反映されてしまうひなみは、いつも変わらない体型の啓を、「やっぱりモデルは違うな」なんて羨《うらや》ましく思っていた。だが、それは容易に手に入るものではなく、彼の努力の結果だったのだ。

啓は役を演じている時以外にも、俳優・西條要という役を常に意識しているのだろう。

「すごいね。プロだね」

感心して素直に褒《ほ》めると、啓は屈託なく笑った。

「おー。だから八〇キロの巨漢を演《や》れって言われたら、役作りのためにガンガン食うよ？」

「えっ⁉」

啓の体型なら知り尽くしているひなみである。彼の体重は六五キロ。身長は一八二センチだから、標準体型よりやや痩《や》せ気味なくらいだ。それが八〇キロに⁉

驚くひなみだが、啓が自分を少し心配そうに見つめていることに気が付いた。

「なぁ、役作りのためだとしても俺の体型が変わったら……その、いやか？」

じっと向けられる眼差しは、ひなみの感情を見定めようとしているようだ。

ひなみとしては、啓が激太りするところなんて想像できないのだが、彼は俳優だ。プロの役者なのだ。役者が役作りに精を出すのは当然のこと。その役作りにはボディコントロールも含まれていると、他の誰でもない啓が言うのだ。なら受け入れたい。啓を支えたいし、彼がどんな姿になっても側にいたかった。——彼が自分を必要としてくれる限り。

「いやじゃないよ」

「いや、でもさ。おまえ、俺の身体好きじゃん？　体型が変わったら、俺のことも嫌いになるかもしれないだろ？」

「何それ」

まるで啓の身体だけが好きであるかのように言われて、ひなみは面食らうのと同時にちょっぴり顔を顰《しか》めた。

「好きだよ？　そりゃ、啓くんの身体は超理想だもん。でも太っても気持ちは変わらないよ。わたしは啓くんが大好きなんだから」

きっぱりと言い切ると、啓はほんの少しだけ視線を逸《そ》らした。

「……そうか」

「そうだよ。あ、でも——」

ひとつだけ思いついたことがあるのだが、これを言うとまた啓に身体が好きなのだと誤解される気がして口を噤《つぐ》む。しかし、啓の視線がチラリと戻ってきて話を促《うなが》した。

「でも——なんだよ？　途中でやめるなよ。余計に気になるだろ」

「じゃあ言うけど……怒らないでよ？」

しっかり念を押してからひなみは改めて口を開いた。

「太っちゃっても啓くんは啓くんなんだけど、太る前に啓くんの身体で型取りした人台《ボディ》が欲しいな～って。えへへ」

案の定、啓は苦々しく顔を顰めて、面白くなさそうに椅子に座った。

「うわ、聞いて損した。すっげぇ嬉しくねぇ」

「なんで？　わたし啓くん大好きだよ」

なぜだろう。既に一度自分の気持ちを伝えているからか、二度目三度目がするっと出てくる。

そうだ。自分は彼が好きなのだ。

啓の気持ちが幼馴染《おさななじ》みの延長だったとしても、自分の気持ちは違う。そして今は、それをいくらでも彼に伝えることができる。

「怒んないで？」

啓が本気で怒っているわけではないことなんてわかりきっていたけれど、謝りながら向かいに座って、にこっと笑ってみる。すると一瞬目が合った啓は、ぷいっと目を逸らすとぶっきらぼうに箸《はし》を取った。そして弁当を掻き込みつつボソッとこぼす。

「別に怒ってないって」

「ふふ。ありがと。いっただきま～す！」

食べながらふと思う。幸せだがこれは、地元にいる時と変わらない会話だ。

付き合うってこういうことなのだろうか？

緊張することもないし、会話が詰まることもない。気楽で、楽しくて、ほんわかしている。でも、恋人同士の会話にしては、色気がない。これは幼馴染《おさななじ》みとしての会話とどう違うのだろうか？

（わたしたち、本当に付き合ってるのかなぁ……？）

今日から啓と一緒に暮らす。でもなんだかそれは、同棲というよりも、ルームシェアという表現のほうが近いような気もしてきた。

同じベッドで寝ようと言われて意識しているのはひなみだけで、啓にとっては子供の頃のお昼寝と、感覚的にはあまり変わらないのかもしれない。

（……そういえばキス、あの時からしてない）

さっきは田畑がいたからだと理由付けをしてみるが、今はもういない。二人っきりなのに、啓はひなみに触れない。世の中のカップルは、一ヶ月ぶりに会って二人きりになった時、どうするのだろう？　キスはしないのだろうか？　お互いを抱きしめ合ったりは？

実家の自分の部屋でもらった、初めてのキスの感触が忘れられない。腰を抱いて、押し付けるように触れ合った最初のキス。舌を絡められた蕩《とろ》けるような二回目のキス。次のキスは——？

「ひなみー。どうした？」

「……！」

キスのことばかり考えてぼーっとしていたことに気が付き、ハッとする。

啓はもう食事を終えていて、箸《はし》の進まないひなみを心配そうに見ていた。

「口に合わなかったか？　それとも移動で疲れたか？」

我に返ったひなみは、慌てて首を横に振った。

「ううん。おいしいし、全然疲れてないよっ！　啓くんが太っちゃった時に備えて、大きめサイズでもかっこいいパターンを引けるようにならなきゃって考えてたんだ」

そんなことはちっとも考えていなかったけれど、自然と口から出てきた。でもそれは、ある意味ひなみらしいことのように啓には聞こえたのだろう。

彼は表情を緩《ゆる》めて頬杖をついた。

「あぁ。その時は頼むわ。おまえだったら俺がどんなに体型崩れても、一番似合う最高の服を作ってくれそうな気がする」

服作りを啓に「頼む」だなんて言われたのは初めてだ。なんだか自分がパタンナーとして認められているような気がして、くすぐったい気持ちになる。

照れるひなみに、啓はまた話しかけてきた。

「俺、明日オフだから一緒に出掛けような。最寄り駅とか、わからないだろ？」

「う、うん。ありがと……」

しどろもどろになりながらお礼を言うと、啓は柔らかい眼差しでまたふんわりと笑う。その微笑みは、テレビで見る王子様スマイルとは少し違っているように、ひなみには見えた。

食事を終えてしばらく経った頃、啓が徐《おもむろ》に伸びをした。

「さて、そろそろ風呂が沸いたかな。入るか。そう言えばさっきよく見てなかったろ？　風呂も結構広いぞ、ここ」

「ほんと？　見たい」

啓のあとに続いて行ったバスルームには、白くて丸いバスタブがあり、壁にテレビもついていた。オシャレ度からして、実家とはまるで違う。

「こんなに可愛いお風呂初めて見た！」

「ジェットバスだぞ、これ」

啓が風呂のすぐ横にあるボタンを押すと、気泡が勢いよく噴出され水流を作る。自宅で温泉気分が味わえるなんてなんだかリッチだ。

「うわぁ～すごい！」

感嘆の声を漏らすひなみに、啓はニヤリと不敵な笑みを見せた。

「一緒に入ろうか？」

一瞬、きょとんと目を瞬《またた》く。目の前にあるのは、なみなみと湯の入ったお風呂で――

「ちょ、な、何を言ってるのよっ！　入るわけないでしょ！　子供じゃないんだから！」

真っ赤になって抗議するが、啓は笑うばかりだ。

「子供じゃないからこそ一緒に入るんだろうが」

「えっ!?」

自分の中の常識と真逆のことを言われて、混乱する。

(混浴のつもり？　いや、でも一緒にお風呂とか絶対ないし！)

自分の感覚は正しいはず――ひなみがそう考えていると、啓が温度を確かめるためにお湯に差し入れた手を引き上げ、指先に付いた水滴をピッと飛ばしてきた。

「うひゃ!?」

顔にかかって、奇声を上げて驚くひなみを見てひとしきり笑った啓は、優雅な手つきでお風呂を指し示す。

「ひなみ様、お風呂が沸きました。お先にどうぞ」

かけられたお湯を手で拭い、顰《しか》めっ面をしていたひなみだが、啓の悪戯《いたずら》は自分に気を許しているからこそだ。そう思うと可愛いものである。どうせ一緒に入ろうというのも冗談に決まっている。

だから本気で怒るわけもなく彼の芝居に乗ってやった。

「うむ。苦しゅうない」

啓は丁寧にお辞儀をすると、先にバスルームを出た。だが不意に振り返り、にかっと明るい笑みを向ける。

「今度は一緒に入ろうな」

「はぁっ!?」

ありえない、と目を見開くひなみを残し、啓は去っていった。

湯上がりのひなみが歯ブラシを手にリビングに向かうと、啓がソファに背中を沈み込ませながら本を読んでいた。ハードカバーでなかなか分厚い。

「何読んでるの？」

「ん？　先週出たばかりの本。俺この作家さん好きでさ」

啓は読書家だ。ひなみはファッション誌や洋裁技術書なら好んで読むが、それ以外はさっぱり。しかし彼は、小説も漫画もよく読む。男性向け女性向けにこだわりもないらしく、手当たり次第という言葉がしっくりくるような本選びをしている。そうして読んだ本の中に演じてみたい役があった時、その世界に没頭してしまうのだと、以前彼が話していたことを思い出した。

啓にとっての読書は、役作りの一環なのかもしれない。

「面白い？」

「うん。ドラマ化するなら声かけてくれないかなぁー。これに出てくるキャラ、俺、ぴったりだと思うんだけどな」

そんな啓の声には、もどかしさがある。

事務所に所属している以上、自分の好きな仕事だけをやれるわけではないのだろう。

啓はパタンと本を閉じると、ローテーブルの上に置いた。

「よし、風呂入ってくる」

バスルームに向かった啓を見送って、シャカシャカと歯磨きをする。バスルームと続きになっている洗面所に行くのは憚《はばか》られて、キッチンで口をゆすぐと、もうすることがなくなった。

啓がローテーブルに置き去りにした小説に自然と手が伸びる。

ぱらぱらとページを捲《めく》り、カバーの折り返しに書いてあるあらすじに目を通す。

（なになに？　高校生時代に憧れていた優しい男性教師・南雲《なぐも》を目標にして、彼と同じ教師になった真面目一徹・品行方正のユメ。新任教師として赴任《ふにん》した学校に彼がいて、懐かしい記憶が蘇《よみがえ》る。憧れていた、と気持ちを伝えるユメに南雲は「あの時、俺のこと好きだったでしょ？　今は教師と生徒じゃないから付き合えるよ？」と迫ってきて……。おお、なんだこれ!?　女性向けの恋愛小説？）

仮にドラマ化するとしたら、啓がやる役はこの男性教師だろうか。あらすじを読む限りヒーローポジションのようだが、今まで西條要がドラマで演じてきた役どころは、爽《さわ》やかなジェントルマンタイプや、知的な二枚目だ。時折、弟系のような役もあるが、それは年々減ってきている。

ヒロインの気持ちを知りながら振り回している、この小説のヒーローとはだいぶ違う。

（王子様みたいに爽やかに振る舞うんじゃなくて、ぐいぐい積極的に迫る西條要か……。だいぶドキドキするかも）

現にひなみは、今ドキドキしている。啓の一挙一動に振り回されている感は否めない。だが、それがいやではない。彼がこうして自分と付き合ってくれているのは、幼馴染《おさななじ》みの延長なのではないかと思ったり、そもそも本当に自分たちは付き合っているると言えるのかと不安に思う反面、啓のふとしたリアクションにときめき、不安を忘れてそのドキドキに没頭している瞬間が確かにあるのだ。

ひなみが読むともなしに本のページを捲《めく》っていると、啓が風呂から上がってきた。

「はーさっぱりした。そろそろ寝る？」

ドキッと心臓が大きく跳ねる。時計はもう二十三時。明日の予定もあるし、そろそろ寝ようという彼の提案はもっともなことだった。

「そ、そうだね」

ぎこちない動きで本を元に戻す。

この家にベッドはひとつしかないのだ。啓と一緒に寝ると約束はしているものの、やっぱり緊張する。自分のイビキが心配なのではなく――いや、少しはそれも心配なのだが――啓の隣で、彼と二人で寝るというのが緊張するのだ。

ちらっと啓を盗み見るが、彼にはひなみのような緊張はまるで見られない。普通にスタスタと寝室に向かって、お気に入りらしいふかふかのベッドに潜《もぐ》り込んでしまった。

やっぱり自分が意識しすぎているだけなのだろうか？

ひなみがなかなかベッドに入れずにいると、布団を捲った啓が、ポンポンと自分の横を叩いた。

「どうした？　来いよ」

「う、うん……」

躊躇《ためら》いながら、のろのろとベッドに上がって横になる。するとすかさず彼の腕が伸びてきて、ひなみの頭に腕枕をしてきた。

「えぇっ、いいよ、こんな……」

「いいじゃん」

ひなみの遠慮を物ともせず、啓はぐいっと身体を抱き寄せてくる。強い抵抗なんかできるはずもなく、啓の胸に顔を埋《うず》める形になった。お互いに薄手のパジャマだから、身体の感触がダイレクトに伝わってくる。しかも湯上がりの彼は、いつも以上にいい匂いなのだ。だから困る。

（うう、ドキドキする）

自分の手に汗が滲《にじ》むのを感じつつ、無難な話題を振った。

「そ、そのパジャマ、まだ使ってくれてるんだ？」

啓が今着ているグレーのパジャマは、ひなみがだいぶ前に作ってプレゼントしたものだ。まだ初期の作品だから、パターンこそ啓に合わせてはいるものの、デザイン的なオリジナルの要素はどこにもない。よくある既製品と変わりのない代物《しろもの》だ。

啓はパジャマの胸元を軽く引っ張った。

「ん。これ気に入ってるんだ。ずっと着てるから前より生地が柔らかくなって気持ちいい」

「そっか」

嬉しいような気恥ずかしいような、こそばゆい気持ちだ。

落ち着かなくソワソワしていると、啓の手が頬に伸びてきた。ゆっくりと撫でられて、やっと触ってもらえたことに安堵《あんど》する。

ひなみがはにかんだ笑みを浮かべると、啓も目を細めて笑った。

「キスしていい？」

改めて聞かれた照れくささから、目が泳ぐ。でもキスしてもらえるのは嬉しくて、ひなみはぎこちなく頷いた。目も口もギュッと力いっぱい閉じた状態で顔を上げる。微《かす》かに啓が笑う気配がして、唇に熱を感じた。

ちゅ、ちゅ、ちゅ——と、小刻みに与えられるキスは力の入ったひなみをほぐすように繰り返される。同時に頬を優しく撫でられ、顔に流れていた髪が耳に掛けられた。耳に彼の指が触れただけで「んっ」と押し殺した声が漏れてしまう。

「耳、弱い？」

「わから、な……」

こんなこと、他の誰にもされたことなんてないのだ。自分の身体であってもわからない。眉を寄せて震えるひなみの耳を「わからなければこれから知ればいい」と言わんばかりに、啓がれろりと舐《な》めた。

「っう……」

「感じてるじゃん、耳」

ふっと息を吹き込まれ、ひなみは耳を庇《かば》うように手で覆った。そうしないと、続け様に耳をいじられて身体がゾクゾクしてしまうから。

「も、もう……！」

うまく言葉が出ずに睨《にら》むと、啓は微かに笑って唇を重ねてきた。

繰り返し吸い付かれ、呼吸のタイミングがわからない。頭は啓の腕にしっかりと抱き込まれて動けないまま、引き結んだ唇を食《は》まれた。

キスしてもらえる嬉しさと、うまくできないもどかしさと、言いようもない恥ずかしさが重なって、体温が上がっていく。そんなひなみの身体を、啓はゆっくりと触ってきた。

お腹の上に置かれた手が滑《なめ》らかに動く。腰のくびれを確かめるように触りながらも、啓は唇を離さない。長いキスに戸惑っているせいか、ひなみの身体は動かなかった。ただ息が上がっていくのだ。されるがままに硬直していると、啓の手が胸の膨らみに触れてきた。

「ぁ……ん……」

ただ手を乗せるだけの触り方だったが、初めて人に胸を触られて、思わず声が漏れてしまう。しかし、開いた口に舌を挿《さ》し込まれ、声も出せなくなった。

舌と舌が触れ合って、互いのぬめりをまぜ合わせる。舌先を絡めて吸われているうちに、啓が手におさまりきれない乳房を捏《こ》ねるように揉《も》みはじめた。

就寝前でブラジャーを着けていないから、啓の手の動きがダイレクトに伝わってくる。

啓はひなみの口内をひと通り舌で舐め回すと、満足したのか唇を離した。

乳房も解放され、真っ赤になった顔で自分の唇を触る。散々啓に吸い付かれた唇は明らかに濡れていて、しかも腫《は》れぼったくて熱い。

（キス、いっぱいしてもらった……）

嬉しいのに恥ずかしい。恥ずかしいのに嬉しい。もっとしてほしいと思うけれど、刺激が強すぎていっぱいいっぱいな自分もいる。

そんな中で、啓の手が再びひなみの乳房に伸びてきた。今度はキスはされない。ただ、下から揉み上げるような手付きで乳房を触りながら、啓がじっと顔を見つめてくる。キスをされている時より恥ずかしかった。

「……こっ、こういう、ことは……もっと、お互いを知ってからのほうが、いいと、思う……」

辛うじて聞き取れるであろう声で呟《つぶや》く。

付き合っている自覚が持てないせいかもしれないが、性急に身体を求められている気がしたのだ。

啓を想う心の一部が、彼に問いかける。

——ねぇ、わたしのこと本当に好き？　と。

欲しいのは、啓に愛されている証拠だった。

ひなみが怯《おび》えた眼差しを向けると、啓は乳房をまさぐる手を止めた。

「お互いのことなら俺たちはよーく知ってるだろ？　好きなもの、嫌いなもの、怒るポイント。誕生日に血液型、子供の頃から今に至るまでのできごと全部。俺はひなみのことはなんでも知ってるよ。知らないのは身体の相性くらいかな。だから知りたい。ひなみのこと、もっと知りたい。ひなみも俺のこと、知りたいだろ？」

啓は本当になんでも知っている。

今、ひなみがこうされてちっともいやでないことも、心臓がおかしなくらいにドキドキしていることも、心の奥底ではこの先を期待していることも、啓のことが本当に好きで、初めてを捧げるなら啓がいいと思っていることも——

全部、全部知っているからひなみを誘う。

「啓くん……わたしのこと、好き？」

「好きだよ。ひなみが一番好き」

欲しい言葉をもらったはずなのに、彼の顔が見られなかった。その「好き」は、幼馴染《おさななじ》みとしての「好き」なのではないのかという不安が拭いきれないのだ。

それは啓に――西條要に自分は釣り合わないと、ひなみ自身が思っているからなのだろう。女として彼に愛される自分が想像できない。なのに、やっぱり愛されたい。

ひなみはゆっくりと啓のパジャマの胸元に手を伸ばした。

自分はこのパジャマと同じだ。彼にとって慣れ親しんだ存在で、だからこそ気に入られて、側に置いてもらえているだけ。新しいお気に入りのパジャマを見つけたら、彼はどうするのだろう？

自分はその時どうなる――？

(そんなのわかってる……でも好きなの、啓くんが好き)

だってもう、彼へのこの気持ちをどうやって諦めればいいのかわからないのだ。諦めきれないなら、突き進むしかない。

啓の気持ちが見えなくても、自分たちがこの先どうなるかわからなくても――まだこの恋を失っていない間は。

ひなみは恐る恐る顔を上げた。

「わたしも、啓くんが好きだよ。一番好きだよ。だから啓くんのこと、もっと知りたい」

「あぁ、教えてやるよ。だからな、ひなみ、俺にひなみのこと、全部教えてくれ」

そう言った啓の眼差しは見たこともないくらいに蕩《とろ》けていた。もっと見たいと思ったのもつかの間、舌を絡めるキスをされて目の焦点が合わなくなる。

クラクラしながらも拙《つたな》い舌遣いでキスに応じていると、啓がひなみのパジャマのボタンを外しはじめた。

「んぅ……ふ……く……ぁ……」

鼻にかかった甘ったるい声が漏れる。今まで押し殺していた女の部分が、「好き」という気持ちを免罪符にしてせり上がってくるみたいだ。

ひなみの口内でまぜ合わせられた二人の唾液を、啓がゴクッと飲み干した。

「ひなみ」

耳朶《みみたぶ》が食《は》まれる。いつの間にかパジャマのボタンは全部外されていて、下のキャミソールが見えていた。その下の乳房の丸い膨らみも、存在を隠しきれない。

ひなみが胸を手で覆うと、啓はクスリと笑ってズボンのウエストを引き下げた。

「んっ。だめ……」

「なんで？　俺にひなみを教えてくれるんだろ？」

そんな囁《ささや》きと共に唇が塞《ふさ》がれ、ズボンが脱がされる。

パジャマの上も剥《は》ぎ取られ、キャミソールとショーツだけの格好になる。

乳房を押さえたまま真っ赤になって脚をすり寄せると、啓は身体を起こして上半身裸になった。

「ぁ……」

見慣れていたはずの啓の身体は、ひなみの記憶にあるそれよりも筋肉に覆われている。男らしい首元やうっすらと見える鎖骨は艶《なま》めかしいのに、腹筋は綺麗に割れていて逞《たくま》しくさえ感じた。

子供の頃、無邪気に戯《たわむ》れていた男の子ではなく、完成された男がそこにいるのだ。

ただただ見惚《みと》れていると、啓が上から覆い被さってきた。

「わぁ」

思わず小さく声が上がる。胸を覆っていた手を鼻先で突《つつ》かれた。

「手、どけて。見えない」

「……」

今まで啓の身体を凝視していた自覚があるだけに、いやだなんて言うのはフェアではない。それでなくても、ひなみは啓の言う通りにしたかった。彼のことが好きだから。

おずおずと手をどけ、観念した気持ちで目を閉じると、キャミソールの胸元がずり下げられた。ぷるんと張りのある乳房がまろび出たのが見ないでもわかる。

ひなみは息を殺してじっとしていた。膨らみに、啓の視線が容赦なく注がれるのを感じる。

(恥ずかしい、そんなに見ないで)

思っても言えない。ただ息は勝手に上がって、肌が熱を持った。

「ひなみ……おまえ、着痩《きや》せするんだな」

そんな露骨な感想に、どう返事をすればいいのかわからない。

困り顔をしたひなみが少し目を開けるのと、啓が乳房にしゃぶり付くのはほぼ同時だった。

「――っ!」

じゅっと乳房を口に含まれる。

啓はくちゅくちゅと音を立てながら乳房を吸っていた。芯のある硬い乳首を口蓋と舌先で押し潰し、扱《しご》く。今まで想像したこともなかったことを、啓がしている。何も出るはずのないところを赤ん坊のように一心に吸っているのだ。そんな彼を見て、胸には愛おしさを、下腹には疼《うず》きを感じる。

「あぁ……」

ひなみが弱々しい声を漏らすと、啓が乳房から口を離した。散々力任せに吸われた乳首はぷっくりと立ち上がり、真っ赤になっている。

今度は反対の乳房がギュッと鷲掴《わしづか》みにされた。未熟な乳首が押し出される。ベイビーピンクのそれをペロペロと舐《な》めながら、啓は反対の乳首を指で捏《こ》ね回してきた。甘い汁でも出ているのかと聞きたくなるくらい、夢中でしゃぶっているのがわかる。自分の頬に乳房を押し付けたり、寄せた谷間に顔を埋《うず》めたりして柔らかさを堪能《たんのう》し、乳首を好きなだけ吸っては、口から出したり入れたりして唾液塗《まみ》れにしている。そうしている彼は恍惚《こうこつ》の表情だ。

爽《さわ》やかなイメージのある彼には似つかわしくない、肉欲を剥《む》き出しにした行動。

知らなかった。啓にこんな性衝動があったなんて——

見るつもりなんてなかったのに、一度見てしまったらこのいやらしい光景から目が離せない。

乳房を揉《も》まれるたびに、乳首を吸われるたびに、声が上がる。気持ちいいのかもわからないのに、下腹の奥がじくじくと疼いて、火照《ほて》った身体をじんわりと湿《しめ》らせていく。ひなみの意思とは関係ない。啓に触られるだけで勝手にそうなってしまうのだ。

「あっ、けいく……んぅ……ふぁあぁ」

小さく喘《あえ》ぎながら脚を寄せ腰をもじもじさせていると、啓が唇を合わせてくれた。絡み付いてくる舌が気持ちいい。んっく、んっくと喉を鳴らしながらキスに夢中になっているうちに、腰に彼の手が下りてきた。

ひなみの腰を通って、女らしく膨らんだ臀部《でんぶ》を撫でられる。自分がズボンを脱がされ、下着姿になっていたことを今更思い出した時には、彼の手が剥き出しの太腿《ふともも》に触れていた。

「んっ」

小さく喘いだものの、その声には啓を制止する力はなく、彼の手は太腿の内側へと滑《すべ》り込んでいく。緊張が高まり身体に力が入る。そんなひなみの反応を承知の上なのか、啓はより深く口付けてきた。

「ん……あ……はん、ぅ……」

吐息がまざり、体温は上昇する。ひなみがクラクラしながら肩で息をしていると、啓の手がショーツのクロッチに触れた。

「……濡れてる……」

啓の囁《ささや》きの中に、わずかではあったものの驚愕《きょうがく》の色がまざっていている。初めてなのに、下着が湿《しと》るほど濡れているなんてきっと普通ではないのだろう。

これは自分の淫《みだ》らさのあらわれだ。それを啓に知られたことが何よりも恥ずかしくて、ひなみは自分の顔を手で覆った。

「どうした？」

「は……ずか、し……」

やっとの思いで答えたけれど、啓はやめてはくれない。それどころかクロッチ越しにゆっくりとそこを撫でてきた。

彼が円を描くたびに、指先が蕾《つぼみ》に当たる。それは布越しとはいえ身体を逐一《ちくいち》震えさせる。クロッチをぐっと中に押し込まれると、淫らな染みが広がった気がして、ひなみは泣きたくなった。

「なんで、そんなに触るの……」

「ひなみが可愛いから」

ドキドキしながら少し手をどけて、啓を盗み見る。彼は見られていることに気が付いていないのだろう。ひなみのお腹にゆったりと頬擦《ほおず》りして、ちゅっと肌を吸っている。

吸われたところが少し赤くなる。その吸い跡を見て満足そうに笑った啓は、またペロリとそこを舐《な》めて小さく息を吐く。そうしている彼は、嬉しそうだった。

ひなみの肌を食《は》んで薄い吸い跡を付けては、感嘆に似た吐息を吐いてまた肌に唇を当てる。大切に、ゆっくりと繰り返されるその仕草は、ただの幼馴染《おさななじ》みに向けるにしては愛情に満ちたもので、自然とひなみの胸を熱くする。

(啓くん……好き、好き、大好きだよ)

彼を愛おしく想う気持ちが、滴《したた》る蜜へと形を変えて、身体からあふれ出す。正に愛液だった。

彼が自分のことをどう思っているのか知りたいとは思う。けれども今は、自分の中をいっぱいにしているこの想いこそを彼に伝えたい。この想いを余すことなく全部彼に受け取ってほしい。

そう思ったひなみが選んだのは、啓に初めてを捧げることだった。

自分の想いと、啓の気持ちは、必ずしも同じではないかもしれない。いつかこの関係にも終わりが来て、彼の側にいられなくなる日が来るかもしれない。でもそうなった時、こんなに長い間想い続けていた啓と一瞬でも結ばれたという思い出があったなら、きっと耐えられる。そんな気がしたのだ。

「ひなみ……脱ぐ？」

ぐっちょりと濡れたクロッチを触りながら、啓が聞いてくる。

愛液を吸ってよれたショーツは、本来の役目を果たしていない。啓の指が脚の付け根に触れて、ひなみの返事を促《うなが》してきた。

「……うん……」

心は決まっているものの、好きな人に己の恥部を晒《さら》すことにはやはり躊躇《ためら》いを感じる。掠《かす》れ声の、弱々しい返事になったが、啓の耳には届いたらしい。

彼は自分の身体を下げると、ひなみのショーツをゆっくりと脱がせてきた。腰のあたりでもたついていたキャミソールも一緒に取り去る。

啓の手で生まれたままの姿にされ、容赦ない視線を浴びる。緊張で苦しいくらいに胸が痛くて、泣きそうだった。

ひなみの腰に跨《また》がった彼は、そっと乳房を揉《も》む。小さく声を漏らしたひなみに、啓はポツリと呟《つぶや》いた。

「綺麗だ」

可愛いもそうだけれど、綺麗だなんてもっと言われたことがない。自分なんかには似合わない言葉だ。そんなことはわかりきっているのに、女だからやっぱり嬉しい。

ひなみが少し笑うと、啓も照れたように笑い、抱きついてきた。

お互いを抱きしめていると、自然と唇が合わさる。それが通じ合っているようで嬉しく、ひなみは自分から舌を絡めた。啓は少し驚いたようだったけれど、ひなみの中に舌を挿《さ》し入れて好きに吸わせてくれた。その代わりなのか、彼の手はひなみの乳房を揉《も》みまくる。乳首も指で摘《つ》まんで捏《こ》ね回す始末。こんなに触られたら声だって出てしまう。

ひなみが喘《あえ》ぎはじめると、啓は唇を離し乳首にむしゃぶりついてきた。

「あぁぅ……んぅ……んぁ……ああ……啓、くんぅ」

啓の舌が、キスの時と同じように乳首に巻き付いてくる。芯の残る乳首を吸われ、時折り甘噛《あまが》みされる。何をされても相手が啓なら全部嬉しくて、お腹の奥がずくずくした。

（あ……わたし、また濡れて……）

新しい愛液が垂れてきて自然と腰がくねる。それは発情した雌が雄を交尾に誘う仕草に似ていて、扇情的《せんじょうてき》だ。でもやめようと思っても止まらない。勝手に腰が動いてしまう。

乳首を吸われて喘ぎながら腰をもじもじさせていると、啓の手が下肢に伸びてきた。ゆっくりと脚を割り広げ、愛液の源《みなもと》を辿る。

くちょっと濡れた音と共に、蜜口は啓の指を咥《くわ》えさせられた。

「うぅっ」

浅い挿入に痛みはないが、初めてのことに怯《おび》えた声が出てしまう。

啓はすぐさま指を抜いてくれた。

「痛かったか？」

そう聞いてくる啓は心配そうな顔だ。安心させてあげたくて、ひなみは首を横に振った。

「ううん。大丈夫。驚いただけ」

「ごめん。急ぎすぎたな」

啓は自分の指をひと舐《な》めすると、ひなみを見つめながら蜜口のすぐ上の蕾《つぼみ》をいじりはじめた。

濡れた指につるんと転がされて、下着越しにそこを触られた時よりも強い刺激を感じる。自然と腰が揺らめいて、眉が寄った。

「痛いか？」

啓が気遣うように聞いてくる。

痛みはないが変な感じだ。お腹の奥がじくじくと疼《うず》いてもどかしい。もっと……触ってほしいような気もする。でも初めての癖にそんなことは言えなくて、蕾を左右に転がされる愛撫にただ身悶《みもだ》える。

「んっ……ふ……んふ……」

鼻から息を吐き、堪《こら》えるような押し殺した声を漏らしていると、啓がまた乳房に吸い付いてきた。

でも少し様子が違う。彼がひなみの脚に自分の硬くなった腰の物を擦《こす》り付けてきたのだ。

「ん……ひなみ……ぁ……」

ひなみの蕾《つぼみ》をいじり回しながら、乳房をしゃぶるなんて淫《みだ》らなことをしているのに、それだけでは足りないと言わんばかりに腰を動かしてくる。

屹立《きつりつ》した彼の漲《みなぎ》りは布越しにもわかる存在感で、ひなみを貫き犯そうと待ち構えているようだ。

これが啓の欲望そのもの。彼の男としての性的欲求が自分に向けられていることが怖いのに、ちゃんと彼に女として見られているのだと思うと嬉しくもある。

啓のものをこの身体に挿《い》れてもらいたい。そうして彼とひとつになりたい。そう思うのはひなみの女としての欲求だ。その欲求は素直にひなみの身体を濡らす。

蕾をいじっていた啓が、ひなみの身体が更なる愛液をこぼしたことに気付くまで、そう時間はかからなかった。

「ひなみ……こんなに」

彼は蜜口からあふれ出た愛液を指先ですくうと、水飴《みずあめ》のように指で練って糸を引き、その様《さま》をひなみに見せつける。それから啓は蕾をひと撫でし、蜜口に指を沈めてきた。

グジュッと卑猥《ひわい》な音がして、さっき挿れられた時よりも深く、だがあっさりと指が入ってくる。

身体の中を掻き分けられる違和感があるのに、肉襞は自分から啓の指に纏《まと》わりつくようにぎゅっぎゅっと締まるのだ。

「すげ……ぐちょぐちょ」

啓はそんな感想を漏らしてひと息つくと、更に奥に指を押し込んできた。

「うく……はぁう……」

内側から押し広げられる圧迫感に、絞り出すような声が漏れて背中がしなる。突き出した乳房に、啓が吸い付いてきた。ちゅぱちゅぱれろれろと乳首を舐《な》め回しながら、隘路《あいろ》に指を出し挿れしてくる。しかも、ぱんぱんに張り詰めた啓の一物が太腿《ふともも》に擦り付けられるのだ。

指で身体の中を愛撫されているはずなのに、まるで彼の漲りを出し挿れされているように錯覚してしまう。あの太くて硬いもので、身体の中をめちゃくちゃに突き上げられ、掻き回されているみたいな――

「あぁ……はぁう……啓くん……んっ、ゃ……」

お腹の奥が――今まで意識したこともなかった子宮が――きゅんきゅんしてくる。咥《くわ》えさせられた指を締めつけて、おいしそうにしゃぶっている膣《ちつ》。飛び散った愛液で太腿の内側をびっちょりと濡らし、包皮《ほうひ》を剥《む》かれた蕾をいじり回されて、ひなみはますます喘《あえ》ぐ。

気持ちよくて、頭の中がふわふわして力が入らない。ぐったりしてベッドに沈んでいるはずなのに、身体は勝手に痙攣《けいれん》していやらしく膣をうねらせる。自分ではどうにもできなかった。

ひなみの上半身は彼の唾液で、下肢は自身の愛液でぐちょぐちょに濡れている。そんな無防備な姿を見て興奮したのか、啓の喉元が大きく上下したのが見えた。

彼は蜜口から指を引き抜き、喪失感に悶《もだ》えるひなみの蕾をねっとりと焦《じ》らしながら転がしてくる。花弁を広げ、ヒクつく蜜口に時折触れつつ、啓は甘く囁《ささや》いてきた。

「ひなみのここに、俺のを挿《い》れてもいいか？」

とろんとした表情《かお》で啓に手を伸ばす。その手を握ってくれた彼は、そのままひなみの上に倒れ込んで唇を重ねてきた。

少し激しいキスだけど、求められているみたいで嬉しい。本当に求めているのはひなみのほうなのだろうけれど、彼も自分と同じくらい強く求めてくれていたらいい――

「……うん……」

「あぁ……ひなみ……！」

互いの身体を抱きしめ合ってキスに興じているうちに、啓がもぞもぞと身じろぎする。啓が再び腰を落とした時には、彼はズボンも下着も脱ぎ落としていた。そしてベッドヘッドの引き出しから何かを取り出す。不思議に思って見つめるひなみに、啓は避妊具だと囁《ささや》いた。それが余計にこれからの行為を連想させ、ひなみの鼓動を速くする。

避妊具を着けた啓は、その熱い漲《みなぎ》りでひなみの蜜口を擦《こす》ってきた。ぬるぬると滑《すべ》りながら、敏感な蕾《つぼみ》を嬲《なぶ》られて身体がビクつく。

啓は何度も何度も執拗《しつよう》に漲りを擦り付けてきた。鈴口で蕾を揺らしたりもする。意地悪をされているはずなのに、気持ちいいから困る。ひなみが熱い息をこぼすのと同時に、新しい蜜がとろっとあふれた。

夢の中にいるみたいに、思考が蕩《とろ》けている。啓が喉を鳴らして、裸の自分を見つめているのだ。その強い視線に囚《とら》われてゾクゾクしてくる。

ひなみが陶酔《とうすい》しきった眼差しで啓を見つめると、蜜口に漲りの先が浅く挿《さ》し込まれた。今度は滑ることなく、ぴったりと肉の凹《へこ》みに充《あ》てがわれている。

「ひなみ……挿れるよ」

落ち着いた低い声に身を震わせたのと同時に、ずぶずぶと埋没するように啓がひなみの膣内《なか》に入ってきた。それは引っかかりを振り切って処女膜を突き破り、一気に根元まで打ち込まれる。頭が真っ白になった。

「――――っ！」

初めて感じる、内側から引き裂かれるような痛み。

涙と悲鳴が一斉にこぼれた。

「あああああっ!!」

「ひなみ」

啓が、泣き叫ぶひなみの身体を抱きしめ、宥《なだ》めてくる。彼は腰を進めるのを止め、心配そうに顔を覗き込んできた。

「痛いか？　痛いよな」

「うん……ひっく……う……ぅう……」

ぐずぐずと泣きじゃくりながら嗚咽《おえつ》をこぼす。陰路《あいろ》はギチギチに引き伸ばされ、少しの摩擦でも鋭い痛みを感じる。まるで身体の真ん中に杭を打ち込まれている気分だ。

「ごめん、抜こうか？」

啓が腰を引こうとしたが、彼と離れるのがいやで、ひなみはブンブンと首を横に振った。

「やだぁ、やだよ、このままで……」

「……ひなみ」

躊躇《ためら》う啓に、ひなみは涙目で訴えた。

「やっとこうなれたの。最後までしてほしい……啓くん、お願い」

初めては啓に捧げたいとずっと思っていたのだ。確かに痛みはあるが、それは啓がくれた痛み。彼が自分の中に入ってきてくれたからこそ生まれた愛おしい痛みだ。

もっと深く、この人と繋《つな》がりたい——その気持ちのほうが強かった。

「……わかった。ゆっくりする。ここ、触るよ。気持ちよくなるかも」

啓は優しい声で労《いた》わりながら、繋がっているところのすぐ上の蕾《つぼみ》を優しく転がしはじめた。さっきまで散々いじられていたところだ。ぷっくりと充血して、愛液で濡れている。そこを親指と人差し指で挟み込むようにしていじられると、やっぱり気持ちいい。新しい愛液が滲《にじ》んできた。

「濡れてきた。ひなみ、気持ちいいか？」

「……んっ……」

まだ鈍《にぶ》い痛みがあったけれど、気持ちいいことには変わりなくて素直に頷く。啓は少し表情を緩《ゆる》めて、腰を揺らしてきた。新しい愛液は彼の動きを助けて、隘路の滑《すべ》りをよくする。彼はひなみの痛みを少しでも取り除こうとしてくれているのか、蕾をいじりながら乳首をしゃぶってきた。そんな啓が愛おしくてたまらない。ほとんど無意識に彼の頭を抱きしめていた。

隘路が溶解するようにほぐれて、啓が躊躇いながらも小さく動いてくる。彼が乳首をしゃぶる音にまじって、くちくちと淫《みだ》らな音が下肢から聞こえてきた。

「あぁ、やばい。ひなみの中、熱い……気持ちい……」

ため息まじりに啓がこぼす。飾り気のない言葉と共に、彼の漲《みなぎ》りが一層張り詰めてくる。

彼はそれから、「もう、我慢できない」と呟《つぶや》いた。

「ごめん。ひなみは痛いよな……でも、俺、もう……」

こんなゆったりとした動きでは、彼は満足できないのだろう。熱い息を吐いて眉を寄せ、苦しそうな表情をしている。

そんな彼を見ていると可愛くて愛おしくてたまらない。この人は今、内側から爆発しそうな男の欲を堪《こら》えているのだろう。早く彼を楽にしてあげたくなる。全部受け止めてあげたい。

「ん、いいよ。動いて……?」

ひなみが両手を広げて微笑むと、啓は蕩《とろ》けた表情で胸に倒れ込んできた。その衝撃でぐっと更に深い処《ところ》に彼が入ってくる。

「あぁっ！」

高い声を上げるひなみの身体を抱きしめて、啓が思いっきり腰を使った。

乱暴な突き上げ。ぱちゅんぱちゅんと肉を打つ音と共に、ぐちゃぐちゃといやらしい音がする。

太くて硬い肉の棒でお腹の中をめちゃくちゃに掻き回される音だ。

汗が噴き出て、思考が飛ぶ。ひなみは裏返った声で何度も啼《な》いた。

「ひぃぁ！　あぅ……ゃああ……んっうあ……！」

「ひなみ……ひなみ、ごめん。痛いのにこんなに激しくしてごめん……でも、俺、ひなみとずっとこういうことしたかった。ひなみの中、想像してたよりずっと気持ちい……やばい止まれない……」

謝りながら、啓は自分の中で暴走する性衝動に突き動かされるようにひなみの身体を貪《むさぼ》る。ずっとひなみを抱きたかったと打ち明ける彼は、余裕がないのか息を荒くして快感に喘《あえ》ぎ、額《ひたい》に汗を浮かべて夢中で腰を振っている。揺れる乳房を掴み、しゃぶりたそうに口を開けながらも、実際は腰を振ることばかりを繰り返す啓。

なんて可愛い人なんだろう。自然と身体からいっぱいの愛があふれてくる。

ひなみは啓を抱きしめた。

「ううん、いいの。啓くんの好きに動いて……あぁっ……」

だからどうかこの想いを受け取って。

いつか……愛して……

ひなみの想いと連動して、媚肉《びにく》が激しくうねる。ひなみは両手で啓の顔を引き寄せ強引に唇を合わせた。

「んっ、ひなみ」

啓はひなみが差し出した舌を可愛がるように舐《な》めながら、くちゅくちゅと唾液を絡めたキスをくれる。

唇を離した啓は二、三度腰をくねらせてから自身の上体を起こし、ゆっくりと漲《みなぎ》りを引き抜いた。

「あぁっ！」

啓と離れたことに、悲鳴に似た落胆の声を上げる。だが彼はくすりと笑って、ゆっくりとひなみのお腹を撫でてきた。その手は、「大丈夫だよ。ちゃんと挿《い》れてあげるから心配しないでいいよ」と言ってくれているみたいで、少し安心する。

ひなみが呼吸を落ち着かせて啓を見上げると、彼は自身の漲りに手を添えて、再びそれをひなみの中に挿れてきた。

「んっ……ああ……ふぁ……」

「ずぶずぶ……さっきまであんなにキツかったのに、もうこんなに奥まで入る。俺の根元まで呑み込んで……柔らかくて熱い。気持ちい……なんだこれ」

啓は滑《なめ》らかな挿入に感嘆の声を漏らし、女になったばかりのひなみの身体がもたらす媚肉のうねりと締まりを愉《たの》しんでいる。全部抜いて、また奥までずっぽりと挿れて――そんな動作を繰り返し、ひなみの中が自分の物に吸い付いてくる感触を確かめているみたいだ。

「んぅ……あぁっ……ん……はぁ……だめ……こんな……な、んどもぉ……」

「ごめんな、気持ちよくて。ひなみはここ、いじられると気持ちいいか？」

彼は奥までしっかり挿れると、繋《つな》がっている処《ところ》からとろとろとあふれてくる愛液を指ですくって蕾《つぼみ》に擦《こす》り付けてきた。

愛液でてらてらに濡れた蕾を親指で捏《こ》ね回しながら、啓は腰をゆっくりと前後させる。そのスローな動きのせいで、中に埋められた啓の物の形までわかってしまう。張り出したところがずりゅずりゅと肉襞を擦り回して、滲《にじ》み出た愛液を外に汲み出した。

「んっ、んっ……ふぁ……あ、あ、ぁ……あぁっ」

「ひなみ、気持ちいいな……わかるよ。すっげぇエロい顔してるから」

そんなことを言われても、自分がどんな顔をしているかなんてわからない。ただ、ひと突き、ひと突き、激しさはなくても確実に啓の物でお腹の裏を強く擦られて喘《あえ》ぐ。圧迫感がすごい。もう、お腹の中が啓でいっぱいだ。

つるんと逃げる蕾《つぼみ》は、いつしか二本の指で捕らえられ小刻みな振動を与えられて弄《もてあそ》ばれている。それが本当に気持ちよくて、自然に声が漏れてしまう。身体の芯が蕩《とろ》けていくみたいだ。

ぶるんぶるんと重たく揺れる乳房を、啓が揉《も》みしゃぶってくれる。シーツは汗と愛液でどろどろで、部屋全体が男と女の匂いで満ちていた。

ひなみは小さく口を開いて、啓にされるがまま喘いだ。

「けぃく……ん……あぁっ、はぅ、啓くん……んぅ、好き……すきぃ……あぁっ……」

「俺もだよ、ひなみ。すげぇ可愛い。あ――ひなみの中、気持ちい……もう出そうだ。……いく、出るッ」

啓はひなみの両脚を抱えると、上から伸し掛かってきた。角度が変わり、今まで届かなかった奥処《おくか》まで、啓の漲《みなぎ》りが入ってくる。出し挿《い》れされ、まるで子宮口をこじ開けられているみたいだった。啓の硬く太い漲りがひなみの身体を貪《むさぼ》り、蹂躙《じゅうりん》する。

でもそれがいい。大好きな啓が自分を抱いてくれているという事実だけで興奮して、身体の快感をすっ飛ばし、心だけで絶頂を迎えてしまう。

「ひぁ――」

「あっ、出るッ、ひなみ！」

啓はぶるっと大きく震えると、最後にひなみを呼んで熱い射液を吐き出した。

身体の中で、彼がビクンビクンと何度も大きく脈打つのを感じる。

「ひなみ……」

全部を出し切ったのか、胸に倒れ込んできて乳房をしゃぶろうとする啓は恍惚《こうこつ》の表情だ。自分にそんな表情を向けてくれることが嬉しくてたまらない。

乳首を啓の舌が扱《しご》き吸う感触が気持ちいい。彼はなかなかひなみの中から出ていこうとはせず、甘えるようにちゅぱちゅぱと乳首をしゃぶっている。

大好きな人にこの身を捧げられる歓《よろこ》び。自分だけの幸せの特権を得た気がして、ひなみは充足した感情を胸に抱いて目を閉じた。

4

目を覚ました時、ひなみは一人だった。見慣れない天井を見上げて、ぼんやりと瞬《まばた》きする。

（あぁ、そっか。引っ越し……）

ここは実家ではなく、啓と同棲する新居だったことに思い至るのと同時に、昨夜のできごとをぶわっと一気に思い出し、ひなみは飛び起きた。

下着の一枚も身につけていない身体は、腰を中心に気怠《けだる》くて、なんだかジンジンする。

（わ、わたし……啓くんと……）

遂にしてしまったのだと思うと、頭がのぼせ上がったように熱くなる。

頭の端で、昨夜啓がしてくれたあれこれを反芻《はんすう》しながら、ひなみはベッドに散らばっていたパジャマを着た。

（啓くん、どこ？　今、何時だろ……）

スマホは鞄に入れてリビングに置いていた気がする。おそらく今は昼前くらいだろうか。ひなみは啓の姿を求めて廊下に出た。

寝室の扉を開けると、なんだかいい匂いが漂《ただよ》っている。啓が何か作っているのだろうか？

リビングに続く扉を開けると、啓がひょっこりと顔を出した。

「ひなみ、起きたか。おはよ」

「お、おはよう……」

急にあらわれた啓と鉢合わせする形になり、ひなみの心臓はバクバクと落ち着かない。とても啓の顔を見られずに俯《うつむ》くと、頬にそっと彼の手が添えられた。

「……身体、平気か？」

啓が労《いたわ》ってくれるのが嬉しい。まだ視線は合わせられなかったけれど、なんとか頷く。

「うん……」

「そっか。よかった」

彼の雰囲気が柔らかくなるのを感じる。

昨夜のことは人に話すようなことでもないし、実際、話すこともないだろう。それが啓と共通の秘密を得たようで、少しこそばゆい。

「風呂沸かしてるんだ。ひなみ、入ってこいよ。飯、もうちょいでできるからな」

「啓くんが作ったの？」

この時になってようやくひなみが顔を上げると、啓はものすごく優しい目をしていた。

「そうだよ。いつも弁当ばっか食ってるわけじゃないからな。俺は一人暮らし長いから、ひなみより料理うまいかもよ？」

いつもと同じように茶化した口調で言われているのに、彼の目があまりにも優しい熱を持っているものだから、なんだか落ち着かない。

甘く蕩《とろ》けそうな眼差しは、昨夜、ベッドの中で向けられたそれと同じだ。

今はパジャマを着ているのに、裸を直視されているみたいな錯覚さえ覚える。

「わ、わたしだって作れるんだから」

やっとの思いでそれだけ言い返すと、彼は笑ってわしゃわしゃと頭を撫でてきた。

「おー。そうか。今度食わせてくれよ、ひなみの料理。――ひなみのこと、俺に全部教えてくれるんだろ？」

耳のすぐ側で囁《ささや》く甘い声が、ひなみの身体を駆け抜けていく。子宮が無理やり震わされたみたいにきゅんきゅんして、ひなみは顔を真っ赤にした。

どうしてこう、昨夜を思い出させるようなことを言うのだろう？

(啓くんめ、絶対わざとでしょ)

これは、自分の魅力を知り尽くしている男の手練《てれん》手管《てくだ》なのだとわかりながらも、抗《あらが》うことなんてできない。ひなみは苦し紛れに上目遣いで彼をじとーっと睨《にら》んだ。

「なんだなんだ？　可愛い顔して睨んで」

「かっ、可愛くないっ！」

どこにでもいる顔の上に、寝起きの素っぴんが可愛いわけがない。けれども、ひなみがムキになればなるほど、啓はおかしそうに目を細めて笑うのだ。

「いやぁ、おまえは可愛いよ。あれな、おまえイビキは直ったみたいだけど、今度は寝言言うようになったのな？　昨日も寝言で『啓くん大好き～』って言ってたし。おまえどれだけ俺のこと好きなんだよ」

「～～～!?」

今まで実家で独り寝しかしたことがないのだ。自分のイビキも寝言も知るはずがない。夢の中まで啓一色なのを知られた気がして、恥ずかしさのあまり頭が沸騰しそうだった。

何か一言ガツンと言ってやらねばと思いながらも、言葉が出ない。それどころか、言うべき言葉が見つからないのだ。惚《ほ》れた男を前に怒ることもできない。

口をパクパクさせるひなみに、啓は何か含むような笑みを向けてきた。

「なんだ、風呂、俺と一緒に入りたいの？　ひなみは俺のこと大好きだもんなぁ。どうする？　一緒に入る？　ひなみがどうしてもって言うならいいよ」

からかわれた気さえするのに、全部図星だ。心のどこかでは啓と一緒にお風呂に入ってもいいと思っている自分がいる。でもそれは、啓がどうしてもと言うならの話。ひなみからなんて――

「絶対ムリ！」

ひなみは赤かった顔を更に赤くして叫ぶと、慌ただしくバスルームへと走った。

風呂から上がったひなみがキッチンにいる啓をジーッと見つめていると、流しで卵を割っていた彼が苦笑いした。

「ひなみさーん？　もしかして怒ってんの？」

「……」

別に怒ってなんかいない。ただ啓にからかわれて悔しい気持ちの傍《かたわ》らで、彼に構ってもらえてどうしようもなく嬉しい自分がいる。恋なんて惚《ほ》れたほうが負けだ。それを強く実感していただけ。

（あぁっ～悔しいのに、啓くん好きぃ～～。キッチンに立つ姿までカッコいい！）

本気で怒れない。

ひなみが頬を染めつつ壁に張り付いているのを、啓はからかわれて怒っていると解釈したらしい。

彼は手を止めて近付いてきた。

「ひなみさん？　お顔が膨れてますよ？」

優しい手付きで頬をムニムニと摘《つ》まれて嬉しい。でも、ずっと啓に振り回されているのは悔しい。たまには仕返ししたい気になって、怒ったフリをして唇をタコのように突き出してみる。すると啓が少しだけ困った表情《かお》をした。

「ひなみ。おまえ、ほんっとどんな顔しても可愛いな！」

「……え？」

啓は確かに困った表情をしているのだが、その口調は、「ひなみが可愛すぎて困る」とでも言いたげである。まさかの反応についていけないひなみが、ポカンと目も口も開けると、啓は唇に思いっきりキスしてきた。

「ん〜〜ん〜〜ん〜〜!?」

驚いたひなみの呻《うめ》き声に似た悲鳴など、啓の耳には届かないのか、はたまた聞こえているのに無視しているのか。啓は舌までガッツリと差し込んでくる。口蓋をれろりと舐《な》められると、覚えたばかりのキスに身体が自然と反応して、子犬が甘えるような啼《な》き声を漏らしてしまう。

「んっふぅ……ンっ……」

「ごめんな？　ひなみ、超可愛いからさ。虐《いじ》めたくなるの。許して？」

腰を抱き、鼻の頭を擦《こす》り合わせながら、悪戯《いたずら》な笑みで囁《ささや》かれる。その声がたとえ作ったようなものだとしても、ひなみの心臓はドキドキしてしまうのだ。

（さ、西條要モードだぁ……）

大好きな幼馴染《おさななじ》みの小川啓と、大ファンな俳優の西條要。一人二役で二度おいしい思いをさせてもらっているようで、正直幸せすぎる。

こんなに幸せなら、もっと虐めてもらってもいいかも⁉

「お、怒ってない……」

今にも口元が緩《ゆる》みそうな頼りない顰《しか》めっ面で啓を見上げると、彼は仕上げにと言わんばかりにもう一度口付けて笑った。

「じゃあ、一緒に飯食お？　もうちょいでできるから」

「うん……。わたしも手伝うよ」

ひなみがキッチンに入ると、流しには水の入ったボウルが置かれ、中に卵が五個入っていた。

「それ、ゆで卵。ひなみ、殻剥《からむ》いて。そんでキャベツざく切りにしといて」

「わかった」

言われた通りに作業するひなみの横で、啓はオーブンレンジから取り出した鶏肉を切り分けている。照り焼きにされた肉はいい色合いで、匂いも香ばしくおいしそうだ。しかし量が多い。もも肉か胸肉かはわからなかったが、二枚分はある。

（鶏の照り焼き？　夜ごはんみたいなメニュー……）

ひなみは会社勤めをしていた時、お昼は近くのコンビニでサラダスパゲティを買って食べるのが常だった。だからあまり量は入らないのだが。

「啓くん。できたよ」

剥《む》いたゆで卵と、切ったキャベツを見せると、啓はキャベツをボウルに入れてレンジにかけた。温野菜にするらしい。

「ゆで卵こんなにどうするの？　夜にも使うの？」

サラダに入れるにしても、二人分で五個はちょっと多い気がする。他の料理に使うために、まとめて一気に茹《ゆ》でたのかもしれない。そう思って聞いたのだが、啓は首を横に振ってヒョイとゆで卵のひとつを摘《つ》まみ上げ、パクッと食べた。

「これは俺が食う。ひなみにも一個やろう」

そう言ってゆで卵を一個手渡される。

「え、あ、ありがとう……って、啓くん、一人でゆで卵四個食べる気⁉」

驚くひなみに、啓は真顔で頷いた。

なんでも、上質なタンパク質をとるためだということで、啓の昼食は毎度、鶏胸肉やささみがメインらしい。ちなみにお米やパンは食べないのだそうだ。

「俺、筋肉付きにくい体質みたいでさ。これでも結構筋トレしてるんだけど、うっすいんだよなぁ」

自分の肩や胸板を触る彼は、残念そうな口調だ。

「いや、啓くんはそれぐらいでちょうどいいんだって！　わたしの理想体型なんだから！」

「あーうんー……ひなみはほんと、俺の身体好きだな。俺はもうちょい、肩幅が欲しい」

力説してみたのだが、啓は苦笑いするばかりだ。

あんなに整った体型なのに、彼の肉体の理想はもっと高いらしい。

(でも、啓くんならムキムキでもおデブでもいいや。好きだもん。健康に気を付けてさえいてくれたら)

ひなみがそんなことを考えていると、彼が炊飯器を開けた。

「米、おまえの分だけ炊いてるから」

「ありがとう。わたしが啓くんのご飯を作る時もお米は炊かないほうがいいのかな?」

「そうだな。朝だけ頼むことがあるかも。今日は休みだけど、撮影がある日は楽屋で昨日食べたみたいな仕出し弁当が出るんだ。そこで炭水化物はとるから、家では食べたくない。帰りの時間はバラバラだから、別々に食べるのが当たり前だと思ってくれていい。休みの日は一緒に食べよう」

「わかった!」

啓の芸能活動を応援するだけでなく、裏側から支えることができるようになりたい。食生活はその第一歩だ。

ひなみは「今日の晩ご飯はわたしが作るね」と約束したのだった。


朝昼兼用のご飯を食べてから、ひなみが淹《い》れた父直伝《じきでん》のコーヒーを飲んでいた啓は、空になったカップを机に置いて壁の時計を見上げた。

「一時半かぁ……。そろそろ行くか？」

今日は啓に、新しい職場へ向かうルートを中心に案内してもらうことになっているのだ。

「うん！　行く！」

ひなみが張り切った声を上げると、啓も「よし！」と立ち上がった。

「ちょっと着替えてくる」

「うん！　わたしもメイクする」

啓は服を置いているミシン部屋へ、ひなみはバスルームの隣にある洗面所へと別れる。

（啓くんと出掛けるの久しぶりだな～。デートみたい！）

啓がまだモデルしかやっていなかった頃は、時々地元を二人でぶらついたりしたものだ。だが、彼が売れっ子俳優になる頃にはひなみも働いていたし、そんなこともできなくなっていた。

啓の隣を歩くのに変な格好はできない。たいして化粧映えしない顔だけれど、それでもめいっぱい綺麗でありたい。

気合いを入れたメイクが終わりかけた頃、着替えた啓が洗面所を覗いてきた。

「ひなみ、準備どう？　俺は着替えたよ」

そう言った彼を見れば、昔ひなみが練習で作ったデニムパンツと、ひなみの最新作であるサクソンブルーのオックスフォードシャツに、これまたひなみ作のテーラードジャケットを合わせている。キレイ系のカジュアルコーディネートで、王子様の装《よそお》いに相応《ふさわ》しい。

こんなに素敵に着こなしてもらえるのなら、作り手冥利《みょうり》につきると言うもの。

「啓くんカッコいい。イケメンすぎるよ～。似合う！」

「だろ？　オールひなみでーす」

ジャケットのボタンをひとつとめて、カメラも回っていないのにポーズなんか決める。一般人がやれば相当にイタいはずなのだが、そこは元モデル。かなり絵になっている。

ひなみの目がハートになってしまうのも致し方あるまい。

「俺準備できたから、ひなみも早くしろよ」

「うん！　待っててね！」

ひなみは着替えのために、ミシン部屋に飛び込んだ。


そして三十分後――

「ねぇ……啓くんってば花粉症だっけ……？」

「いや？　俺にアレルギーはないよ」

「じゃあ、どうしてマスク？」

マンションを出て、最寄り駅へと向かう道すがら、そう尋ねるひなみの声は不満たらたらだ。

「……顔出して外歩けないんだよ」

小声で答える啓は、家では身につけていなかったマフラーを引き上げて、口元を覆うマスクを隠した。明日から四月なのに、マフラーは少しばかり違和感がある。

「……地元じゃマスクしてないよね？」

「地方はいいんだよ。地方は。あとあの商店街はジジババしかいないから」

ファンの子に気付かれると困るからという理由で、ひなみの実家に上がりこんでコーヒーを飲んでいたくせによく言う。

「マスクはわかったよ。でも、どうして帽子被っちゃったの……？　そのコーディネートには帽子ないほうがよかったよ」

「後ろ姿でわかるコアなファンの方もいらっしゃるわけよ」

「……」

ここは地元じゃない。東京だ。地方と違って人も多いし、西條要のファンの方々も多いだろう。

（わかるけど、わかってるんだけど……）

啓に、一緒に歩いて恥ずかしい女と思われたくないがために、気合いを入れてメイクをし、服をコーディネートしたひなみとしては、なんだかやるせない。

せっかく透け感のあるチュールレースがオシャレなブラウスと、ミニスカートを合わせた勝負スタイルにしてみたのに。隣を歩く啓は深々と被ったつば付きの帽子にマスク、おまけに、昨日車に乗っていた時にかけていたあの似合わないサングラスまでかけているのだ。

「帽子にマスクにサングラスにマフラーなんて、さすがに不審者だよ……」

仮にもファッション業界に生きる人間として、本当は誰よりもカッコいい啓が、恐ろしくダサイ格好をしているのが残念でしょうがない。

確かに顔の九割方が隠れているから、この状態で彼が西條要だと気付く人はいないだろう。変装としては文句のつけようもない。だけどやっぱり、残念なことは残念だ。

「ごめんな。付き合って初めてのデートなのに、こんなで」

「……いいの。でもサングラスは外していい？　本当に、悪目立ちするから」

立ち止まったひなみが彼のサングラスを外すと、困惑の色を浮かべた瞳があらわれる。その目に少し、安堵《あんど》する自分がいた。

「啓くんだ……」

「当たり前だろ」

啓はそう言うが、自分にとっては違ったのだと今頃気が付く。啓が似合わないサングラスをかけるのがいやだったのではなく、彼の表情がちゃんと見えなかったのがいやだったのかもしれない。

啓の視線が自分に向いているとわかり、気分が落ち着いた。

「ごめんね。わがまま言って」

「いや、確かにおまえの言う通りだ。不審者丸出しで余計に目立ったら意味ないし」

啓はサングラスをジャケットの胸ポケットにしまうと、表情を和《やわ》らげた。

「行こうか。とりあえず明日からの通勤に備えて、電車の乗り換えの練習しとかなきゃな」

「うん！」

ひなみは啓に案内されて、最寄り駅から職場のある青山まで電車で移動した。

初めて行った青山は、ビル群と緑が同時に存在する、なんとも不思議な場所だった。

職場の近くまでぶらぶらと歩きながら、辺りを見回す。

行き交う人々が、高齢者が多いかサラリーマンが多いかという違いはあるものの、ちょっと奥まった路地に入れば地元神戸とそう変わりない雰囲気にも見える。

石上の会社が入っている雑居ビルは、意外とすぐに見つかった。

「どうだ？　明日から行けそうか？」

「うん。大丈夫だと思う。頑張ってみるよ」

一度渋谷《しぶや》で乗り換えを挟むものの、実際に電車に乗っている時間というのはそう長くない。むしろ、前の職場の時よりも通勤時間が三分の一に短縮されて楽そうだ。

「十時過ぎるまでは通勤ラッシュだからできるだけ避けろ……って言いたいところだけど、九時半には家出るんだっけ？　東京は痴漢《ちかん》が多いから気を付けろよ」

通勤ラッシュと痴漢を強調しながら心配そうな顔をする啓を見て、ひなみはなんだかおかしくなって笑ってしまった。

「やだな、啓くんったら。お父さんでも言わないよ、そんなこと。わたし、今までだって電車通勤してたんだよ？　関西の通勤ラッシュも結構ひどいよ？　痴漢もいたし」

啓は眉間《みけん》の皺《しわ》を深くすると、これまた重たいため息をついている。

「これだから電車はいやなんだ」

「そう？　でも東京で車の運転するほうが怖いから、わたしは電車派だなぁ」

「……ひなみの運転に、関西も関東も関係ないだろ」

ひなみは車の免許こそ持っているものの、運転は恐ろしく下手なのだ。

喫茶店の仕入れを手伝って、親の車を運転したことがあるのだが、バック駐車しようとして隣の店のシャッターを破壊した前科がある。

啓も含めてひなみの家族は、どうしてひなみが免許を取れたのかわからないと言い、さっさと返上しろと言ってくる始末。シャッターを破壊して以来、ひなみはハンドルを触らせてもらえず、苦労して取った免許証も身分証明書以上の役割を果たしていない。

「わ、わかってるよ、自分の運転が下手なのは！　一生運転する気ないからいいの」

「そうしてくれ。必要なら俺が車出してやるから。この辺にラジオの収録スタジオがあって、結構来てるし」

「いいよ、別に。啓くん忙しいじゃん。わたし、東京メトロマスターになるから。ねぇねぇ、それよりせっかく渋谷で乗り換えするんだし、今日は途中下車したいな。このショップに行きたかったんだ～」

人気のメンズアメカジセレクトショップのサイトをスマートフォンで表示して見せると、啓は難しい表情《かお》をした。

「渋谷で降りるのはちょっときびしいな」

「……」

急に突き放されたような気になって、しゅんと肩が落ちる。ひなみの落胆を見て、啓は苦々しい表情で小さくため息をついた。

「案内してやりたいのは山々だけど、撮られて事務所に迷惑掛けるわけにはいかないから――」

「――うん。ごめん。わかってる！」

渋谷なんてただでさえ人が多いのに、一般人のひなみと歩いているところを目撃されたら、週刊誌の格好の餌食《えじき》だ。つい最近、いわれのない密会デートをまことしやかに報道された彼からしてみれば、仕事以外で人前に出るのもいやなのかもしれない。現に、青山を歩いている今も啓は深く帽子を被り、ほとんど顔を出していない。

（本当は啓くん、来たくなかったのかも……）

ひなみが明日から通勤で困らないようにと、無理をして仕事を休み、こうして案内してくれたのだ。これ以上、彼にリスクを負わせるべきじゃない。特に今は、彼の注目度は高く、大事な時期なのだから。

付き合っていることが人に知られないようにと、田畑にも念を押されて頭では理解しているつもりだった。なのに、ひなみは心のどこかで普通のデートがしたかったのかもしれない。

「――会社が入ってるビルも見つけたし、帰ろ？　啓くん。乗り換えの練習しなきゃ！　さっきと逆に行けばいいんでしょ？　今度は自分でやってみるから」

「もう、帰るのか？　っても、おまえが行きたいところに連れてってやれないし……帰るしかないのか」

精一杯明るく振る舞ってみせる。だが啓は浮かない顔のままひなみを見つめていた。

ああ、どうか気に病まないでほしい。彼にこんな顔をさせたかったわけじゃないのだ。

「啓くん。わたしは大丈夫だから。渋谷なら、こっちでの生活に慣れてから一人で寄ってみるよ。だって帰り道だもん。だからね、気にしないで」

「……ん」

啓は言葉を濁《にご》しながら目を逸《そ》らすと、ジャケットからあの似合わないサングラスを出してかけた。

「やっぱグラサンかけとく」

「そうだね。乗り換えとはいえ、渋谷を通るんだもん。人多いもんね」

ひなみと啓は、来た道を戻ってそのまま帰路についた。

渋谷で乗り換える頃には十七時を回り、サラリーマンの帰宅と重なって、行きよりも電車が少し混雑している。席には座れないので、ひなみは先頭車両の運転席後ろにあるドア付近に立った。

(この時間でこの混みよう。これは啓くんの言う通り、通勤ラッシュは覚悟したほうがいいかも)

まだ受けていない都会の洗礼を想像していると、さらに乗客が押し寄せてきて車内の人口密度が上がる。メリメリと壁側に押されて息苦しさを感じる前に、啓がひなみを護《まも》って立ってくれた。片腕を壁に突き、ひなみが押し潰されないように間を作ってくれる。

「ひなみ。平気か？」

耳元で囁《ささや》かれる声に、ドキドキしながら頷いた。ふんわりと優しい啓の匂いが鼻腔《びこう》をくすぐる。

こんなに混雑してきた車両なのに、乗っている人たちはみんな静かで、高鳴る心臓のこの音が、啓どころか周りの人全員に聞こえてしまうのではないかと思ったくらいだ。

(……啓……くん……)

サングラスで視線が覆われているせいで、今彼がどんな顔をしているのかわからない。顔をこちらに向けてくれているから、きっとひなみを見ているのだろうとは思う。しかし、ひなみは不安だった。

彼は怒ってやしないだろうか。渋谷の店に寄り道したいだなんて言った自分のことを。わがままな奴だと呆れてやしないだろうか——そう思うと、車内の沈黙が余計に落ち着かない。

ひなみはひどい息苦しさを感じて、思わず啓のジャケットの裾《すそ》を握った。すると啓が、もう片方の手で軽く腰を抱いてくれる。

近かった距離が更に近くなって、別に彼は自分に怒ったりしていないのだという安心感と共に、別の感情が湧いてきた。普通のデートができなくても、せっかく一緒に出掛けたのにすぐ帰ることになっても、自分は啓が好きなのだ。

ひなみは自分から啓の肩に額《ひたい》を押し当てた。

啓は何も言わない。何も言わないが、ひなみを抱いてくれる腕が強くなっていく。

(……啓くん……)

もうほとんど抱き合っていると言っても過言ではない状態になりかけた時、電車が駅に止まった。人を掻き分ける啓に手を引かれ、電車を降りる。

ホームに降り立った途端、パッと手が離されて少し悲しい。もしもの時のことを考えてだとはわかっているのだが、胸がツキンと痛むのだ。

二人はそのまま無言で、マンションまでの道のりを早歩きで歩いた。

茜色の空の下を微妙な距離感で歩いていると、小学生の頃のことを思い出す。あの頃は、啓と一緒に手を繋《つな》いで、毎日何も考えずに過ごしていたっけ。子供の頃のように無邪気に過ごせたらどんなにいいいか。

（ううん……変わることを望んだのはわたし――）

こうして大人になったし、二人で一緒に生活して、おまけに身体の関係もあって――

深い関係になったはずなのに、外では手を繋ぐことも、堂々とデートもできない。子供の頃のほうが、余程距離が近かったかもしれない。でも今の関係に後悔もなくて、複雑な思いだ。

（……わたし、寂しいのかな……啓くんはこんなに近くにいるのに……）

帰宅してリビングに入るなり、スプリングコートを脱いだひなみに啓が後ろから抱きついてきた。

「どうしたの？　啓くん」

胸の前で交差する彼の腕に軽く触れる。啓はひなみの首筋に自分の唇を軽く当て、そのままソファに倒れ込んだ。ひなみの上から啓が覆い被さってくる。

「こらこら。もー、服がぐちゃぐちゃになっちゃうよ？」

ドキドキしながらも、平静を装《よそお》う。何も言わない啓からマフラーを外した。啓はひなみの胸に頭をもたれさせて、ちっとも自分から動こうとしない。妙な体勢の上にやりにくくって仕方ない。四苦八苦しながら一緒にマスクも取ってしまうと、帽子がコロンと床に落ちた。

「サングラスも取っていい？」

今まで微動だにしなかった彼なのに、ひなみの声に従って顔を上げてくれる。けれども自分でサングラスを取る気はないらしい。

ひなみは少し笑って、啓からサングラスを取ってやった。

彼が閉じていた瞼《まぶた》をゆっくりと開ける。

そうしてあらわれたのは、切なげな眼差しだった。

どうして彼はそんな顔をしているのだろう。

「啓くん?」

「ひなみ、抱きたい」

いきなりブラウスの前がはだけられて、キャミソールとブラジャーが強引にずり上げられる。ぷるんとまろび出た乳房の先に、啓がむしゃぶりついていた。

「きゃっ! あっン」

ブラウスを完全に脱ぎ落とさずに下のキャミソールやブラジャーを捲《まく》られ、まるで無理やり拘束されているみたいだ。背徳《はいとく》に似た変な感情が湧いてくるのは、ひなみがファッション業界の人間だからだろうか? オシャレ以外の服の利用方法を、身をもって味わわされている——そんな気分になってしまう。

「ん……んっ、ふ……ァ……ゃあん」

自由にならない身体に啓が伸し掛かり、乳房を揉《も》みながら吸ってくる。

啓は芸能活動と引き換えに、普段の生活を自分の望むままにできなくなっている。それを人は有名税だと言うのだろうが、今、ひなみの目の前にいるのは俳優の西條要ではなく、小川啓個人だ。

生まれた時から一緒にいる、大切で大好きな幼馴染《おさななじ》み。

もっともプライベートな部分を、彼はひなみと共有することを望んでくれている。それが恋愛感情からくるものならありがたいが、身体を交《まじ》えてもなお、彼から幼馴染み以上の感情は見えない。

それに今日彼と出掛けて改めて思ったが、彼は自分が商品であることをよく理解している。

プライベートを共有する相手は慎重に選ばなくては、別れたあとに曝露《ばくろ》話でもされるようなことがあれば目も当てられない。

ひなみなら絶対にそんなことにはならない。心から愛している啓を売るような真似《まね》は絶対にしない――それだけは啓もわかってくれているのだろう。

啓がその行為の相手に自分を選んでくれているということが、ひなみにとっては重要で、幸せなことだ。だから彼の重みを受け止めて、ひなみはくったりと力を抜く。

ひなみが目を閉じて受け入れていると、啓が上体を起こした。

「いやか？」

「ううん……嬉しいよ……」

ひなみがとろんとした眼差しで笑うと、啓の喉が大きく上下した。

「嬉しいんだ？　ひなみは」

「うん……嬉しい……。啓くんにしてもらえること、全部全部嬉しいよ」

腕が自由に動いたなら、ひなみは啓を抱きしめていただろう。今はそれができない代わりに、彼の頬に口付ける。

啓はすぐに唇を合わせてきた。

舌を絡めるだけでは飽き足らず、唾液や吐息までまぜ合わせるキスは情熱的だ。啓がひなみの下唇を食《は》む度に、くちゅりくちゅりと悩ましげなリップ音がする。

乳房を両手で揉《も》みしだかれる。ひなみは頬を桃色に染め、息を荒くして恍惚《こうこつ》の眼差しで彼を見つめた。

(啓くん……気持ちいいのかな……だったらいいな……)

ひなみは啓に触れてもらえるだけで気持ちいい。

彼は薄いベイビーピンクの乳首の片方を口に含み、頭を反《そ》らせて引っ張ってきた。

ちゅぽんっと音がして、吸われて立ち上がった乳首が口外に出される。唾液を纏《まと》い、しかも吸われて赤く色づいたそれを、親指と人差し指でくりくりと摘《つ》まれて、ひなみは甘い吐息を漏らした。

「……ン……ぁ……」

「感じた？」

恥ずかしいけれど感じてしまったのは本当で、ひなみは乳首をいじられたまま頬を染めて頷いた。

すると啓が身体を寄せ、ひなみの耳を舐《な》めてくる。

ゾワゾワしたものが背中を駆け抜け、ぶるっと身体が震えた。

「はぅん、ぅ」

「ひなみはやっぱり耳も弱いな」

ひなみの弱点を確信したのか、啓はしゃぶり尽くすようにれろれろと耳を舐めてきた。囁《ささや》くような甘い声で「ひなみ、ひなみ」と繰り返し名前を呼ばれ、時には尖らせた舌先を耳の穴に挿入されて、ぐちょぐちょと掻き回される。

散々いじり倒された乳首はもう真っ赤だ。身体をずり下げた啓は、今度はその真っ赤になった乳首をしゃぶりながら、ひなみのスカートの中に手を入れてきた。

「あ……」

ストッキングに染みるほどあふれ出ている自分の愛液に気付かされ、思わず太腿《ふともも》に力が入る。

乳首から口を離した啓は、布越しに秘裂を撫で上げた。

「びしょびしょ。まだ触ってもないのにこんなに濡れてるのか」

ひなみが羞恥《しゅうち》に頬を赤らめると、啓はストッキングとショーツを一緒に脱がせた。

「ひなみ。自分で脚開いて」

恥ずかしい。そんなことできない――そう思う気持ちと、啓の望みを全部叶えてあげたい気持ちが交互に生まれる。

動けないひなみの脚を啓はゆったりと触ってきた。

「昨日は自分から脚開いてくれたろ？　あれ、嬉しかったんだ」

「……そう、なの？」

昨日は初めての行為に夢中で、自分でもどんな状況でそうしたのかよく覚えていない。けれど自分の行動で啓を喜ばせることができていたのなら、またしたい。

ひなみはその一心でおずおずと左脚を床に落とし、自分から脚を開いていた。

「こ、これでいい？　啓くん」

「いいよ。すっげー嬉しい。ひなみが自分から俺のこと求めてるみたいで」

そう言った啓は、ソファに残されていたひなみの右脚の膝を立たせた。スカートが捲《めく》れ、秘め処《どころ》が彼の眼前に晒《さら》される。

恥ずかしかったけれど、ひなみは脚を閉じなかった。ひなみが自分から啓を求めているのは、紛れもない事実だったから――

「あー、ほんとに可愛いなぁ……たまんない」

ため息に似た呟《つぶや》きを漏らし、啓は左手の親指と人差し指で濡れた花弁をぱっくりと割り広げる。そこに息づいていた堅い蕾《つぼみ》を右手で弄《もてあそ》びはじめた。
二、三度親指で擦《こす》り上げられ、包皮《ほうひ》が剥《む》かれる。愛液を中指ですくって塗り付けられた。お腹の奥がゾクゾクして、また新しい愛液が滲《にじ》んできたのが自分でもわかった。
「んっぅ……ゃあん……」

「ああ……また垂れてきた……ひなみの中、すごいことになってそうだな」

啓は蕾を捏《こ》ね回しながら、蜜口を反対の手でいじってくる。なのに決して、隘路《あいろ》の奥まで指を挿《さ》し入れることはしない。入り口を浅く掻き回すだけだ。

両手であそこを愛撫されているこの状況に、頭がクラクラしてきた。もどかしさと、浅い快楽の波が交互に襲ってくる。ひなみの女の部分が、彼に可愛がってもらうのを待っている証拠だった。

昨日のように、その逞《たくま》しいものでお腹の中をぐちょぐちょに掻き回してほしい。子宮をいっぱい突き上げてほしい。胸も触ってほしい。キスしてほしい。「好きだ」と言ってほしい。

啓の望みを叶えてあげたかったはずの純粋な気持ちが、いつの間にか自分の女としての欲望にすり替わって、身体を濡らしているのが恥ずかしい。

――愛してほしい。

こんなの、ふしだらすぎる。

なのに、ひなみが新しい愛液をこぼせばこぼすほど、啓は嬉しそうな声を漏らすのだ。花弁を開き、人差し指と中指で、剥いた蕾に連続した振動を与えてくる。こんなことをされたら、子宮が何かを求めて蜜口をヒクつかせてしまう。もう、気持ちよすぎて羞恥心《しゅうちしん》が吹き飛びそうだった。

ひなみは啓のくれる愛撫を全部受け入れ、愛液を後ろの窄《すぼ》まりまで滴《したた》らせて喘《あえ》いだ。

「ひなみ、俺のこと好きか？」

「あ、んっ……すき……すきよ……啓くん、すき……あっ、あ、あぅ……ん」

「挿《い》れてほしくなったら、昨日みたいに『挿れて』って言えよ」

啓の挑発めいた眼差しに、ひなみは悟った。ひなみからお願いするまで、啓は挿れるつもりはないのだ。でもお願いすれば確実に挿れてもらえる。落ち着かないこの身体を満たしてくれるはずだ。

わかっているけれど、半裸で喘《あえ》ぎながら、愛液であそこをぐちょぐちょにした状態でこんなことをお願いするなんて恥ずかしすぎる。それでも啓は、淫《みだ》らな状態のひなみに言わせたいのだろう。初めに「抱きたい」と言ったのは啓のほうなのに、ずるい。ひなみの身体に火をつけて弄《もてあそ》んでいる。

でも啓が望んでいることをしたい——そう思ったら、ひなみは操《あやつ》られたように懇願《こんがん》していた。

「あぁ、啓くん、挿れて。お願い……」

「どこに？　何を挿《い》れられたい？　言ってみ？」

ああ、また意地悪なことを——

もっとありのままを曝《さら》けだせ。俺に抱かれたいのなら素直になれと、そんな誘惑に唆《そそのか》されるまま、ひなみは羞恥心《しゅうちしん》に瞳を潤ませながらも震えた声を紡ぐしかない。

「わ、わたしの……なかに……啓くん……の……を……」

一生懸命に言えたと思う。でもお願いをしたら今度は余計に恥ずかしくなって、脚を閉じたくなってしまった。キュッと力の入った太腿《ふともも》だが、実際には閉じることは叶わない。むしろ間にいる啓を挟む形となり、見ようによっては催促しているように映る。

啓は蕾《つぼみ》を捏《こ》ね回しながら、ひなみの立てた右脚の膝に唇を寄せてきた。それがなんだかゾクゾクしてしまう。「脚を開け」と視線で命令されているような錯覚を覚える。啓は命令なんてしていないのに、ひなみはまた自分から脚を開いていた。

「ココ、まだ指でほぐしてないけど、俺の挿れられたいんだ？」

この返事には、イエス以外ない。これは啓の誘導というより、ひなみの願望だ。散々焦《じ》らされて、もう待つのも辛い。早く身体の中で啓を感じたかった。

「……ん。お願い……」

「おまえほんと可愛いな」

啓は一言囁《ささや》くと、ジャケットを脱いでベルトのバックルを外した。下着と同時にジーンズをずらして、猛《たけ》りきった屹立《きつりつ》を取り出す。昨日は見る余裕のなかったそれを初めて目の当《ま》たりにして、あまりの雄々しさに思わず目を逸《そ》らしてしまった。

（うそ……あんなに大きいの？）

太さもそうだが、長さもだいぶある。あんなもの、とても自分の中に入るとは思えない。

固まったひなみに、啓はクスッと笑った。

「心配するな。昨日ちゃんと入ったんだから」

そうだ。自分は昨日、啓のあれで処女を失ったのだ。何度も挿れられて、奥まで入るように――彼を全部包み込んで愛せる身体にしてもらった。この身体はもう、啓を知っているのだ。そして啓は、ひなみの中に入りたがっている。それがひなみには、啓が自分を求めて、自分に甘えてくれているように映った。だからちゃんと受け入れてあげたい。啓の望む形で。どんなに意地悪をされてもいい。どんな淫《みだ》らなことを言わされてもいい。

啓の望む形はひなみの懇願《こんがん》だ。今やひなみの願望となりつつあるそれを、彼の望みだからと自分に言い訳をして口にする。

「うん……お願い、今日も挿れて……？　その……いっぱい……」

啓は目を細めて恍惚《こうこつ》の笑みを浮かべると、自分の漲《みなぎ》りを二、三度手で扱《しご》いて、ひなみの濡れた蜜口に押し充ててきた。あふれる愛液でぬるついたそこは、啓が腰を揺するたびに彼の物を滑《すべ》らせる。

その漲りが、蕾を擦《こす》り上げる。

「そっか。ひなみは俺のをいっぱい挿《い》れてほしいんだ？　我慢できないんだ？　もうこんなにびしょびしょだもんな。指でほぐすまで我慢しろって言うほうが今のひなみには酷かな？　前戯なしで俺のを直接挿れて、めちゃくちゃに突いて膣内《なか》を掻き回してやったほうが、ひなみは満足するかもな」

恥ずかしいことを言われている気がする。でもその一方で本当のことのような気もする。

（わたし……たぶん……もう……）

指でほぐしてもらうことは、今のひなみにとって焦《じ》らされるのと変わらない。きっと身体の疼《うず》きを高められて、頭がおかしくなってしまう。現にもう、鈴口が蕾《つぼみ》を擦るたびに、蜜口がヒクヒクと喘《あえ》いでいるのだから。啓が言うように、あの逞《たくま》しい漲《みなぎ》りで膣内を掻き回してもらえたら――

「啓くん……お、お願い……わたしを抱いて……」

誰に誘導されたわけでもない本心がポロリとこぼれた。この一言のせいで箍《たが》が外れてしまったのか、啓への愛情があふれ出て止まらなくなる。

ひなみは服に拘束されて自由にならない手を懸命に動かし、彼へと伸ばした。

「啓くん……啓くん……お願い、お願い」

「あぁ、俺もだよ。待てない。おまえの中に入りたい、ひなみ」

啓は微《かす》かに上ずった声で呼ぶと、愛液でぬるぬるになった漲りでひなみの中に押し入ってきた。

充分に濡れているとはいえ、昨日まで処女だった身体だ。指でほぐしてもらっていないなら、隘《あい》路《ろ》はもう初めての時と変わらないほどぴったりと閉じている。そこを焼けた杭のように熱を持った啓の漲りが、無理やりこじ開けて入ってくるのだ。

ひなみは目も口も大きく開け、背中を大きく反《そ》らした。

昨日のような痛みはない。けれども張り出したところでずりゅずりゅと擦り上げられた媚肉《びにく》が熱い。お腹の中に、みっちりと隙間なく啓が入っているのがわかる。

ぐっちょりと濡れた隘路は、自分を支配する啓を歓迎しているらしく、率先してぎゅうぎゅうと纏《まと》わりついていくのだ。

自分は今、啓に貫いてもらっている――

漲りを根元までしっかりと咥《くわ》えさせた啓が、上体を倒して抱きついてきた。ひなみの顔にかかった髪を除《ど》け、あらわれた耳を縁《ふち》までねっとりと舐《な》めてくる。

「奥まで入った。ほら、ひなみ。これから俺にどうしてほしい？」

その囁《ささや》きは誘惑の続きだ。脳に直接響く彼の声が、ひなみから欲望の言葉を引き出す。

「い、いっぱぃ……動いて……」

「もうか？」

「うん。いいの……お願い……」

「そんなに俺が欲しいのか」

啓はひなみを見下ろしながら薄く舌舐めずりすると、ゆったりと腰を前後に動かした。

「ひぅ……んっ……あっ……ん、んっ、あっ……」

腰がずり上がりそうになるが、しっかりと両手で掴まれていて動けない。啓が肉棒を根元まで出し挿《い》れするたびに、膣内《なか》がほぐれて馴染んでいくのが自分でもわかる。

彼はひなみの媚肉《びにく》に自身を満遍《まんべん》なく舐《な》めさせる。ぐっちゃぐっちゃといやらしい音をわざと立てて腰を回し、お腹の中を掻き回した。蕾《つぼみ》を擦《こす》られて、中と外が同時にビリビリする。

頭に熱が回る。汗が噴き出し、ひなみは蕩《とろ》けた眼差しで、はぁはぁと肩で息をしながら、啓に揺さぶられていた。

「どうだ、ひなみ。わかるか？　俺らひとつに繋《つな》がってるんだよ。気持ちいいな」

「ぅん……あっ、あっぅ……啓くん……ひぅ……」

「おまえ昨日より濡れてるな。大丈夫だ。もっと奥まで挿れてやる。他は？　してほしいこと言ってみろよ。なんでもしてやるから」

優しい声だ。「俺はおまえの着せ替え人形じゃないんだぞ」なんて言いながらも、毎度ひなみの服を着てくれる時の声と同じ気がする。

本当に何をお願いしても叶えてもらえそうな気がして、つい本気で甘えたくなってしまった。

(わたし、啓くんがしたいこと、してあげたかったのに……こんな……)

いつの間にか立場が完全に逆転している。

ひなみの女としての欲望が剥《む》き出しにされて、もうカタチだけでも取り繕《つくろ》うことができない。

気持ちよくて、啓に抱かれているのが嬉しくて、身体が内側からどろどろに溶けていく。

「胸……触って、キスも……。ぃっぱい、好きって……言ってほしぃの、あぁっ！」

——本当は愛してほしいの。

勝手に嬌声《きょうせい》が上がり、まともに言葉が出ない。

喘《あえ》ぐしかできないひなみの乳房を、啓の手のひらが揉《も》み上げてきた。

「可愛いやつ。全部してやるよ」

唇が合わさって、身体を揺さぶられたまま、舌先がねっとりと絡め取られた。乳首まで好き勝手に捏《こ》ね回されて、呼吸も全部、啓に制御される。くちゅくちゅとまぜ合わせた唾液を喉に流し込まれ、上からも下からも啓が入ってくる快感に抗《あらが》えない。もうこれ以上奥がないほど深く差し込まれ、激しく漲《みなぎ》りを出し挿れされる。子宮が直接突き上げられているみたいだった。

「ひなみ……ひなみ、好きだ。すっげー好きだ」

「……ほん、と？　もっと言って……」

「ばーか。何度でも言ってやるよ。好きだ。ひなみのこと大好きだ。あぁ、ひなみ……俺の大好きなひなみ」

掠《かす》れた甘い声が、直接鼓膜《こまく》に吹き込まれる。

これは、ひなみがお願いしたから言ってくれているだけだ。気持ちが籠《こ》もっているように聞こえるのも、啓が演技派の俳優だから。そんなことはわかっている。悲しいくらいにわかっているのに、嬉しくてたまらなくて、馬鹿みたいに本気にしたくなる。

(啓くん……本当にわたしのこと好き？)

ボロボロと涙がこぼれた。

「わたしも……わたしも啓くん好きぃ……」

――本当に愛してるの。

性の捌《は》け口でもいい、幼馴染《おさななじ》みの延長でもいい。自分を全部捧げたいほど彼を愛している。ただそれだけだ。だからこうして抱いてもらえるのが死ぬほど嬉しい。

(啓くん、好き、大好き)

「気持ちい、すげぇ気持ちいいよ、ひなみの中。あぁ……もういきそうだ」

「あ……ああ、んっゃ、あぁっ」

散々弄《もてあそ》ばれたひなみの身体が大きくソファに沈むのと同時に、啓がずるっと漲《みなぎ》りを引き抜いた。そして揉《も》みしだかれていた乳房に、熱い射液が吐き出される。

初めて見た啓の白い体液に、呆然としてしまう。涙も思考も完全に止まっていた。

「ああ、びっくりしたろ?」

啓はローテーブルの上からティッシュを取って、ひなみの肌に飛び散った射液を拭う。その間もひなみは放心したまま、瞬《まばた》きひとつできない。

啓に肩を叩かれてようやく事態を理解したひなみは、ここに来てボンッと赤面した。飛び起きて捲《めく》れたスカートを慌てて直し、ブラウスの前をかき合わせる。

(やだ、わたし……! 啓くんにあんなこと……)

キスも愛撫も催促した挙げ句に、何度も好きと言わせるなんて――

他にもいろいろ思い出しかけて顔を両手で隠すと、啓に頭を包み込まれる。

「あー。ひなみ、ほんと可愛い。ひなみは俺のだ」

そう言って抱きしめてくる啓を指の隙間から覗き見ると、心底満足したような表情《かお》だ。

(啓くんが喜んでくれたなら……よかったのかな……?)

『好きだ』

そう言ってくれた啓の声が、脳内で何度もリフレインして、ひなみは彼を直視できなかった。

5

翌、四月一日金曜日。ひなみが転職して初めて出勤する日がやってきた。

今日は啓も仕事で、八時半にマネージャーの田畑が迎えに来ることになっている。

「ひなみ。平気か? 一人で電車乗れるか? 乗り換えわかるか?」

「わかるから。昨日教えてもらったし。大丈夫よ」

「そうか……ならいいんだけど。痴漢《ちかん》に遭わないかマジ心配だ」

(啓くんがお父さんみたいになってる……)

啓が用意してくれた朝食を食べていたひなみは、口にこそ出さなかったものの内心苦笑いしてた。

地元にいた頃、啓にこんなに心配された覚えはない。ついでに父親にも。まぁ、それだけ東京は駅が迷路で、痴漢が多いのかもしれないが。

「大丈夫だよ。わたし、影薄いから」

「は⁉　それはないから安心するなよ。警戒しろ」

「え、あーうん」

啓の真剣な眼差しに耐えかねて、ひなみはやんわりと視線を逸《そ》らした。

昨日からずっとこんな調子だ。啓の顔をまともに見ることができない。その理由はわかっている。啓の顔を見るたびに、あのソファでのできごとと、彼の声が頭に響くのだ。

『好きだ』と。

昨日、啓がくれた言葉だけでなく、彼の体温や重み、汗の匂い、彼が自分の中に入っている時の感触、そしてあの快感――

（うわ〜。もうー、わたしずっとへんなことばっかり考えてる！　恥ずかしい、頭が爆発しちゃいそう）

顔に熱が上がるのを感じて、頬が赤くなってやしないかとソワソワしてしまう。食事中だというのにしきりに髪を触っていると、啓が話を変えた。

「ああ、そうだ。俺今日帰り遅いから、先に飯食っててていいぞ。おまえの帰りは何時になるんだ？」

「帰り？　一応、六時が定時って聞いてるよ」

石上が提案してくれた労働条件は、ひなみが元いた会社とほぼ同じで、プラス、昼ご飯が彼の奢《おご》りなのだ。

「そうか。じゃあ、七時前には帰ってこれそうだな。あーでも今日は金曜か。確か、新しい職場も前と同じで土日休みだったろ？　初日だし、歓迎会とかあるかもな」

「うーん、どうだろ？　そういうのは聞いてない。それに歓迎会って……別に石上先輩とは初めて会うわけじゃないからなぁ。お昼ご飯を一緒に食べて、それで終わりのような気がする」

そんな返事をすると、啓は苦笑いしてお行儀悪く箸《はし》でひなみを差してきた。

「いやいや、他の社員がいるだろ。おまえだって、前の会社で歓迎会、忘年会、新年会やってたじゃないか」

啓はそう言うが、ひなみはきょとんと首を傾《かし》げるばかりだ。

「前の会社ではやってたけど、石上先輩の会社はわたしの他に社員いないよ？　先輩、今まで一人でやってて、それで手が足りないってわたしに声かけてくれ――」

「はぁッ!?」

話の途中――もとい、食事の途中だというのに、啓は箸をテーブルに叩きつけると勢いよく立ち上がった。

「なんだよそれ、二人っきりなのか!?　他に人いないのか!?」

「う、うん……そうだけど……」

「聞いてないぞ」

石上から声をかけてもらった経緯はちゃんと話していたし、他に人がいない会社なのだから、新しく入るひなみと、社長兼デザイナー兼パタンナーの石上と二人になるのは必然。それは啓も理解してくれていると思っていたのだが、まったくそんなことはなかったらしい。みるみるうちに啓の目付きが険悪になって、不機嫌《ふきげん》まっしぐらだ。魔王様モードなのは間違いない。

「ありえねぇ。二人っきりとか、なんだよそれ。もっとでかい会社だと思ってたのに……」

確かにひなみが今まで地元で働いていたのは、「オシャレの街、神戸発のメンズファッション」が売りで全国展開している会社だったから、そこと同じ条件の引き抜きとなれば、それなりの会社なのだと啓が勘違いしてもおかしくない。

現に石上のブランドを取扱う店舗は多いので、ネットで検索しただけなら大きな会社に見えないこともないのだ。

特に服の販売は、生産レーンさえ確保してしまえば量産は可能だし、良質なものを人気販売ショップに卸《おろ》すことができれば当然売れるから、取引量も増えていく。

生産レーンと販売店の確保……それがもっとも難しいところなのだが、石上は業界歴も長いし顔も広いので、両方のツテがある。もちろん彼の作る物がいい物だからこそ、結果が出ているわけなのだが、内情は石上がたった一人で回している会社なのだ。

「下心だろ、石田の野郎……許せねえ」

「石田じゃなくて、石上ね。なんの下心よ……。人手が足りないんだよ」

呆れた口調で諭《さと》してみるが、啓は聞かない。

「ひなみ、もう会社行くのやめろ。襲われたらどうすんだ！」

「はぁっ!?」

突拍子もないことを言われて面食らうひなみに、啓は畳み掛ける。

「二人っきりなんだぞ！　しかも相手は男だ。駄目に決まってるだろ。力で敵《かな》うわけないんだから、ねじ伏せられたらひとたまりもないんだぞ」

尊敬する石上を性欲野獣のように言われて、ひなみは思わずムッとした。

「あのねぇ、啓くん。石上先輩はそんな人じゃないから。先輩は努力家で本当にすごい人なの。ずっと自分のブランドを立ち上げるのが夢で、その夢に向かって真っ直ぐに努力してきた人なの。そんな人が女子社員を襲って、せっかく軌道に乗ってきた会社を駄目にするような馬鹿な真似《まね》をするはずないでしょ。変な言いがかりはやめて」

普通に考えればわかることだ。石上の夢も努力も知っているからこそ、ひなみは彼に声をかけてもらったことが嬉しかったのだから。その石上を侮辱することは、いくら啓でも許せない。

ひなみが目を逸《そ》らしたまま頬を膨らませていることに気が付いたのか、はたまた少しは冷静になってくれたのか、啓はやっと椅子に座った。

「そんなに頑張ってんなら、新しく入れる奴、別にひなみじゃなくてもいいだろ」

ボソッと啓がこぼす。まぁ、確かにそれは一理《いちり》あった。

「そうだね。わたしじゃなくてもよかったと思う。でも先輩に認めてもらえてるってことなら嬉しいし、頑張りたいよ。それにね――」

ひなみは続きを言うか言うまいか迷って一度言葉を切った。チラッと啓を見ると、相変わらずの強い眼差しでこちらを見ている。彼に見られていると思ったら、また顔が熱くなってきた。

「それに、なんだよ。気になるだろ？」

促《うなが》されて、少々詰まりながら話を続ける。

あまり見ないでほしかった。

「うん、なんて言うか……石上先輩に声かけてもらってなかったら、わたしのことだから上京しようとか思わなかったはずだし、啓くんとも……その……こんなふうにはなってなかったと思うし……先輩はきっかけをくれた人というか――」

実際、石上から話をもらった時には、啓から離れることばかりを考えていたのだが、そこはあえて言わないでおこう。ここで大切なことは、石上の誘いがきっかけになったという事実なのだから。

「――だから悪く言ってほしくないなぁって」

チラッと横目で啓を見ると、彼は微妙に神妙な面持ちで、口を真一文字に引き結んでいる。事実を事実だと認めている気持ちが半分と、それでもどこか納得できない気持ちが半分。そんな表情《かお》だろうか。

彼はしばらく眉を寄せていたが、やがて小さくため息をついた。

「……確かに、な。ひなみがそいつのこと信用しているのはわかる。でもな、信用はしても油断はするなよ。隙《すき》は見せるな！　相手は男なんだから。男はなぁ、全員スイッチ付いてんだからな！」

（スイッチ……？　スイッチってなんの？）

「やる気スイッチ？」

スイッチといえばそれしか心当たりはない。集中力アップや、積極的になるきっかけのことだ。ひなみにだってあるから、何も男性に限った話ではない気がするのだが。

「そーだよ。ヤ、ヽ、ル、ヽ、気スイッチだよ。突然オンになって暴走する奴いるからな。気を付けろ」

（暴走？　やる気があるのはいいことなんじゃないの？）

と思いながらも、ひなみはとりあえず頷いた。今から仕事なのにこれ以上機嫌《きげん》が悪くなられると困る。特に今はまだモヤモヤが残っているようだし、あまり突っ込まないでおこう。

「啓くんがそう言うなら気を付けるよ」

「ん。なんか困ったことあったらすぐ連絡しろよ」

連絡をしたところで忙しい啓がひなみのピンチに駆けつけることはまず無理だし、そもそも撮影中や収録中ならスマートフォンすら見ていないだろう。そんなことはわかりきっているのだが、彼がそう言ってくれただけで嬉しい。ひなみはようやく照れずに啓に顔を向けることができた。

「ありがとう。啓くん」

笑うと啓の視線が珍しく泳ぎ、テーブルの上のゆで卵で落ち着く。彼は最後のゆで卵を口に放り込んで、立ち上がった。

「……そろそろ用意する」

「うん。後片付けはわたしがしとくよ」

「悪い、頼むわ」

昨日同様にひなみの作った服で全身を固めた啓を、田畑が八時半に迎えに来て、続けてひなみがマンションを出る。

二人の新しい生活がはじまっていた。

「おお！　よく来てくれた、瀬田!!」

青山の雑居ビルの三階で、石上の明るい声に出迎えられたひなみはホッとして笑った。

昨日啓に一緒に来てもらって下見をしたとはいえ、今日はマンションを出るところから一人だったのだ。まだ完璧に道を覚えているわけではなかったし、本当に方向があっているかどうか不安でしかたなかった。

「石上先輩。お久しぶりです！　今回は誘ってくださってありがとうございます」

今日のひなみの装《よそお》いは、カーキ色の衿《えり》付きワンピース。出勤初日だからスーツを……とも思ったのだが、石上との付き合いは長いし、前の職場では私服だったからそれと同じでいいという彼の方針でこの服装にしてみたのだ。

ペコリと頭を下げると、向かいに立っていた彼も背筋を伸ばして頭を下げてきた。シャツとジーンズというラフな出で立ちの石上は、今年で三十六歳になるはずなのだが、好きなことをやっているせいか前よりイキイキとしている。

「こっちこそ図々しい頼みだったのに、来てくれてありがとう。本当に嬉しいよ」

「正直、先輩のご期待に添えるか不安でしょうがないんですが……」

まだ駆け出しなのに、実力以上に期待されている気がしてプレッシャーを感じる。

「何言ってるんだよ！　俺は瀬田とまた一緒にやれるんだって思ったら、もう楽しみでしょうがなくってさ。見てくれよ。瀬田にバリバリ働いてもらうために、ちゃんと環境整えたからな」

苦笑いするひなみに、彼は軽快に笑ってクイッと親指で背後を指差した。

天井まで伸びた棚に、タグをぶら下げた様々な種類の布が収められている。壁も棚も床も木の温かみを感じる。事務所というよりは、アトリエのような雰囲気だ。

間仕切《まじき》りされたフロアの奥側には、パソコンを設置したデスクが二台。そして布をカッティングする作業台も二台。工業用ミシンも二台。男性を模した上半身と下半身の人台《ボディ》も二台ずつある。印刷機以外のほとんどの物が二つずつ揃っているようだ。

「わ……すごいですね」

「まぁな。ゆくゆくは人も増やしたいし、そのためにも機材に投資しなきゃ話にならんからな」

今覗いたのは、石上の経営者としての側面だろうか。最後に会った二年前には気付かなかった一面だ。なんだか先輩パタンナーとしての他に、経営者としての頼もしさのようなものを感じる。

「なんかもう、石上先輩ってより、石上社長！　って感じですね！」

ひなみがちょっとからかうと、彼は照れくさそうに首の後ろに手をやった。

「まぁ、社長は社長なんだけど、俺はずっと現場にいたいと思ってるから、今まで通りで頼むわ。俺は瀬田のこと社員ってより、相棒だと思ってるからな。前の職場の頃からそう思ってるし」

「相棒……」

石上が自分のことをそんなふうに思ってくれていたなんて知らなかった。ひなみたちが前いた会社では、チームを組んで意見を出しあうことが多かった。ひなみは石上から指導されていたし、自然と彼と同じチームとなって勉強させてもらっていたのだが、まさか相棒だなんて。

「そ。相棒。右腕って言ったほうがいいかな。前から瀬田には助けられてるんだよ、俺」

「そ、そうなんですか？　わたし、そんなお役に立てていたとはとても……」

今でこそパタンナーとしてそれなりの経験を積んだひなみだが、その経験を積ませてくれたのが石上だ。一方的に助けられていたという認識しかないというのに。

「ほら、絶望的に納期がやばかった案件があったろ。あの時な、瀬田がまさかのドレーピングをやってくれたからな。あれで作業効率がぐんと上がって間に合ったんだ」

ドレーピングとはつまり、立体裁断だ。人台《ボディ》に当てた生地を服の形に直接裁断して、型紙を作る技法である。

人体は立体だ。特に女性の身体は凹凸《おうとつ》がある。立体で作業すれば平面では見えないラインを拾うこともできるので、ドレーピングは婦人服の現場ではよく使われる技法だ。対して男性の身体はわりと平坦なので、紳士服の現場では平面のみで型紙を作る場合が多い。

ドレーピングはあらかじめカーブや主要な線が決まるから、バランスも取りやすく、パターンに落とし込むのも速い。

ひなみが啓の服を作る時は、実在する啓の身体を思い浮かべながら作業するので、平面より立体のほうがやりやすい。実際、家でパターンを起こす時はいつもドレーピングから入っていた。

しかしこれは本来、かなりの技術《テクニック》を要する技法なのだ。それを紳士服の職場で、しかも一応服飾学校を出ているとはいえ、販売員上がりの新人がやってしまうなど、生意気だと顰蹙《ひんしゅく》を買いかねない。だからひなみは、一度しか現場でやったことはなかった。石上はその時のことを言っているのだ。

「あ、あれはその、なんていうか、火事場の馬鹿力みたいなまぐれで……」

「ま、そうやって謙遜《けんそん》するのも瀬田のいいところだけどな。俺に遠慮はいらない。瀬田のドレーピングの技術は本物だ。一朝一夕《いっちょういっせき》でできるもんじゃない。俺にはわかる。だからこそ、職場で瀬田が周りを気にして平面作業しているのが気になってたんだ。ここでは誰もおまえに文句は言わない。だから本来の自分のやり方で、自由にやってくれてかまわない。いや、むしろそれを期待してるよ」

石上が自分を呼んでくれた理由が、純粋に技術を評価してくれたからだとわかり、ひなみはプレッシャー以上に嬉しくなってしまった。今まで自分がこつこつと磨《みが》いてきたものに、気付いてくれる人がいたのだ。しかも相手は尊敬する先輩だ。嬉しくないわけがない。

「ありがとうございます、石上先輩！　わたし、頑張ります!!」

思わず声を弾《はず》ませたひなみに、石上は屈託ない笑みを見せた。

「おう。早速だがミシン掛け頼んでいいか？　俺、ミシン掛け苦手でさ」

「任せてください！」

ひなみは張り切って作業用の眼鏡をかけた。

昼ご飯は、事務所が入っている雑居ビルの隣にあるレストランでラザニアランチをいただき、また事務所に戻ってミシンを掛ける。

この日縫ったのは、秋冬モデルのシャツのトワル三着だ。トワルとは仮縫いの服のことで、パターンメーキングの本質であり、パタンナーの中心的作業とも言える。

パターンを調整するために何度も分解して、その都度検証し、また組み立てるから、この作業においてミシンテクニックは重要だ。ゆっくりやれば誰でも正確にできるのだが、前述した通りトワルは何度も分解して組み立て直す。ここでのミシン掛けに時間を費やすのは効率がいいとは言えない。ひなみはミシン掛けが得意だから、前の職場でも重宝《ちょうほう》されていた。

「できました！」

縫い上がったトワルを石上に見せる。

服は基本的に左右対称だからトワルを半身しか組まないパタンナーもいるのだが、石上のトワルは常に全身だ。それは前から変わっていない。ひなみは石上のやり方を熟知しているから慣れたものだが、初見のパタンナーなら驚くかもしれない。

飾り気のない白無地の平織り《シーチング》だが、形が整っていると仮縫いには見えない代物《しろもの》となる。

彼は仕上がりを見て大きく頷き、人台《ボディ》に着せた。

「さすが瀬田だな。速くて正確。衿《えり》ぐりもアームホールもパターン通り。分解するのが惜しいくらいだ」

「先輩のパターンが縫いやすかったからですよ。縫製《ほうせい》オペレーターさんも同じことを言うと思います」

「そうか？　俺はミシン掛け苦手だからな。自分が楽したいってのもあるがな。あははは」

そう言って石上は豪快に笑うが、これは彼のパターンが緻密《ちみつ》に計算されているからだ。

大量生産する服のパターンが縫いにくいなんてことがあっては、工業レーンに乗せた時に生産の遅れの原因になる。デザインを殺さず、いかに縫いやすいパターンを作るか——それがパタンナーの腕の見せどころなのだ。石上はそれを難なくやってのける。

「勉強になります。本当に……」

（調整前のトワルでこの完成度……わたしにはもう完璧に見えちゃうけど、先輩はまだ分解する気でいるみたいだし、簡単に満足しちゃいけないのかも。わたしももっと頑張らなきゃ）

石上が追求するクオリティの高さに静かに心を奮《ふる》わせる。彼についていけば、自分の腕も上がるかもしれない——そんな予感がするのだ。

（そしたら啓くんにもっと素敵な服をプレゼントできるかも……！）

ここで商業的に云々よりも、まず先に啓を思い浮かべてしまうのがひなみだった。啓の服を作る腕を磨《みが》くために、職場で訓練しているようなもの。ひなみの中心は、常に啓だ。

「頑張ります！」

「あはは。期待しているよ。——あ、そうだ。瀬田。今日の仕事はこれで終わりだし、夕食一緒に食わないか？　歓迎会兼引っ越し祝い！　ま、飲み食いするだけだけどな。久しぶりに話もしたいし、どうだ？」

もちろん奢《おご》ってやるよと、石上が毒のない笑みで笑う。

昼食も一緒に食べたのだが、その時に話したのは現在進行中の案件についてが主だった。ひなみとしても石上に聞きたいこと、話したいことは山程ある。

(啓くん、今日の帰りは遅いって言ってたし……)

ひなみの歓迎会があるかもしれないことは、啓の予想の範囲内だったようだし、行っても問題ないだろう。

(啓くんにはメール送っておこうっと)

「はい！　嬉しいです！　ありがとうございますっ」

「おし。じゃあ決まりだな。瀬田。おまえ、引っ越し蕎麦《そば》食ったか？」

「まだです」

「よし。なら、蕎麦にしよう、蕎麦。近くにうまい蕎麦屋があるんだ」

ひなみは無邪気に石上に付いていった。

彼が案内してくれたのは、オフィスから徒歩圏内の小ぢんまりとした蕎麦処《どころ》だ。普通、歓迎会と言えば居酒屋なのだろうが、ひなみはあまり酒類《アルコール》が得意ではない。せいぜい乾杯のビール一杯くらいだ。そんなひなみに気を使ってくれたのだろうか――

「ここな。俺のお気に入り。よく来るんだ」

蕎麦処と書かれた暖簾《のれん》を潜《くぐ》って中に入る。

蕎麦屋といえば、和風な佇《たたず》まいや手打ちしているところを見せてくれるカウンターを想像していたひなみだが、この店はだいぶ勝手が違う。洋風の内装だし、どうかするとバーのような雰囲気だ。

カウンター裏にある棚にひしめく一升瓶が全部ボトルだったなら、間違いなくバーだろう。

（こんなお店が蕎麦屋さん？）

オレンジ系の暖色ライトで満たされた店内は、カウンター以外は個室らしい。個室と言っても、簾《すだれ》で仕切られているだけだったが。その一室に案内されて、少しキョロキョロしながらひなみは椅子に座った。

「ここでお蕎麦が食べられるんですか？」

「そうなんだよ。変わってるだろ？　事務所の立ち上げが終わったばっかりの時に引っ越し蕎麦が食いたくて蕎麦屋を探したんだけど、場所わかんなくってさ。適当にタクシー捕まえて『うまい蕎麦屋に行ってくれ』って頼んだらここに連れてこられたんだ」

暖簾は蕎麦処なのに、内装がバーという一風変わったこの店は、親子二代でやっているのだと石上が教えてくれる。父親が蕎麦職人で、息子が酒好き。古くなった店を建て替える時に、息子がバーをやりたいと言いだし、蕎麦屋兼バーにしてしまったのだそうだ。

石上の話を聞いているうちに、紺色の作務衣《さむえ》を着た若い店員がメニュー表とお茶を持ってきた。

「何がいい？」

聞かれはしたものの、この店はひなみが知っているタイプの蕎麦屋とは少々違うようだ。常連らしい石上のおすすめが無難だろう。

「先輩にお任せします」

「そうか。なら～焼き海苔《のり》と板わさ。芋焼酎の熱燗《あつかん》と、蕎麦がきの餡《あん》かけと、茄子《なす》の田楽《でんがく》。あと、ざる蕎麦《そば》二枚で」

それでいいかと問う石上の視線に頷くと、店員がそのまま下がっていった。

「蕎麦に芋焼酎、ですか？」

「案外合うよ。蕎麦に芋。蕎麦に蕎麦焼酎は普通だな」

お酒を飲まないひなみにはよくわからなかったが、そういうものなのかとふんふんと頷いておく。

やがて陶器製の黒土瓶と、年季の入った鉄瓶が運ばれてきた。土瓶のほうは直火にかけられている。

「お熱うございますのでお気を付けください」

そんな注意のもと、お猪口《ちょこ》が二つ机に置かれた。同時に、お通しだろう、冷《ひ》や奴《やっこ》と揚げ蕎麦も並んだ。石上が頼んだ焼き海苔と板わさもきた。これは酒の肴《さかな》らしい。

直火の土瓶が芋焼酎で、鉄瓶が蕎麦湯。焼酎の直燗《じきかん》は粋な飲み方なのだと石上は言う。そういえば、前の職場の飲み会でも彼は焼酎をよく飲んでいたっけ。きっと好きなんだろう。

石上はひなみの前にお猪口を置き、芋焼酎を少し入れて、そこに蕎麦湯を多めに注いだ。

「ほい。芋焼酎の蕎麦湯割り。意外とうまいぞ。まぁ、ちょっとくらいいいだろ」

「あ、ありがとうございます」

珍しい飲み物をもらってしまった。蕎麦湯だけでよかったのにと思いながらお猪口を持ち上げると、向かいの石上も酒を注いだお猪口を持ち上げた。

「瀬田。これからよろしくな！」

「こ、こちらこそ！　よろしくお願いします！」

「じゃあ、かんぱーい！」

石上は機嫌《きげん》よくお猪口を目の前に掲げると、ぐいっとひと息に呷《あお》った。

「かーっ！　うまいっ！」

そうしてまた、にこにこ顔で手酌《てじゃく》している。

（これ、そんなにおいしいんだ？　先輩、お酒はほとんど入れてなかったみたいだし……）

高さ十センチ以下のお猪口の九割がたは蕎麦湯だ。これぐらいならビール一杯にも満たないだろう。そう思ったひなみは、お猪口の酒を三分の一くらい口に含んだ。

「あ、おいしい」

焼酎なんて、辛くて臭いがキツイものだと思っていたのだが、まるでそんなことはない。それどころか、とろっとしたまろやかな甘みを感じる。これはこの芋焼酎が特別おいしいのだろうか？それとも蕎麦湯と割ったから？　辛口のビールより飲みやすい。

「意外といけるだろ？」

石上は得意げな表情だ。

「はい。すごくびっくりしました」

ひなみがすっかり目を丸くしていると、注文していた蕎麦がきと茄子《なす》の田楽《でんがく》がきた。

「こっちもうまいぞ。酒に合う。一緒に食べてみな」

そう言った石上は、前の酒が残っていたひなみのお猪口《ちょこ》に、芋焼酎と蕎麦湯を注ぎ足してくれる。

「ありがとうございます。いただきます。――あ、これもおいしい」

茄子《なす》の田楽《でんがく》の焼き加減は完璧で、口の中で甘めの味噌と茄子がふわっととろける。そこで芋焼酎の蕎麦《そば》湯割りを飲むと、知らぬ間に次の田楽に手が伸びている始末。

ひなみはお猪口と田楽を交互に口に運び、お猪口を一杯空にした。

「蕎麦がきもいけるぞ」

またお猪口に芋焼酎と蕎麦湯が注がれる。これを空けても二杯半。まだまだビール一杯分にも満たないだろう。ひなみは勧められるがまま、注がれるがままに飲み食いしていた。どれも絶品なのだ。お酒で火照《ほて》った喉に、締めのざる蕎麦の冷んやりとした喉越しが実に心地よく、箸《はし》が止まらない。

石上もなんだか楽しそうだ。仕事の話をしながら、彼は何度も「瀬田が来てくれて嬉しい」と言った。

「――そっか。まだちゃんと東京見物できてないのか。なら今の仕事が一段落したら俺が案内するよ。渋谷でも原宿でも池袋でもさ。いい店いっぱいあるから、きっと勉強になる」

「嬉しぃれす、せんぴゃい！　実は行きたいお店があって」

「あはは。瀬田、呂律《ろれつ》回ってないぞ。酔ったのか？　今日の酒はもうおしまいな。おまえは飲み過ぎだ」

石上は苦笑いしつつも、芋焼酎が入っていた土瓶を全部飲み干してしまう。

「よってませんー」

「酔ってる奴ほどそう言うからなぁ。ははは。また二人で来ようなー瀬田」

ガシガシッと頭を撫で回される。少々乱暴な手付きではあったものの痛くはないので、ひなみは目を閉じて身を任せていた。前の会社にいた頃、こんなふうに石上に撫でられたことなんてあったっけ？

（……う～ん？　どうだったかなぁ……？）

「瀬田は相変わらず可愛いなぁ」

ボソリとした石上の声が遠くで聞こえた気がするが、一度降りた瞼《まぶた》が意外と重くて、ひなみの口数がどんどん減っていく。

机に手を置いたままじっと目を閉じていると、石上が立ち上がる気配がした。

しばらくして戻ってきた彼に肩を叩かれる。そこでようやくひなみは目を開けた。

「瀬田。会計終わったし帰ろう。タクシー呼んでもらったから送るよ」

「……ありがとぅ、ございます……ごちそぉさまれす……」

お礼を言いながらいざ立ち上がるも、身体がフラフラして足元が覚束《おぼつか》ない。思ったより脚にきているようだ。

「おっと。大丈夫か？　ごめんな、飲ませすぎたみたいで。荷物、俺が持つよ」

ひなみのコートを持った石上が、腰に手を回し、抱き寄せるように支えてくれる。謝る彼からは、少し後悔の色が漂《ただよ》っていた。

しかしひなみとしては、そんなに酔っているつもりはない。確かにちょっと身体が熱いし、フラついてはいるけれど、受け答えはちゃんとできるし、思考回路もまともなはずだ。気分だって悪くない。むしろ、楽しいくらいだ。それに、お猪口《ちょこ》五杯程度の量しか飲んでいない。

「ふふふ。大丈夫れすよぉ。ちょっとしか飲んでないじゃないれすかぁ」

「……いや、結構強いから……あれ……」

ボソボソ声で話す石上に支えられて店を出る。タクシーはまだ来ていないみたいだ。風に当たって待てばちょうどいいだろう。そんな時に、鞄の中でひなみのスマートフォンのバイブが鳴った。

「あ、瀬田。電話鳴ってる」

「んん……」

もぞもぞと鞄を掻き回し、スマートフォンを取って耳に当てる。するとひなみの大好きな声が聞こえてきた。

「ひなみ。俺、収録終わったよ。そっちの歓迎会終わったか？　今どこ？」

「終わったよー。あのねーお蕎麦《そば》食べたのーお蕎麦。田楽《でんがく》もね、おいしかったのーえへへ。そんでね、せんぴゃいが今度渋谷に連れてってくれるって」

「……そう。で？　今どこ？」

「えっとぉ……」

ひなみは振り返って、今までいた蕎麦屋の暖簾《のれん》に書いてある店名を啓に伝えた。

「……わかった。迎えに行くからそこで待ってろ。五分以内に着く」

返事をする前に切られてちょっと驚きはしたものの、迎えに来てもらえるのはありがたい。それにしても五分以内とはずいぶん早い。この近くで収録があったのだろうか。

(そーいえば、この辺にラジオのスタジオがあるって言ってたっけ……今日の啓くん、ラジオの収録があった気がする……)

一昨日、田畑から聞いた啓のスケジュールを思い出しながら、ひなみは石上からコートを受け取った。

「迎えに来てもらえるみたいなのれ、送ってもらわなくても大丈夫れす」

「え？　今の電話、誰？　友達？」

(友達……友達じゃないなぁ)

啓のことをなんと説明すればいいのだろう？　なんだか啓を友達と言うのはいやだ。幼馴染み《おさななじ》みなのだが、今は一応恋人——しかし、恋人と言うにはまだしっくりこないし、そもそも公言してはいけないと田畑にも言われている。

「えっと……わたしの一番大切な人、れす……」

選んだ末の言葉がそれだった。

口にするとこれほどしっくりくる言葉はない。

幼馴染みの枠を越えたい。そう思って結ばれたはずなのに、恋人というほど想われている自信はなく、自分から一方的に愛情を捧げる日々。それでも幸せを感じてしまうのは、彼が大切な人だから——

啓を想像するだけで、アルコールとは違う種類の熱が身体を満たす。

「……大切な人……？　それって――」

「ひなみ！」

石上の声を掻き消す啓の声に、パッとひなみの顔が上がる。

少し離れた路肩に見覚えのあるシルバーの国産車が止まった。啓の車だ。前のマンションから取ってきたのだろう。案の定、車の運転席から啓が降りてくる。夜だからか、今はさすがにあの似合わないサングラスはかけていない。

つかつかと一気に近付いてきた彼は愛想よく微笑み、ひなみを支える石上に軽く頭を下げた。

「初めまして。石上さん、ですよね？　うちのひなみがお世話になっています」

「え……え？　西條、要⁉」

咄嗟《とっさ》に上がった石上の声に、道路脇を歩いていた人がチラリとこちらを向く。その人は特に足を止めることもなかったのだが、石上はというと自分で自分の声に驚いたらしく、慌てて口を塞《ふさ》いでいる。その一方で啓は爽《さわ》やかな王子様スマイルを披露していた。

「はい。西條要の名前で芸能活動させてもらっています」

「うわー本物？　握手してもらっていいですか？」

「はい、喜んで」

啓は石上の求めに応じて、爽やかに握手をしている。

(啓くんったらなんで自己紹介してるの⁉　西條要がわたしの知り合いって石上先輩にバレちゃうのに！)

歓迎会は終わったとひなみが言ったものだから、他に誰もいないと思って迎えに来てくれたのかもしれない。

一気に酔いがさめる。しかし、この状態を招いたのは間違いなく自分だ。

(どうしよう……あわわ……移動しとくんだった……！)

心配になってきたひなみは、そっと啓のジャケットの裾《すそ》を引っ張った。

「何おまえ、ふらついてる？　もしかして酒入ってんの？」

「ん……」

頷くと、石上が慌ててフォローしてきた。

「すみません。俺が飲ませちゃって——」

「ああ。歓迎会を開いてもらったんですよね。こいつから聞いてます。ありがとうございます」

啓はまた頭を下げて、ひなみの腰を抱き寄せ、頭に軽く頬擦《ほおず》りをしてきた。

「こいつ、石上さんのことを本当に尊敬していて、家でもよく石上さんの話をしているんですよ。これからもよろしくお願いします」

「あ、ああ……いえ、そんな……」

完全に石上が食われている。彼とてビジネスの現場では百戦錬磨《ひゃくせんれんま》だろうが、プライベートではお人好しの面が出ていて、啓の持つ王子様オーラに圧倒されている形だ。

だけど石上だって、本当はひなみと啓の関係を聞きたいのかもしれない。いや、次の瞬間に聞いてきてもおかしくはない。そうなってはまずいことになる。早いところ退散して、石上にどう説明するかを啓と話し合わなくては……

ひなみは焦る気持ちを抱えて、またちょいちょいと啓のジャケットを引っ張った。

「どうした、ひなみ。もしかして、気分悪くなった？」

そういうわけではないのだが、熱かったはずのひなみの顔は、すっかり夜風で冷えている。啓はひなみの頬に手の甲を軽く当て、眉を寄せた。

「すみません、石上さん。ひなみがちょっと調子悪いみたいなので、今日のところは失礼します」

「あ、はい。こちらこそすみません」

恐縮しきっている石上に、ひなみは改めて向き直った。

「先輩。今日はありがとうございました。また来週」

「おう。また来週な！」

石上は笑ってくれたが、蕎麦《そば》屋でしたようにひなみの頭を撫でることはなかった。

「石上さんとは一度お話ししてみたいと思っていたので、今日お会いできてよかったです。では――」

啓は車のドアを開けてひなみを助手席に座らせると、車のエンジンをかけた。挨拶《あいさつ》代わりに一度ハザードランプを焚《た》いて、そのまま発進する。

ひなみはもう見えなくなった石上に会釈《えしゃく》して、運転席の啓を見た。石上の前では愛想よくしていた彼なのに、ひなみと二人っきりになった途端、王子様オーラはなりを潜《ひそ》め、代わりに不機嫌《ふきげん》オーラが充満している。

「啓くん？」

どうしたのかと問いかけるが、啓は答えてくれない。それどころか、何も言いたくないと言わんばかりに、強く唇を噛《か》みしめているのだ。

（啓くん……怒ってる……）

間違いない。これはただ不機嫌なのではなく、怒っているのだ。そして彼を怒らせたのはおそらく自分。――石上と鉢合わせする状況になったことが原因に違いない。

沈黙が車内を満たす。重たいくせに妙な熱気がある沈黙だ。

永遠に思える時間を経てマンションに帰ると、ひなみは玄関先で啓に抱きしめられた。

「啓……くん？」

まだ靴も脱いでいないのに、啓は気が急《せ》いたようにひなみの顎《あご》を掴んで唇を重ねてくる。舌を絡め取る強引なキスではあったが、ひなみは身体の力を抜いた。そこには、今キスがしたいという、啓の意思があったから。

バランスを崩し、背中が壁に付く。頭を打たないよう、啓の手が後頭部に添えられていた。

「んっ……ふ――」

「ひなみは俺のだろ」

怒鳴るでもない、押し殺した低い声にキスの余韻《よいん》はなく、あるのは苛立ちと苦味。自分に向けられたその刺々《とげとげ》しい感情に、ひなみは驚いて目を瞬《またた》く。

「啓……」

啓はぐっと正面からひなみを睨《にら》みつけると、また唇を合わせてきた。

拒みきれない力強さで唇が割られ、口内に肉厚な舌が押し入ってくる。舌も声も、呼吸さえも奪うキスにひなみはもう立っていられない。

初めて向けられたこの感情はなんだろう？　啓はひなみに怒っているはずなのに、ひなみを離さない。それどころかひなみの身体を壁に押し付け、逃げられないよう抱き込んでくる。

舌の付け根から先まで滑《すべ》るように舐《な》め回される。喉に流し込まれる啓の唾液は、まるで媚薬《びやく》だ。お酒よりもひなみの身体を内側から熱く滾《たぎ》らせていく。

「ぁ……んっ……」

ようやく唇が解放され、肩で息をする。散々嬲《なぶ》られて赤くなった唇を、啓の指先が撫でてきた。何度も何度も繰り返しふにふにと唇を触って、また吸い付いてくる。

「ごめんね、怒ってるよね……」

キスの合間に思わず聞くと、啓の動きがぴたっと止まった。

ぎこちなく視線が泳いで、ふいっと逸《そ》らされた横顔を見ると、啓の耳が真っ赤だ。

「けぃ――」

「……怒って、悪いかよ」

啓はボソッと言い放つと、ひなみを抱く腕に力を込めてくる。その苦しさに息を呑む間もなく、彼は強い眼差しを向けてきた。

「怒ってるに決まってるだろ！　好きな女が、自分以外の男に無防備過ぎるくらいに気を許しているんだぞ。それを見て冷静でいられるほど、俺は人間できていないんだよ」

「っ!!」

頭の中が真っ白になって、わずかに残っていたお酒も吹き飛んでしまう。

(啓くんがわたしを好き？　啓くんが？　だから怒ってる……？)

それじゃあまるで嫉妬《しっと》じゃないか。

喜びに胸が熱くなる一方で、昨日彼にお願いして何度も繰り返し言ってもらった『好き』が蘇《よみがえ》る。

あの時の『好き』と、今の『好き』はどう違うのだろう？　きっと頼めば啓はいつでも『好き』と言ってくれる。それこそ、台本に書いてある台詞《せりふ》のように。

付き合うことになった経緯だってそうだ。ひなみが泣いたから……優しい啓は「付き合ってみる？」だなんて言ってきたのだから。

「ど、どうしたの？　啓くん。——石上先輩と鉢合わせして怒ってるんだよね？　わたしの知り合いだってバレちゃったから……」

まだ冷静とはほど遠かったが、そんな言葉が出た。心の整理ができていないから声も震えている。

どうしても信じられなかったのだ。彼が、自分のことで嫉妬《しっと》するなんて。

啓はコツンと額《ひたい》を合わせ、ひなみの後頭部を撫でてきた。

「あれは俺が石上さんを見てみたくて、わざと行ったんだ。おまえが気にすることじゃない」

「そう……なの？　なんで先輩に会いたかったの？」

恐る恐る聞くと、啓が呆れたため息をこぼして口籠《くちご》もる。

「なんでって……、それは、ひなみにちょっかい出すような野郎には牽制《けんせい》をだな――」

ゴニョゴニョと語尾を濁《にご》した啓だが、一度ギュッと唇を引き結んで声を荒らげる。

「ひなみはわかってないんだよ。どれだけ俺がひなみを好きなのか。会いたくて会いたくてたまらなくて地元に帰ってんのに、おまえはいつもと変わりないし。俺に服作ってくれるけどそれだけだし。脱いでも体型のことしか言わない。体《てい》のいい専属モデルみたいな扱いしといて、実は好きでしたとかなんだよそれ。もっと早く言えよ！　しかもせっかく好きだって言ってくれたと思ったら、失恋したいとか泣きだすし……勝手に失恋されてたまるか。俺の気持ちも少しは考えろ」

確かにひなみは地元にいる頃、自分の恋心をひた隠しにしてきた。両親にはバレバレだったようだけど、啓にしてみればパタンナーになった幼馴染《おさななじ》みが練習がてらに服を作り、それを自分に押しつけてるようにしか見えなかったのかもしれない。

しかし、ひなみにだって言い分がある。

「でも、でもっ……啓くんだってわかりにくい！　付き合うって……一緒に住むようになっても、前と同じ態度じゃない！　あんなんじゃ、わたしのこと本当に好きなのか……わ、わかんないよ。てっきり幼馴染みの延長なんだとばかり……」

啓は一瞬きょとんとした表情《かお》をしたが、少しばかり考える素振りを見せて、またクスッと笑った。

「ひなみに対する俺の態度なら、これ以上変わりようがないぞ。幼馴染みの延長っていうか、これが俺の好きな子に対する態度だから。子供の頃からずーっとな」

「……え？」

「俺、ひなみの前でだけは、ずっと素だと思うんだけど？」

「……」

言葉に詰まる。

確かに啓はひなみの前でだけ、ちょっとぶっきらぼうになる。これが彼の素なのだ。ほかの人にはそんなことはない。西條要のイメージを壊さないためだとばかり思っていたが、よくよく考えてみれば、啓は子供の頃からひなみ以外の人には自分から近付かなかった。学生時代の友達ともちょっと距離を置いている感じで接している。啓は昔からカッコよかったし、高校からはモデルをしていたので、キャーキャー言う女の子たちが疎《うと》ましいのだと思っていたのだが――

（え？　啓くんはわたしにだけ特別な、態度……？　ずっと？）

あれは幼馴染みに対する態度なのだと思っていた。しかしそうでないのだとするなら――

まだ呑み込みきれないひなみの頭を、啓はゆっくりゆっくりと撫でてくれる。その手付きは宝物に触るように優しかった。

「信じられないなら明日も言う。明後日も言う。ずっとずっと言うよ。『俺はひなみが好きだ』って――愛してるって」

ずっと聞きたかった言葉を初めてもらって、涙がぽろぽろとこぼれてきた。今まで抱えていた不安が流れていくみたいだ。

嬉しくて、嬉しくて、頭で冷静に考えることはできないのに、心は大きく波打ってひなみを突き動かそうとする。

ひなみは自分から啓に抱きついて、わんわん泣いていた。

「けぃくん、ぅう、ひっう……ぅう……」

うまく言葉が出てこない。もらったものと同じものを返したいのに、出てくるのは嗚咽《おえつ》ばかりだ。

啓はそんなひなみの背中をよしよしとさすって、優しく抱きしめてくれた。

「俺はきっといい彼氏にはなれない。ひなみに寂しい思いをさせるに決まってる。ドラマとか映画とか、長期間の撮影は月単位で家を空ける。行きたいところにも、ろくに連れていってやれない。手を繋《つな》いで外を歩くのも無理だ。でもさ……石上さんがひなみの彼氏だったら、きっとそんなことはない。ずっと一緒なんだろ？　一緒に暮らしてるのは俺でも、石上さんとのほうが顔を合わせている時間は長くなるんじゃないのか？　そう思ったら……やっぱり妬《や》ける。ひなみがまた失恋したいって泣くんじゃないかって不安にもなる。それでも俺は別れたくない——ひなみは俺のだって思っていたい。ダメか？」

（ダメなわけない……）

ひなみは子供の頃からずっと啓だけを見てきたのだ。心も身体も啓だけのもの。そうなることをひなみ自身が望んでいる。

ひなみは弱々しく首を横に振って、啓の胸に抱き縋《すが》った。

「啓くん、好き。大好き」

「知ってる。俺もひなみが好きだ」

やっと気持ちが通じ合った気がする。

泣き止んだひなみがホッと息をついていると、啓がにこやかに笑って顔を覗き込んできた。

「でもお仕置きは必要だよな？　他の男と二人っきりなのに、支えてもらわなきゃならんほど飲むとはどういう了見だ？　そんな愚行を許せるほど、俺の心は広くないぞ。いちいち俺に嫉妬《しっと》させるなよな」

「えっ……お、お仕置き？」

たった今まで幸せホルモンを分泌していた脳には理解しがたい。

確かにちょっと飲み過ぎてしまったような気がしないでもないが、お仕置きだなんて——

何かの冗談だろうと口を開きかけたひなみだが、啓に睨《にら》まれてアワアワとたじろいだ。

「隙《すき》見せるなって言ったろ？」

魔王様だ。完全に魔王様の目だ。にっこりと目を細めて笑っているのに、薄く開いた瞼《まぶた》から覗く瞳が微塵《みじん》も笑っていない。

「え、えっと……あのぉ……」

この場を切り抜けるため、アルコールと幸せホルモンでいっぱいだった頭をフル稼働させようともがくが、ちっとも思い通りにならない。

目を泳がせていると、腕を掴まれ引っ張られる。そしてそのままベッドの上に放り出された。

「きゃっ」

驚いて目を閉じたのは一瞬。ベッドの軋《きし》みを感じて目を開けると、ひなみの腰に跨《また》がった啓がジャケットを脱いでいるところだった。

「け、啓くん？」

「お仕置き、されたいよなぁ～？　ひなみー」

魔王様のような絶対的な支配力を滲《にじ》ませた眼差しに見下ろされて、背筋がゾクゾクしてきた。

彼の瞳の奥に、未だに消えない嫉妬心《しっとしん》が見え隠れする。

頬に火照《ほて》りを感じつつ頷くと、啓はひなみの髪に手をやって、バレッタを外した。アッシュブラウンの髪を掻き回し、ベッドに広げる。

「可愛いひなみには、気持ちいいお仕置きをうんとしてやらなきゃなぁ」

自分のシャツのボタンを片手で器用に外しはじめる。整った胸板がちらりと見えて、胸が高鳴った。動けないひなみを前に、彼はますます目を細めた。

「ひなみ。自分で服を脱いで。見ててやるから」

「ぁ、……そんな……」

恥ずかしいことを強要するのが、彼のお仕置きなのだろうか。

シャツの前をくつろげて素肌を見せた啓は、躊躇《ためら》うひなみの顎《あご》を掴み、人差し指を口内に突っ込んできた。舌の表面を指の腹で擦《こす》られ、今まで感じたことのなかった被虐感《ひぎゃくかん》に襲われる。彼はそんなひなみの様子に気付いたのか、ぐるっと指を回して口蓋を撫で上げてきた。舌に触れられた時とはまた違う感覚に、子宮がきゅんと疼《うず》く。

ひなみが身震いするのと同時に啓は指を引き抜き、ひなみの唾液で濡れたそれをれろりと舐《な》めた。

「脱いで。ひなみの身体が見たい。見せてくれるだろ？　ひなみは俺のなんだから」

そう言われると、どんなに恥ずかしいことでも、啓の望みなら叶えたいという気持ちが湧いてくる。いや、自分が彼のものだということを証明するために、進んでお仕置きを受けたい。

言い方ひとつで、ひなみの意識が変わることを彼は知っているのだろう。なんだか手のひらの上で転がされているような気がするものの、それでもいいと思ってしまう自分がいる。

自分はどこまでも啓が好きなんだなぁと思いながら、ひなみはそろそろとワンピースを脱いだ。ベッドの上に、生まれたままの姿で横たわる。

啓の視線を一身に浴びて、ひなみはゴクッと生唾を呑んだ。

(恥ずかしい……)

見ないでほしい。自分から脱いでおきながらそんなことを思う。しかしその反面で、もっと見てほしいとも思う。

啓に見られていると思うだけで、胸の内がゾクゾクして、ひなみの乳首は固くツンと尖っていた。肌に至っては、桃色だ。横たわっているだけでもうっすらと汗ばんでくる。特に脚の間がじっとりと濡れてきていた。

これは汗？　いいや、違うことなんてわかりきっている。この身体は啓に見られるだけで抱かれることを夢想し、愛液を湧かせているのだ。恥ずかしくて、とても啓の顔を見ることはできない。自然と顔を背《そむ》ける形になっていると、啓が乳房を揉《も》んできた。柔らかな丸みを、手のひらで円を描くように撫で回す。激しさはないゆったりとした動きなのに、それがかえってもどかしい。

ひなみは熱いため息をこぼして、大きく胸を喘《あえ》がせた。いつの間にか自分の目が、とろんとなっている気がする。

「脚開いて、ひなみ。お仕置きしてやるから」

躊躇《ためら》いはまだある。しかし、ひなみは啓がくれるお仕置きを受けなくてはならない。いや、受けたい。もう、愛する男を自分の内に迎え入れる女の悦《よろこ》びを知ってしまっているから、彼のくれるものすべてが欲しい――言葉ではなく身体が雄弁に語る。

ひなみが素直に脚を開くと、啓が自分の指を舐《な》めてニッと笑った。

湿《しめ》った花弁に触れられて、「あっ」と声が漏れる。啓はひなみの腰を反対の手で押さえながら、蜜口を浅く掻き回した。

「少し触るだけですぐ濡れるな、おまえ」

「……だ、だって……」

そんなのはわかりきっている。啓のことが好きだからだ。好きな人に触れてもらえたら、もっともっと溶け合いたくなるのは当たり前のこと。

心も身体もひっついて、繋《つな》がって、ひとつになって――

「だって？」

啓はひなみの気持ちを何もかも知り尽くした目で見下ろしながら、挑発するように蕾《つぼみ》をいじる。

そうして、ゆっくりと上体を倒してきた。

「何？　言ってみ？」

耳元で囁《ささや》く声は意地悪で、だけど甘い。耳の縁《ふち》を舐められて観念したひなみは、吐息まじりに白状した。

「……好きだから。啓くんのこと、好きだから」

「なら、今日みたいに立てなくなるまで飲むな。他の男に隙見《すき》せるな。な？　おまえは俺の大事なひなみなんだから」

「……うん」

素直に頷くことができるのは、啓が当人よりも、ひなみのことを大切に思っていることが伝わってきたからだ。

ひなみは、啓を大切に想うのと同じように、自分自身を大切にしなくてはならないのだ。

「わかってくれたか？」

頷くと頬にキスをされた。

啓は蕾をいじるのをやめ、横に添い寝して、ひなみを抱きしめてくれた。

温かくて、気持ちよくて、安心する啓の腕の中でホッと息をつく。

自分もこんな安心感を、彼にあげられれば――

「啓くん……わたしね、あの時、石上先輩が『電話、誰？』って聞くから、『わたしの一番大切な人です』って答えたんだよ。ただの友達とか幼馴染《おさななじ》みって言いたくなくて……」

そう言ってひなみは啓の胸に額《ひたい》をすり寄せた。啓がひなみの顎《あご》をすくい上げ、唇を合わせる。滑《すべ》り込む彼の舌を受け入れて、くちゅくちゅと絡ませる。それだけで気持ちよくて、さっきまでいじってもらっていた処《ところ》がうずうずしてきた。ひなみが脚をすり合わせると、啓が背中に回した手でひなみの尻肉を掴んで割り広げる。そして、濡れた秘め処《どころ》に指を這《は》わせてきた。

「おまえって奴は、男心がビミョーにわかってないんだよなぁ……」

呆れた口調で言われて、何かまた失敗してしまったのかと焦る。

「ダ、ダメだった？　友達とか幼馴染《おさななじ》みって言ったほうがよかった？」

「いや、おまえが俺のことを人にそんなふうに言ってくれるのは嬉しいよ。友達だの幼馴染みだのって紹介されるのは、やっぱりモヤモヤするし。俺が言いたいのはそんなことじゃなくて、ベッドの中で他の男の名前を出すなってことだよ。気分悪いだろ」

「え……」

啓の声に不機嫌《ふきげん》の色がまじっているのを感じ取り、顔が引きつる。

ひなみは啓がいない間に、石上との間にあった会話の内容を話しただけだ。重要なのはひなみが啓のことをどう思っているのかであって、石上はあまり関係ない。それに啓だって、石上の名前を出していたではないか。なのに不機嫌になるなんて。――でも確かに彼の言う通り、デリカシーがなかったかもしれない。

機嫌を直してもらうためにはどうすればいいかと、オタオタしながら考えはじめた時、いきなりずぶぅっと蜜口に指を挿《さ》し込まれた。

「あぁぁっ！」

突然のことに驚いて、背中がしなる。だが啓に抱きしめられているこの体勢で大きく動くことなどできるはずもない。逃げられないひなみの蜜路を、啓はぐりぐりと掻き回しはじめた。

「あぁっ！　ぅう……はぁう……け、啓くんっ、あっ……いきなり、こんな……」

「いきなりじゃない。さっきので終わりなわけないだろ」

啓は悪巧みの顔で笑い、身体を少し下げると乳首に吸い付いてきた。彼の口内で舌が上下左右に動き、ひなみの乳首を転がして弄《もてあそ》ぶ。同時に指の腹でお腹の裏を擦《こす》られて、頭が真っ白になった。

でも、身体は中に埋められた啓の指をぎゅっぎゅと締めつけて離さない。それどころか新しい愛液をあふれさせて、太腿《ふともも》まで濡らしてしまう。

啓が指をピストン運動させるたびに、はしたない音が寝室に響き渡る。

ひなみは震えながらも、自分の乳首をしゃぶっている啓の頭を撫でた。

綺麗な黒髪を掻き上げると、妖《あや》しく煌《きら》めく瞳があらわれる。そこに映る自分は、自分とは思えないほど淫《みだ》らに蕩《とろ》けていた。

「……ぁ……けぃくん……」

呼ぶと、ちゅぽんと音を立てて乳首が離される。啓はさっきまで吸っていた乳首を指で摘《つ》まんで捏《こ》ね回しながら、囁《ささや》いてきた。

「なんだ？　リクエストなら今日は聞かないぞ。お仕置きなんだから。俺の好きにヤラレとけ」

「ぁ……うん」

頷くと、啓は蜜路から一度指を引き抜いてひなみを仰向けにし、今度は前から指を挿《い》れてきた。しかも今度は人差し指と中指の二本だ。

ダラダラと愛液を垂らすいやらしい蜜路は、指二本でもうみっちりと埋められている。摩擦がすごい。中でバラバラに指を動かされたり、広げられたり、じゅぶじゅぶと掻き回されたり……そのたびに喘《あえ》いで、悶《もだ》えて、痴態《ちたい》を晒《さら》す。

蕾《つぼみ》まで親指で捏ね回されて、ひなみのそこは熱を抱えてもう真っ赤に熟《う》れきっている。

ひなみに許されたのは、身体の中を弄《もてあそ》ぶ啓の指戯《しぎ》と、乳房をしゃぶり尽くす舌戯《ぜつぎ》に感じることだけ。気持ちよくて腰が勝手に揺れてしまう。

「ひなみ。自分で腰振ってんのか？　中もぐちょぐちょだし、やらしいな、おまえ」

「ち、ちが……んっあっ、違うの、勝手に……ぁっ」

涙ぐんで感じながら、言い訳を並べる。でも本当に自分ではどうにもできないのだ。愛液も、腰の動きも、止まらない。乳首もピンと立っている。

身体中を駆け巡る熱が行き場をなくして、ひなみの中で暴れ回っているみたいだ。

苦しくて、切なくて、もっと愛されたくて、ベッドの上でのたうつ。

「あぁっ……ぅ、けぃく……んぁ、熱いっ……助けてぇ」

泣きながら手を伸ばすと、啓が優しく指を絡めてくれる。

「いきたいのにいけなくて苦しいな、ひなみ。ひなみは俺のこと好きだろ？　指挿《い》れられて気持ちいいよな？　もっと俺にされたいよな？」

コクコクと頷く。彼は意地悪をしている。ひなみを焦《じ》らして、絶頂の一歩手前で弄んでいる。これがお仕置きなのだと、今頃になって気付いた。

「ひなみ。俺はね、可愛いおまえに他の男を近付けたくないんだよ。でもさ、生きていくためにはそういうわけにもいかないだろ？　だからさ、ひなみ……俺を安心させてくれ」

　絡まった指先にそっとキスをされて、身体の真ん中がゾクゾクする。啓の優しい独占欲が、ひなみにじわじわと巻き付いてきた気がしたのだ。この人とは一生離れられないのかもしれない。そんな予感が胸をよぎる。それは望むべきことであって、悲観するようなことじゃない。

（離れたくないよ、啓くん）

　ひなみは繋《つな》いだ彼の手に、自分から頬をすり寄せた。

「啓くんだけ……わたしには啓くんだけだよ。ずっと、ずっと好き……愛してる」

　心変わりができる恋なら、今までの間にいくらでもしていただろう。

　この恋をやめられず、想いを伝えることさえできずにいた頃に比べたら、今はどんなに幸せか。この幸せを自分から手放すことなんてできない。

　啓がくれる愛も、嫉妬《しっと》も、独占欲もすべてが愛おしい。

「なぁ……ひとつになろっか。俺、ひなみの中に入りたくなった」

　この少しはにかんだ笑顔が、王子様でも魔王様でもない、彼の素顔。きっと自分だけが知っている彼なのだと思うと、自然と頬が緩《ゆる》む。

　啓はひなみの中から指を引き抜くと、ちゅっと唇を合わせてきた。差し込まれた舌を吸うと、それが了承の合図になる。

　服を脱いだ彼は、枕元の引き出しから避妊具を取って着け、ひなみの脚の間に陣取った。ひなみの髪を撫で付け、あらわれた額《ひたい》に、瞼《まぶた》に、頬に……そして唇に。啓は満遍《まんべん》なくキスをしてから、ひなみの膝裏をすくい上げる。濡れた蜜口に硬い屹立《きつりつ》が充《あ》てがわれ、ひなみの鼓動が速まった。

「ひなみ、いくよ」

「ん……」

隘路《あいろ》がみちみちと押し広げられ、媚肉《びにく》が思いっきり擦《こす》られる。摩擦は熱を生み、その熱がひなみの思考を吹き飛ばす。

気が付けば、感じ入った嬌声《きょうせい》を上げていた。

「ああ――んっぅ！　ひゃぁ……」

「もしかして、挿《い》れただけでいった？　めちゃくちゃ締まってる。あぁ……たまんない。ひなみ！」

啓は興奮した声を弾《はず》ませると、ひなみの腰を両手で掴んで盛大に腰を揺すってきた。そのたびに、漲《みなぎ》りが、媚肉に潜《ひそ》む好《い》い処《ところ》を的確に擦る。

挿れられることによって子宮口が突き上げられる。引き抜かれる時には、お腹の裏が容赦なく擦られる。

もう、気持ちよくてたまらない。ひと突きひと突きが確実に快感に直結していて、ひなみを内側から従属させる。

啓はひなみの腰を持ち上げ身体を二つ折りにすると、ひなみの顔の横に両手を突いて、真上からピストン運動をしてきた。啓の体重を乗せた抽送は恐ろしく重く、深い。

ひなみは自分の中を出入りする啓のものを見ながら、目に涙を浮かべて喘《あえ》いでいた。

「あう……ンッ……はぁはぁう、あんッ！　んっうぁ……」

（あぁっ……奥に……当たってる。いっぱい……いっぱい入って……んっ）

揺さぶられた子宮を更なる快感が襲い、思考が飛びそうになる。ひなみは知らぬ間に、啓の首に縋《すが》り付くように手を伸ばしていた。

「ひなみ！」

上体を倒した啓が、上に重なってくる。額に汗を浮かべた彼はひなみの頭を抱えると、漲りを出し挿れしながら唇を合わせてきた。

繋《つな》がった下肢と唇から、ぐっちゃぐっちゃといやらしい音が鳴り響いて止まらない。そんな中でいきなり背中を起こされ、体勢が変わった。ベッドに両脚を投げだして座った啓と向かい合う形だ。しかも、繋がったまま――

「え？　ゃあああん！」

こんなのは初めてだ。自重《じじゅう》が加わって、啓のものが奥にぐっと入る。さっきと角度が変わり、驚いて声を上げるが、啓は意地悪な眼差しでひなみを下から見つめてくるのだ。

「ひなみ、自分で動いて。さっき指でいじられながら腰振ってたろ？　同じようにやってみな」

「や、やだぁ……」

そんな恥ずかしいこと、できない。ひなみはぷるぷると首を横に振るが、啓がひなみの腰を両手で掴んで、あろうことか前後に揺さぶってきた。

「あんっ！」

蕾《つぼみ》が恥骨《ちこつ》で擦《こす》れ、中に埋められた漲りがさっきまでとは違う角度で媚肉《びにく》を抉《えぐ》る。ひなみの中が痙《けい》攣《れん》した。

「ヒクヒクしてる。気持ちいいんだ？」

啓はにやりと不敵に笑うと、下から腰を突き上げてきた。これ以上ない処《ところ》まで啓のものが入ってくる。啓の手はひなみの腰を下に下にと押し付けるのに、腰は容赦なく突き上げてくるから、逃げ場もなく責め立てられてしまう。あまりの快感に崩れ落ちるひなみの身体を抱いた彼は、下からのピストンに加えて、前後に左右にと、四方に腰を無理やり動かしてきた。

媚肉がうねる。挿《い》れられた漲《みなぎ》りを離したくないと言わんばかりに、ぎゅうぎゅうに締めつけてしまうのを止められない。

「ああ！　はぁぅ！　だめぇ、こんなにしちゃらめ……あぅ、ああん、ひゃあっ！　やめて……やめて啓くん、お願いっ！　あんっ、ううぁ……」

「やめてって……めちゃくちゃエロい顔して説得力ないよ。やめられるわけないだろ。こんなに気持ちいいんだぞ。くっ、いきそうだ、擦れる……」

「んぅ～っ……あぁ……」

ひなみの乳房が、ぶるんぶるんと揺れる。啓は好物を見つけた子供のように、そこにむしゃぶりついてきた。

「ひゃぁあ――」

腰を右腕でがっちりと掴まれ、左手で乳房を揉《も》みくちゃにされながらしゃぶられる。その間も絶えず漲りで身体の中を掻きまぜられるのだ。快感そのものに貫かれているみたいだ。

突き上げられすぎて、自分の意識がふわっと身体から抜け出してしまいそうな錯覚に襲われる。

「あ――――……」

絶頂を迎えて脱力し、身体どころか頭さえ支えられない。そんなひなみを、啓は力いっぱい抱きしめてくれた。

「ひなみ、ひなみ……っ！　あ！」

身体の中で、啓のものがビクンビクンと跳ね回って射精しているのを感じるが、もう自力では動けない。目を閉じ、呼吸以外何もできないでいると、ゆっくりとベッドに寝かせられる。くぽっと小さな音と共に中から啓が出ていき、代わりに快感と恍惚《こうこつ》に染まった頬をすり寄せられた。

「……愛してる。俺たち、ずっと一緒にいよう」

独り言のようにも聞こえるその声からは愛おしさがあふれていて、ひなみを安心へと導いてくれる。

（……わたしも、愛してる。ずっと一緒にいたいよ……）

喘《あえ》ぎすぎて掠《かす》れた声ではうまく話せなかったけれど、軽く触れ合った小指を絡める。自然と指きりのような形になり、互いに見つめ合って微笑んだ。

――ずっと一緒。

視線だけでそんな約束を交わして、ひなみは啓の腕に抱かれて眠った。

6

次の月曜日、ひなみは盛大に緊張した状態で出勤していた。どうかすると、出勤初日よりも、だ。石上にひなみが西條要と知り合いだということを黙っていてもらわなくてはならない。

（あぁーなんであの時〝大切な人〟って言っちゃったんだろ……）

完全にお酒のせいだけというより、啓が迎えに来てくれると知って、気が緩《ゆる》んだのかもしれない。後悔の気持ちはあるのだが、なまじ言ったことが間違いではないぶん余計に気が重い。

土日の間に啓とはしっかり話し合った。西條要がひなみの幼馴染《おさななじ》みだということは話しても、一緒に住んでいることと付き合っていることは内緒。酔っていたとはいえ、もう〝大切な人〟と言ってしまっているので、そこはひなみの片想いということにしておき、石上に口止めを頼む方向で一致している。だが、彼が了承してくれなかったり、無茶を言ってくるようなら、仕事自体を辞めてしまえと啓は言うのだ。

（大丈夫……先輩はめちゃくちゃなこと言う人じゃないし、お願いしたら黙っててくれるはず。誰々のサインもらってきてとかなら言われるかもしれないけれど、啓くんもそれぐらいなら許容範囲だって言ってたし。でもイメージモデルとか広告塔になってくれとかは、仕事になっちゃうから事務所通さないとダメだし……。あぁ、なんかお腹が……）

緊張し過ぎたのか胃が痛い。恐る恐る事務所に入ると、既に出社していた石上が特に変わらない態度で出迎えてくれた。

「おはよう。瀬田」

「お、おはようございます。先輩」

あまり意識しないようにしていたのだが、かえって声が固くなってしまった。それをどう解釈したのかは知らないが、石上が申し訳なさそうに眉を寄せた。

「この間は悪かったな、飲ませすぎて。西條さん、怒ってたんじゃないか？」

「え！　いや、えと……あは、あはは――」

思いっきり怒られてお仕置きされました、とは言えない。苦笑いで誤魔化すひなみに、石上は好奇心を覗かせた。

「なぁ、もしかして西條さんっておまえの彼氏？」

思いっきり核心をつかれて、ひなみは脳内シミュレーション通りに首を横に振った。

「ち、違います。彼は昔から実家が近所で幼馴染みなんです。それでこっちに出てきたわたしの面倒を見てくれてて――」

「そうなんだ。幼馴染み。でも〝大切な人〟って――ああ！　なるほど！　片想いか」

事務所には他に人がいないからいいようなものの、地声の大きな石上の声は響く。しかも彼は勝手に自己解釈している。その内容は、ひなみと啓が打ち合わせしたものと変わりないので結果的にはよいのだが、尊敬している石上に嘘を吐《つ》くことになるので、ひなみとしては複雑だ。

そんなひなみの気持ちを知らない彼は、軽快に笑いながら背中をバシバシと叩いてきた。

「頑張れよ、瀬田。なかなか脈ありそうだったぞ」

「そ、そうですかね？」

ぎこちない笑みを浮かべると、石上は腕を組んでニヤついた。そして顎《あご》をさすりつつ、言う。

「ありゃ、どーみても瀬田に惚《ほ》れてるだろ。押せ押せ、いけるって」

「あは、あははは……」

笑って誤魔化しながら、別の意味で胃が痛くなる。

自分たちはどれだけわかりやすい恋愛をしているのだろうか。啓に愛されていないかもしれないなんて、あんなに悩んでいたのに……

（わたしもそうだけど、他の人から見たら、意外と啓くんもわかりやすいのかな……）

それならば、一緒にいるところをできるだけ人に見られないようにしたほうがいいかもしれない。啓は時間が合えば、仕事帰りに迎えに行ってもいいというようなことを言っていたが、それもやめてもらったほうがよさそうだ。

ひなみがそんなことを考えていると、石上が少し声のトーンを変えた。

「あのさ。それでちょーっと聞きたいんだけど」

「なんでしょう？」

啓のことを突っ込んで聞かれるのかもしれない。プライベートについてもそうだが、啓の仕事内容も、絶対に漏らしたりしてはいけない。警戒しながら硬い口調で答えると、石上が声を潜《ひそ》めた。

「昨日、西條さんが着てたジャケットだけど、あれ、既製品じゃないよな？」

「へ？」

身構えていただけに拍子抜け感が半端ない。うまく返事のできないひなみを前に、石上は続けた。

「デザインはシンプルだけど、細部まで凝《こ》ってたよなぁ。あそこまで凝っててシンプルに見せるなんて相当だぜ。何気にいい生地使ってたし。もっと見たかったんだけど、何せ暗くてさ。瀬田は見ただろ？　裏生地とかどうだった？　どこのメーカー？　いや、オーダーメイドかな？　西條さんは下のシャツどんなの着てた？」

石上は真剣な表情だ。彼が、啓と話した時間は二、三分くらいだった。その間に見ただけのはずなのに、余程印象に残っているのか、「センスがいい」と、えらく褒《ほ》めちぎってくる。

ひなみは思いがけず自作を評価されて、おずおずと右手を小さく上げた。

「先輩……あれ、わたしが作ったやつです……」

「……マジ？」

驚愕しきった石上に、コクコクと頷く。

「マジ、です」

むしろジャケットだけでなくあの日、啓が着ていた服すべてがひなみの自作だと話す。すると石上はひなみの手を握って真正面から見つめてきた。

「瀬田！」

「はひぃ!?」

驚いて背筋を伸ばしてしまう。

石上は興奮を隠さずにまくし立ててきた。

「瀬田！　デザインやろう！　デザイン！　やっぱりおまえ才能あるわ！　うちのラインで作ってくれ！　絶対に売れる！」

「ええっ!?　無理です！」

咄嗟《とっさ》に否定の声が出た。

ひなみは啓に似合う服が作れればそれで満足で、それしか考えたことがなかったのだ。

それなりのこだわりを持って作ってはいるものの、所詮《しょせん》、デザインは素人《しろうと》。表舞台には出ないパタンナーこそが、自分の仕事なのだと思っていた。そしてそもそも、ひなみの作る服は全部細身だ。しかも、啓の体型ありきでデザインをしているから、サイズ展開が必要な商業デザインとは考え方が根本的に違うはず。

だが石上は力強く頷くのだ。

「いや、充分いける。フォーマルまではいかないが、それでいてカジュアル。崩しすぎないファッション路線は大人の男のスタンダードだ。俺のブランドコンセプトでもある。服で自己主張するのはだいぶ難しいだろ？　だから男はいつだって何着ていいかわかんない奴が大半なんだよ。あと女にモテたい。好かれたいんだ。俺はそんな奴らに『これ着てたら間違いない』って服を提案したい。そのためには女性目線で好感度が高くて、清潔感があることが重要だと思ってる。瀬田の服にはそれがあるんだよ。なんて言うかなー、つまり女性が『自分の男に着せたい服』って言ったらいいのかな」

「……!!」

ドキッとした。自分の男に着せたい服――自分でも気付いていなかった深層心理を、ズバリ言い当てられた気分だ。

啓に似合う服をと言いながら、もしかすると啓に着てほしい服――つまり、自分好みの服を作っていたのかもしれない。それは、啓の外側も自分好みに仕立て上げようとしていたと言っても過言ではない。なんだか自分の嗜好《しこう》と思考を暴《あば》かれたようで恥ずかしい。

「西條さんが女性の支持率が高いのは、やっぱり清潔感があるからだと思うんだ。普段からああいう女性受けのする服を着ていれば、髪型も身のこなしも自然とそうなる。中身が服に合わせるってことも、実はあるんだ。瀬田の服は西條さんの人気に一役買ってると俺は思う。だから商業市場でも充分通用するはずだ。俺は確信している！」

「……そ、そんな……急に言われても……」

躊躇《ためら》っていると、目の前で石上がガバッと頭を下げてきたのだ。

「頼む。うちで展開させてくれ！」

「え、えぇ……!?　せ、先輩っ、頭上げてくださいっ！」

「いや、瀬田がＯＫしてくれるまでは上げん！　あれはうちに必要なラインナップだ！」

「先輩っ！」

この攻防は、根負けしたひなみが首を縦に振るまで続いたのだった。

夜。マンションで大量の温サラダを食べている啓を前に、ひなみは、今日の会社でのできごとを細かに話して聞かせていた。

「——と、いうことで、先輩は啓くんが着ていた服に興味を持ってくれたみたいで、商業展開しないかって。嬉しいんだけど……絶対無理ぃ～」

心情を吐露《とろ》し、だらりと力なくテーブルに突っ伏す。正直なところ、ひなみは気が重かった。

「ほー。石上さん、見る目あるじゃん。さすが社長」

ついこの間までは石上のことをよく思っていなかったはずなのに、今はかなり態度が軟化している。それがひなみの目には奇妙に映った。

「やりたくないなら無理してやらなくていい」——彼ならそう言ってくれると思っていたのだ。

(啓くんがわたしより先輩の肩持ってる……)

「……なんか急に先輩に優しくなったね、啓くん」

「そりゃそうだろ。俺という存在を知りながらも、俺のひなみを正当に評価してくれたんだぞ。ただのドスケベオヤジじゃなかったわけだ」

「ドスケベ……」

なんてことを言うのかと呆れた顔になってしまう。だが、啓はひなみの服が商業展開されるのを、自分のことのように喜んでくれている。

「やっぱひなみは、いいもん作ってると思うぞ。同じ事務所の先輩や後輩からも言われたことあるんだよ、『西條さんは、私服もオシャレなんですね』って。だいたいひなみコーディネートの時に言われる」

「そ、そうなんだ……」

自分の作った服が、自分の知らないところで話題になっていただなんて、嬉しくてなんだかこそばゆい気持ちだ。服が西條要のイメージ形成に繋《つな》がっていると言った、石上の言葉が蘇《よみがえ》る。

ひなみが素直に照れると、啓はテーブル越しに頭を撫でてくれた。

「ひなみはもっと自信持っていいんだぞ。石上さんだってダメなものを自分のところで作ろうとは思わないはずだろ。それだけひなみの作ったものがいいものだってことだ。やってみろよ。出てもない結果を怖がってもしょうがないだろ？　俺も応援するから。な？」

「……うん……ありがと……」

啓に背中をポンと押された途端に、「無理だ、無理だ」と思っていた心が、「もしかしたらできるかも……？」という方向に傾いてくるから不思議だ。

（チャレンジしたら……もっといい服が作れるようになるかな……）

今は啓の体型に合わせた服しか作っていないが、経験を積むことで、役作りで彼の体型が変わった時にも、スムーズに対応できるかもしれない。

怖いけれど、踏み出してみようか、この一歩を。

ひなみは重かった身体を起こして、ゆっくりと頷いた。

7

ひなみの服を商業展開する作業は、想像以上にスムーズだった。石上の知り合いが開く中規模の展示会が、六月に開催されることになっている。そこに合わせて作業を進めるのだが、既にできあがったものがあるというのは相当な強みで、だいぶ余裕のあるスケジュールとなった。そのため、あの夜啓が着ていたジャケットだけでなく、シャツ、パンツまで一式を秋冬ものの生地で仕立て直して、セット買いができるようにトータルコーディネートすることになった。

「ワンパターンでもいいんだが、まだ余裕があるなら、あとツーパターンくらい出したいな。いけそうか？」

「はい。秋冬ものでも何パターンかありますし、他にも生地次第では大丈夫なものもあります」

「いいね。とりあえず瀬田の手持ちのデザインを全部見たいな。秋冬を中心に持ってきてくれないか？」

啓から現物を借りてくればよいからと了承し、ひなみはちょっと頬を染めた。

(どうしよう。楽しい……！)

今まで啓の服を作る時、生地選びが一番難しかった。イメージ通りの生地が手に入らずに断念したデザインもあるくらいだ。だが製品として作るなら、石上のツテで今までとは違う生地が手に入る。その気になれば染料《せんりょう》の提案や、オリジナルプリント生地だって可能だ。

前の会社で仕事として当たり前にやっていたことではあるが、それを自分のデザインでやると、こんなに楽しいものなのか。

「楽しいだろ？　瀬田」

人台《ボディ》に着せたトワルを調整していたひなみに、石上が話しかけてくる。

これにはやってよかったと、頷くしかない。


六月――。いよいよ展示会出展時期になった。

この展示会には、メーカーやショップのバイヤーなど、業界関係者のみが参加しており、ここで注文が入らなければ生産中止もありえる。緊張しないわけがない。

ちなみに、今回の展示会に並ぶサンプルはメンズ商品に限定されているので、全員ライバルということになる。その数二百五十社。会場に集まる人の群れで人酔いしそうだ。

石上は自社のブランド「STONE・STORM」内で、細身男子向けのカジュアルスタイルを提案することをコンセプトに、ひなみの名前を冠した「hinami」をレーベルとして立ち上げた。

この展示会が事実上、「hinami」のお披露目会である。

ひなみは、啓の体型が大きな方に変わるサイズ展開ばかり考えていたのだが、せっかく細身に映えるデザインなのだから、XS・S・M・Lと細身方向にサイズ展開したほうがよいという石上のアドバイスを受けた結果だ。

ラージサイズを展開するなら、それはまた別にレーベルを分けたほうがユーザーにも親切だろう。

（ああ……お腹痛い……お腹痛い……）

「STONE・STORM」は業界内ではそれなりに知られているとはいえ、知名度のあるデザイナーではなく、パタンナー上がりのひなみがデザインした服に注文が入るのか。考えただけで胃が痛い。

しかもひなみは、展示会に来ること自体が初めてなのだ。

本当ならこの展示会を欠席したかったくらいなのだが、そうはいかない。

石上はもとからある「STONE・STORM」の服の応対をしなくてはならない。ただでさえ人手が足りないのだから、自分のレーベルくらい自分で担当するのが筋というものだ。

（ううう、胃薬を飲んでくるべきだったぁ……）

いつもよりもめかしこんだ服が、緊張した身体に重たく感じる。

「STONE・STORM」に割り当てられた展示スペースでは、石上がどこかのショップのバイヤーと話をしている。どうやら注文が入ったらしい。ここでサイズ別や色別に細かく注文数を取って生産ラインに発注を掛けることで、在庫を抱えすぎないようにしているのだ。

（さすが石上先輩……もう固定客が付いてるんだ。たくさんショップの担当者さんが来てる……）

「あの、すみません――」

石上に気を取られていた時、ひなみはスーツ姿の女性に声をかけられた――

「やったよ〜！　やったよ、啓くんっ‼」

終電間際に帰宅したひなみは、リビングのソファに座って本を読んでいた啓の隣に腰を下ろし、そのまま達成感に満ちたため息をこぼした。

あのあと展示会で、「hinami」は多数の注文を受けることになった。それは、「STONE・STORM」を贔屓《ひいき》にしてくれているショップの何割かが流れで注文してくれたらいいなーというひなみの予想を遥かに超える数で、嬉しい悲鳴だ。

「よかったな、ひなみ。頑張ってたもんなぁ」

本を閉じて脇に置いた啓が優しい眼差しでひなみを包み込み、何度も何度も頭を撫でてくれる。その手付きが心地よい。ひなみは、彼の膝にぽすんと頭を乗せて甘えに甘えた。今日は甘えてもいい日――なんだか、そんな気がしてくる。

「啓くんのおかげだよ」

及び腰になっていたひなみを奮い立たせてくれたのは、啓だ。今まで啓が何度もフィッティングを繰り返してくれたパターンがあるからこそ、この短時間で展示会まで持っていくことができた。普通ならまず無理なことだ。

「啓くん、ありがとう。本当にありがとうね」

「俺も嬉しいよ。じゃあこれから、俺が着ていた服がいろんなショップで、誰でも普通に買えるようになるんだな？」

「うん。先行販売が八月の終わりくらいかな。その頃にはショップに並ぶよ。もちろん完成した商品は啓くんにプレゼントするね！」

啓の身体に合わせたパターンを元にしているとはいえ、「hinami」の商品は商業用に新たに作ったパターンで組み立てているから、啓が着ると今までよりも若干フィット感は落ちてしまう。しかしそれぐらい、ひなみが生地を詰めるなりしてちょこっと改造してしまえばいいだけの話だ。

「そっか。じゃあ、もう俺だけのひなみブランドじゃなくなるんだなぁ……。その辺はちょっと複雑だけど、すごいなって思うし、嬉しいよ。あーでもやっぱりひなみには俺だけに服を作ってほしかったり……」

啓は言葉を飾ることなく、素直に自分の気持ちを教えてくれる。今までは、彼の服装の真似《まね》をしたいと思った人がいたとしても、似せることしかできなかった。しかし、こうして既製品のラインに乗った以上、これからはまったく同じものを着る人が出てくるわけだ。

オリジナルでなくなることは、啓にとって多少なりとも思うところがあるのかもしれない。

「やだな、啓くん。わたしはこれからも啓くんだけの服を作るよ。ずっとずっとずーっと作る」

デザイナーとして自分のレーベルを持たせてもらえたことはとても嬉しいが、ひなみが本当にやりたいことは啓の服を作ることだ。これだけは譲れないし、変われない。デザイナーとしてもパタンナーとしても、ひなみの原点だ。

「ねぇ、今度はどんな服が欲しい？」

啓の膝に頭を乗せたまま尋ねる。彼はゆっくりとひなみの頭を撫でながら、「そうだなぁ」と思案顔だ。

「こんなのはどうかな?」と提案したいのに、撫でられるのが気持ちよくて、ついつい瞼《まぶた》が降りてくる。

展示会の疲れも相まって、ひなみは啓の膝の上で、うつらうつらと船を漕《こ》ぎはじめた。

「眠いか?」

「ん……だぃじょう、ぶ……」

大丈夫だなんて言っている端から、頭が重たくなっていく。

頭を撫でていた啓が、パチンとバレッタを外して髪を解《ほど》いてくれた。そうして髪を広げながら梳《す》かれると、もう抗《あらが》えない。

やり遂げた充足、護《まも》られている安心感、好きな人の側にいられる喜び——それらすべてが、自分の幸せな未来に繋《つな》がっているように思える。

(わたし、今、サイコーに幸せ……)

「ひなみ、すごく頑張ったな。お疲れさん。おやすみ……」

啓の優しい声に安堵《あんど》して、ひなみはそのまま眠りについた。

8

八月に入ったばかりの日。先に帰宅したひなみは、一人でのんびりとエビグラタンを食べていた。食生活を気にする啓の目の前で、高カロリーなものを食べるのは気が引けて、一人で食べる時にはこういったものをチョイスしている。

(夜こんなに食べたら太るんだけど……でも食べたいし。啓くんと同じ食生活にしたら、わたしも痩《や》せられるんだろうけどなぁ)

そこには強い意志が必要だ。ついでに運動量も。地元にいる時よりも通勤時間が短くなって、ひなみの運動量は激減している。心なしか、腰まわりが丸くなったような――?

現実からうっすらと目を逸《そ》らしつつも、空になったグラタン皿を前にして「ごちそうさまでした」と手を合わせていると、にわかに玄関が騒々しくなった。

「ひなみーっ！」

聞こえてくる声は啓のものだ。彼が帰ってきたらしい。

出迎えようとリビングのドアを開けると、飛び込んできた啓がそのまま抱きついてきた。

「やった！　ひなみ、俺、主役もらえた!!」

「ええっ！　ほんと!?　すごいっ！　すごい、啓くん、おめでとう！」

聞けば、以前読んでいた小説がドラマ化されるらしい。啓が好きな作家だと言っていた、あの恋愛物だ。

啓はもともと、小説のファンで主役を熱望していたから、その喜びは半端ではない。

「やっとこういう役が回ってきた！　今回は王子様じゃないんだ。腹黒なんだけど一途で。原作読んでて、あー絶対こいつは俺だって思った。こいつの気持ちは俺が一番わかるはずだ！」

早口で頬を紅潮させて語る啓は、もう既に役にのめり込んでいるように見える。

そんな啓だが、次の瞬間には我に返ったような声を出し、どさっとソファに腰を下ろした。

「あーでもなぁ」

「どうしたの？　演《や》りたい役なんでしょ？」

啓が心配になって、ひなみは彼の隣に座った。

身体を起こした彼が、真剣な眼差しを向けてきた。

「ひなみさん。このドラマは恋愛物です」

「あ、はい……？」

啓が真面目な雰囲気だから、ついつい釣られてひなみも改まってしまう。

「僕、西條要が演じるのは主役の、南雲蒼生《そうせい》です」

「は、はぁ……」

（ゴメン、啓くん。わたし、その小説読んでないから名前を言われても知らないよ……）

確か、あらすじでヒロインの名前がユメだったのはなんとなく覚えているのだが、ヒーローの名前までは覚えていない。

きょとんと目を瞬《またた》くしかないひなみに、啓は続ける。

「ヒーロー、南雲は腹黒です。策士です。でも変なところで純粋なので、ヒロインのユメに対して一途です。あと原作の本文にそういう文章は出てきませんが、僕はこいつのことを童貞だと思ってます。結構、不器用なところが出てくるんで、そう考えたほうがしっくりくるんです」

「は、はぁ……」

なんだかよくわからないが、啓が相当に原作を読み込んでいるのは伝わってくる。それだけ役に対しての理解が深いのだろう。

「それで、この作品には、南雲とユメの……キスシーンがあります」

「……お、お、お？」

頭では理解できるのだが、口から出てきたのはそんな呻《うめ》き声だ。

微妙に自分が動揺しているのがわかる。

啓はドラマや映画でいろんな役を演じてきたが、女性と直《じか》に絡むキスシーンやベッドシーンはなかった。それが今回は、キスシーンがあるという。

まったく予想していなかったことに、心臓が慌ただしくなってくる。

（キス、シーン……啓くんが、キス……いや、西條要が演じる南雲だから啓くんじゃないよね。あ、でも、南雲を演《や》るのは西條要で、西條要は啓くんで――）

頭の中がぐるぐるとしてくる。

混乱しそうになっているひなみを前に、啓が言いづらそうに呟《つぶや》いた。

「……ちなみに、ユメ役は本郷葵さんです……」

「……」

思わず、口を引き結ぶ。

（……本郷さんって、あの本郷葵さん!?）

ちょうど半年前に報道された、西條要の密会デートのお相手ではないか。

ここで聞いた名前が彼女のものでなかったなら、ひなみは今ほどには動揺しなかったのだろうか……。自分でもわからない。

（でも、でも……あの報道はガセだって、啓くんも言ってたし……）

それに、ドラマの配役を決めるのは啓ではない。

そう言った啓の目が、なんとも居心地悪そうに揺れている。いつの間にか自分が完全に固まっていたことに気が付いて、ひなみは慌てて笑顔を作った。

「……ひなみ。これ、仕事だから」

「だ、大丈夫。啓くんは、西條要なんだもん。わかってるよ！　ちょっとね、びっくりしただけ」

そう、これは仕事だ。お芝居だ。

お芝居にキスシーンがあるからと言って、啓が望んで相手の――本郷葵にキスするわけではない。

しかもこの役は、啓がずっとまえから演《や》りたいと言っていた役なのだ。それを知っていながら、否定するようなことは言いたくない。

啓を——西條要を支えるつもりなら、尚更。

「そ、そっかー。恋愛物だとそういうシーンもあったりするんだね」

「まぁ、女優さんの中にはキスシーンNGの方もいるにはいるんだが、本郷さんはそうじゃなかったはず。だからこのまま台本通りにいけば、キスシーンはある。でも、角度でそういうふうに見えるだけとか、暗転とか、いろいろ手法はあるし、ガッツリいくかは監督次第だから、正直まだわからん」

(が……がっつり……)

啓はひなみのショックを和《やわ》らげようとして言ってくれているのだろうが、逆効果な気がする。キスシーンOKの女優がわざわざ角度で調整とか、するとは思えない。

記憶の隅に残る本郷葵が鮮明になり、見たこともないはずの撮影現場まで想像してしまう。ひなみの心中は穏やかとは言いがたい。

しかし、ひなみだってわかっている。啓も本郷葵も、仕事なのだ。

モヤモヤしているのは自分だけ——

すっきりしない表情をしていると、啓に優しく抱きしめられた。

ツンと鼻先で頬を突《つつ》かれ、そのままチュッと口付けられる。

柔らかくて、温かくて、気持ちいい彼の唇。自分にいつも触れていたこの唇が、仕事とはいえ他の女にも触れるのか。

(……やだな)

ひなみは自分のモヤモヤした気持ちをそのままぶつけるように、啓の頬を両手で挟んで深く口付けた。そして啓の肩に額《ひたい》を押し付けて、ギュッと彼を抱きしめる。

心の端に「この男《ひと》はわたしのものよ」という想いが見え隠れする——その心境が、自分でも信じられない。

自分が、こんなに独占欲が強かったなんて知らなかった。

ひなみは啓に顔を見せたくなくて、一層強く彼に抱きついた。

「ひなみ……。一緒に風呂入ろうか」

何を思ったのか、唐突に啓がそんなことを言う。一緒に暮らしてそれなりに時間が経つが、ひなみは未だに啓と一緒にお風呂に入ったことはなかった。彼は度々誘ってくれたけれど、やっぱり恥ずかしい気持ちのほうが強くて、はぐらかして逃げ回っていたのだ。

「俺が誰かと入浴シーンとかあったらどうする？」

「えっ、あるの!?」

今度のドラマはそんなシーンもあるのか！　と驚いて顔を上げると、澄ました顔で笑う啓がいた。

「いや？　今のところそんな予定はないけど、全部台本通りにいくわけじゃないから今後ないとも言い切れなくてさ」

（……！）

頭で、本郷葵と啓の入浴シーンを想像してしまい、気持ちが勝手に焦る。

啓は甘えるようにひなみの頬を鼻先で突《つつ》いてきた。

「ひなみと入りたいなー。俺、誰かと風呂入ったことないからさ」

正確に言えば、ひなみと啓は子供の頃、一緒にお風呂に入っていた。その写真もある。しかし、それはどちらの記憶にも残っていない頃の話だ。子供の頃はノーカウント。大人になって、自分たちの意志が伴ってからは誰とも入っていない――そういうことなのだろう。

「ひなみ、一緒に入ろ？　そんで、いっぱいキスしよ？」

（啓くんと……お風呂）

啓の初めてを、見知らぬ誰かに――本郷葵に渡したくない。

啓とたくさんキスして安心したい――そんな気持ちが湧いてきて、ひなみはこくんと頷いていた。


「んっ……ふ、ぅんっ、はぅ」

バスルームにくちゅり、くちゅりと舌の絡む音と、二人の吐息が反響する。

浴槽に半身を沈めた啓の上に跨《また》がって彼とキスをする。そんなひなみは、真っ赤になった頬に張り付いた髪を払い、また彼と唇を合わせた。

「ああ、ひなみ……」

啓は湯船の中で、腰の物を固く屹立《きつりつ》させ、気持ちよさそうに目を閉じている。彼の両手はひなみの背中に回ってはいるものの、それだけ。

今、主導権は完全にひなみだ。裸の恥じらいもあるにはあるが、こうやって彼の上に乗って胸を押し付けてしまえば、あまり見えない。

柔らかな啓の唇は重ねているだけでも気持ちいい。啓の頬を両手で挟み下唇を少し食《は》めば、舌が覗いて口内に差し込まれる。ひなみは何度か舌先を擦《こす》り合わせて、くちゅくちゅと吸った。

——この男《ひと》はわたしのものよ……

そんな意識が頭の中を占領する。そうなると、唇だけでなく他のところにもキスしたくなる。

ひなみは啓の頬に、瞼《まぶた》に、そして耳の近くに唇を寄せた。

「啓くん……好き」

そう囁《ささや》くと、「俺もだよ」と、言ってもらえる。嬉しくてギュッと抱きつくと、背筋をつーっとなぞられた。

「きゃっ」

驚いて、陸に揚げられた魚のように跳ねて身を捩《よじ》る。すると、今まで抑え込んでいた羞恥心《しゅうちしん》が途端に顔を出した。

なぜなら、身じろぎしてしまったせいで、啓の腰の物がひなみの脚の間に当たったのだ。雄々しいそれはひなみの身体を貫こうと待ち構えているようで、自然と鼓動が速くなってしまう。

——違う。本当は、自分の身体がどうなっているのかぐらいわかっている。

もう濡れてしまっている自分が恥ずかしいのだ。啓に何をされたわけでもない。ただ彼の上に自分から跨って、キスしていただけ。それだけで、挿《い》れられたくて疼《うず》いてしまっている。このまま啓が腰を掴んで無理やり挿れてくれたら——

「〜〜〜っ！」

（わたし、なんてことを想像しちゃってるの⁉）

積極的だった一面はなりを潜《ひそ》め、真っ赤になって硬直してしまう。視線を逸《そ》らしたひなみの首筋に、啓が舌を這《は》わせてきた。

「ひなみ、立って」

「う、うん……」

居心地が悪くて素直に頷く。体勢を変えるのは賛成だ。

ひなみがそろそろと浴槽の端に立つと、追いかけてきた啓が中腰になり抱きついてきた。

「啓くんっ⁉」

驚いた声を上げるが啓は気にもとめず、ひなみの乳房に頬擦《ほおず》りしてその先を口に含んできた。

じゅっと強めに吸われて、身体に力が入る。それを知ってか知らずか、啓は吸っていないほうの乳房を下からすくい上げて揉《も》みしだく。乳首をくりくりと摘《つ》まれると、お腹の底が疼《うず》いてしまう。

ひなみは壁に背中を押し付けた状態で、悩ましい声を漏らした。

「あ……んぅ……」

「ひなみ、可愛いよ」

甘ったるい啓の声が芝居がかって聞こえて、それが余計に彼の余裕を感じさせる。正直、悔しい。

彼は俯《うつむ》いたひなみの唇を盗んで、両方の乳首をいじる。挑発されてモジモジと脚を擦《こす》り合わせると、啓がクスッと笑った。

「本当、可愛い。ひなみ……ここ、濡れてきた？　脚開いて。ここがどうなってるか俺に見せて」

「ゃ、だ……」

きっと啓は、もうひなみがそこを濡らしていることなんて知っているのだろう。知っていてあえて意地悪を言っているのだ。いつも彼の思い通りになるのが悔しくて、ぷいっと顔を逸らす。すると啓がひなみに向かってひざまずくように、湯の中で膝を折った。

「キスやめたから拗《す》ねてんのか？」

彼はひなみの横腹にキスをしながら、脚の付け根に指を這わせてきた。中指が隙間からやや強引に差し込まれ、くちょんと明らかにぬめった音を立てる。

ひなみは頬を赤らめて啓の手を押した。だがほとんど力が入っていない。それはいやがっていない気持ちのあらわれで、啓もそれは承知の上らしく、ちっとも引かない。

「ほーら。いい子にはいっぱいキスしてやるから。脚開け」

あやすように言いながら、啓はひなみの脚を片方持ち上げ、湯船の縁《ふち》に掛けさせた。

濡れた花弁が啓の眼前に晒《さら》される。身体の入り口を覗かれる恥ずかしさに耐えきれず、ひなみは自分の顔を両手で覆った。

「やだ、見ないで……」

「今更、だろ？　あぁ。ヒクヒクして可愛い」

可愛いはずないのに――。しかし啓は、人差し指で花弁をこちょこちょといじって割り広げ、あろうことかそこに口付けてきた。まるで唇にするのと同じに、舌を中に差し込みながら丹念に舐《な》め回されてしまう。

「だめ……ぁ、そんなこと……んぅ」

「なんで？　いっぱいキスするって言ったろ？　俺はここにキスしたい」

啓の頭を押さえるが、彼はやめてくれない。それどころか咀嚼《そしゃく》するようにあむあむと食らいついてくる。

包皮《ほうひ》を剥《む》かれた蕾《つぼみ》を舌先で転がされ、声が裏返ってしまう。

いつの間にか蜜口には指が挿《い》れられて、くっちょんくっちょんと水飴《みずあめ》を練るようにゆったりと掻き回されていた。

ひなみはぶるぶると震えながら、啓の額《ひたい》に張り付いていた前髪を掻き上げる。あらわれた啓の瞼《まぶた》がゆっくりと持ち上がり、ひなみを射貫いた。

まるで、ひなみが啓に口で奉仕させているみたいだ。胸の中を変な感情が埋め尽くしていく。

「ひなみのココ、おいしい」

チュッと蕾を吸い上げられて、ひなみはもう泣きそうだった。

啓を求めて身体の中がうねっているのが自分でもわかる。指が引き抜かれ、愛液がとろりとあふれて、太腿《ふともも》の内側を伝った。

「とろとろ。……こんなことしたいって思うの、ひなみだけだ」

「ほんと……？」

尋ねると、立ち上がった啓はひなみの手を握って、指先にキスしてきた。

「本当。マジな話、俺、ひなみ以外の女に触りたいとか、今まで一度も思ったことがない。おまえが信じてくれるかわかんないけどな」

「そう、なの?」

それはつまり、啓はひなみより前に付き合った女性はいない、ということなのだろうか? ちょっと信じられないのだが、確かにひなみは啓の過去の恋人を知らない。噂があった本郷葵だけだ。その噂も啓は否定していたが。

「そうだよ。演技がファーストキスにならなくてよかったぁ。俺のファーストキスはひなみと、だから」

啓はチラッとひなみを見て照れくさそうに笑うと、耳元で囁《ささや》いてきた。

「ひなみ。このまましよっか」

悪戯《いたずら》な眼差しで、秘密の快楽へ誘われる。

経験も、思い出も、この人の全部に自分を刻みつけたい――刻みつけてほしい。この思いは嫉妬《しっと》からくる独占欲なのだろうか。まだわからなかったが、ひなみは頷いていた。

「ひなみ、後ろ向いてみて。そ、壁に両手を突いて」

「こ、こう?」

啓に言われるがままの体勢になり、首だけで振り返った。お尻がキュッと持ち上げられ、背後に立った啓が興奮した漲《みなぎ》りを蜜口に擦《こす》り付けてくる。

まるで、誘っているのはひなみのほうだ。挿れてくださいと、行為を催促している。でも、それがひなみの本心なのかもしれない。

彼に抱かれたい。

嫉妬《しっと》も不安も懊悩《おうのう》も、全部吹き飛ばして、醜《みにく》い独占欲さえも愛で満たしてほしい。彼でなければ、ひなみの心と身体は満たされない。

「啓……くん」

「挿《い》れるよ、ひなみ」

充《あ》てがわれた鈴口が、媚肉《びにく》を押し広げていく。内側から侵食される圧迫感と快感に、仰《の》け反《ぞ》ってため息をこぼす。

啓は一気に奥まで入ってくると、背後からひなみをギュッと抱きしめた。左手はちゃっかり、乳房を揉《も》みしだいている。

「ああ、ひなみの中、気持ちいい。ずっとこうしていたいくらいに」

パンパンと腰を打ち付けながら、啓は呼吸を荒くしてひなみの膣内《なか》を堪能《たんのう》している。彼はひなみの肩口から首筋にかけて舌を這《は》わせると、右手で蕾《つぼみ》をいじりはじめた。

「んっぅ……ぁア……」

目の前がくらむ程の快感に眉が寄る。蜜口は硬い肉棒に隙間なくみっちりと埋められ、張り出した彼の物で膣内はぐちょぐちょだ。彼が激しく出し挿れするたびに、汲み出された愛液が湯船に飛び散る。

そんな状態で、乳房に加えて蕾までいじられてはたまらない。ひなみは壁を掻き毟《むし》りながら、悲鳴に似た喘《あえ》ぎ声を漏らした。媚肉が勝手にヒクつく。そのたびに中に埋められた啓の物の形がダイレクトに伝わってくるのだ。

「ぁ……んっぅ、こんな……ッ、だめぇ……あっ」

「ひなみ、こっち向いて」

腰を打ち付けながら言われ、与えられる快楽に悶《もだ》えつつも振り返る。すると啓は快楽に表情を歪《ゆが》めて、唇を寄せてきた。

舌を絡めるキスをして、足が浮き上がりそうになるほど、強く奥まで挿れられる。唇だけでなく、鈴口と子宮口まで合わさっているみたいだ。

上からも下からも啓が入ってきて、自分が彼を包み込んでいることを実感する。

そう。啓を包むのはひなみの役目で特権だ。

彼が身につける服を作ることは、彼を包み込むことと変わらない。

服はひなみの分身だ。いつもいつでも彼の側にいたい、触れ合っていたいという願望を託したもの。

「ぁあ……けぃく……んっ、んっ、んぅ……ああっはぅ」

「ひなみ、すごい締まる。気持ちい……気持ちいいよ」

啓は夢中で腰を振り、ひなみの中を掻き回す。一番気持ちのいいお腹の裏を徹底的に擦《こす》られて、ひなみはぶるぶると震えながら絶頂を迎えた。

「ああっ！　ああっ！　だめ、もぉ……ンッ！　ぁアんぅ！」

ひなみが絶頂を迎えても、啓は抽送をやめてくれない。それどころか、腰を両手で押さえ付け、なおも激しく出し挿《い》れしてくる。

「……マジで可愛いイキ顔……たまんない。奥、突くぞ」

「あぅ……あぁ、ひゃぁんっ!?」

壁に抱き縋《すが》ったひなみは、啓にされるがままだ。許されているのは、涎《よだれ》を垂らしながら感じて気持ちよくなることだけ。内腿が痙攣《けいれん》して立っていられないほど、奥を連続して突かれる。イキっぱなしで、まともな思考が保てない。

どろどろに溶けた身体の中に、啓が漲《みなぎ》りと指を同時に挿れて掻きまぜてきた。奥の快感のポイントを漲りで突き上げられ、同時に手前の快感のポイントを指で引っ掻かれる。今、漲りの他に指を何本挿れられているかわからない。蜜口がみっちりと埋められて、苦しいのに感じてしまう。

時折、口内に反対の手の指を入れられ、更には耳の穴まで舐《な》め尽くされ、身体の中のありとあらゆる処《ところ》から啓が入ってくるのだ。

「ひなみのナカ、俺でいっぱいだ。ヤバイ……止まんねぇ。このままナカに出して、おまえをもっと俺でいっぱいにしたい。俺、どんだけおまえのこと好きなんだよ。ああ、ひなみ……愛してる」

乳房を揉《も》むのも、蕾《つぼみ》を捏《こ》ね回すのも、キスのタイミングも、すべてが啓の一存だ。でも、それが嬉しい。啓にならば何をされてもいい。彼が自分という女に夢中になってくれている現実が、幸せで、更にひなみを高めていく。

「んっぅ……ひぃあ、ふ……ぁう！」

「ひなみ！」

啓は切羽詰まった声を漏らすと、ずるっとひなみの中から漲りを引き抜き、先端から勢いよく射液を放った。ひなみの背中に、お尻にと、彼の欲望の跡が迸《ほとばし》る。

ひなみがぐったりと湯船に沈んで、目を閉じていると、啓がすぐさま抱きついてきた。

「ひなみ、ベッドに行こう。もっとひなみの中にいたい。……いいだろ？」

啓はまだおさまりがつかないらしく、腰に雄々しい物が当たる。

こんなになるほど求めてくれているのか。そう思うと、えもいわれぬ歓《よろこ》びに満たされていくのを感じる。

「うん……うん。して……」

ひなみが手を差し出すと、啓の指が絡まって引き起こされる。

このあとベッドで、ひなみは啓が満足するまでいろんな体位で組み敷かれた。

9

啓が主役を演じるドラマは十月半ばの土曜日から放送スタートということで、九月になると第一話の撮影がはじまった。

啓はこのドラマの他にも、ラジオの収録や雑誌取材などの仕事がある。しばらくはかなりハードなスケジュールになることは間違いない。加えて、ドラマの場合、台本を読み込んで覚えなくてはならない。これは仕事の合間や自宅での作業となるため、貴重な休み時間を削る。啓は演技に対してすごく真面目に取り組むので、台本の読み込みが半端ではない。自分が納得するまでトコトンやる。そうすると、時間が足りないのは必然だ。

「でも、ひなみといると、ひなみに触りたくなるのは目に見えてるんだよなぁ。もう、ひなみ断ちするしかない」

と、いうことで、ドラマの撮影が終わるまで、マスコミ対策のために未だ解約していなかった前のマンションに啓は帰ることになった。前のマンションのほうが、スタジオに近いのだ。わずかな移動時間も削り、台本を覚える時間に当てる——啓の本気度が伝わってくる。だからこそ余計に邪魔したくない。

啓と離れることは寂しかったが、何も永遠というわけでもない。そもそも地元にいた頃だって、なかなか会えない時はあった。

第十話の最終回は十二月半ば。それまでのしんぼうだ。案外あっと言う間に違いないと、ひなみは気持ちよく啓を送り出した。

「西條さんのドラマ、再来週スタートだっけ？」

十月頭——既に啓が前のマンションに帰って、一ヶ月が経とうとした頃。仕事が一段落したのでランチを食べに外に出た時、石上が急に啓の名前を出してきた。

先日ドラマのキャスティングが発表され、ＣＭも流れている。

「そうなんですよ。いい作品みたいだから、先輩もぜひ見てあげてくださいね」

ちゃっかりおすすめするのも忘れない。視聴率が取れれば、主役である啓の株も上がるというもの。

啓と本郷葵のキスシーンがまったく気にならないと言えば嘘になるが、ひなみの気持ちは落ち着いていた。意図的に考えないようにしていたと言ってもいい。

大丈夫。自分は啓に愛されている。自分たちの間には揺るぎない絆《きずな》があり、それはそう簡単に切れるものではないはずだ。

啓がマンションにいないのは、ドラマの撮影が終わるまでの間。ドラマがはじまれば、毎週テレビで彼の姿を見ることができるし、いずれは、自分のもとに帰ってきてくれるのだ。

今、ひなみは啓にプレゼントするために、初めてのスーツ作りに取り掛かっていた。

ドラマの制作発表で啓がスーツを着ているのを見て、急遽《きゅうきょ》思い立ったのだ。

ひなみの勤め先がカジュアル専門だったこともあり、今までスーツに手を出していなかった。だが、仕事である「hinami」で普段着を作るなら、プライベートでは違うものを作ってもいいかもしれないと思ったわけだ。

男の戦闘服といえばスーツだ。王道のイタリアスーツをベースに、啓の体型に合わせたものがいい。彼は背も高いし、脚も長いから絶対に似合う。

生地もできうる限り最高のものをチョイスして、テーラーの手縫いフルオーダーに匹敵する代物《しろもの》を作ろうと、ひなみは日夜制作に励んでいた。

「そうだ、先輩。スーツに使う練《ね》りボタンで、いい感じのグレー系を探しているんですが、仕入れることってできませんか？」

オーダースーツ用のボタンというものがあって、それは一般の手芸店ではお目にかかれない。そこで石上に相談してみたわけだ。試作品のためと言えば、調達してもらえるかもしれない。

「スーツか……。何？　次はスーツを作りたいのか？」

「そうなんです。わたし、スーツはまだ作ったことがないので。勉強も兼ねて試作品を作成してみようかと。生地はいいのが手に入ったんですが、ボタンがなかなか……」

「なるほどなぁ。瀬田は勉強熱心だな。いいぞ。心当たりがあるから頼んでみるよ。テーラードジャケットはまた流行《はや》る予感がする。ボタンは大事だ」

テーラードジャケットは、スーツを元にしたジャケットだ。石上の目には、ひなみがテーラードジャケットの流行に備えているように映ったのかもしれない。

「よろしくお願いします、社長！」

担ぎ上げるように言うと、石上が照れくさそうに笑って、ひなみのおでこをベチッと弾《はじ》いた。


十八時の定時を迎え、ひなみが駅に向かって歩いていると、スマートフォンが揺れてメールを受信した。ひなみに連絡してくる人はそう多くはない。啓か、親か、地元の友達か、石上だ。ドラマの撮影がはじまってからは九割が啓で、彼はハードスケジュールの合間にこまめにメールをくれる。離れた生活の中ではそれがひなみの癒《い》やしで、喜びだ。このメールも彼からのものだろうと、すぐさま開く。

案の定啓だ。綻《ほころ》ぶ顔を自覚しつつ、ひなみはメールを読み上げた。

『今から服を取りにそっちのマンションに行くよ。ひなみはもう仕事終わった？』

（わ！　啓くん帰ってくるの!?）

喜びに胸が高鳴る。

啓は前のマンションに戻る際に、ある程度の服を持っていったのだが、季節の変わり目だし足りなかったのかもしれない。

『わたしは仕事が終わって、今から電車に乗るところだよ！』

そう返事を送ると、一分と間を空けずに返事が来た。

『じゃあ、会おう。あんまり時間ないけど』

服を取りにくるだけなら、滞在時間自体は短いのだろう。でもそのわずかな時間でも会いたい。

了承のメールを送ったひなみは、駅に向かって駆け出した。

ひなみがマンションに帰ってすぐ、全身「hinami」コーディネートの啓が帰宅した。

「啓くん！　おかえりなさ――」

弾《はじ》けた声が一瞬で萎《しぼ》む。確かに啓は帰ってきたのだが、彼の後ろにはスーツ姿の田畑が立っていた。

「ただいま。ひなみ」

心なしか、啓も微妙な表情をしている気がする。まるでお目付役に監視されている王子様のようだ。田畑は自身の腕時計を見ると、啓を急《せ》かした。余程切羽詰まっているのか、以前は気弱に感じた田畑の語気が強い。

「要くん。早くジャケットを取ってきてください。夜の収録があるんだから！」

「はーい！　ひなみ、ごめんな」

啓はひなみに一声かけると、服を置いているミシン部屋へ入っていく。ミシン部屋には作りかけのスーツがあるが、ひなみが何か作っているのはいつものことなので、啓は別に勝手に触ったりしない。それよりも、玄関に取り残されて田畑と向かい合うほうがなんとなく居心地が悪くて、問題だ。

「……えっと、お茶でも飲まれますか？」

中に入るように促《うなが》してみたのだが、田畑はきっぱりと断った。

「いえ。長居するつもりはありませんので。スケジュールがだいぶ押しているのです」

「は、はぁ……そうなんですね……」

ひなみがミシン部屋を見つめて立ち尽くしていると、田畑がポツリと言った。

「……要くんの演技が変わってきました」

「えっ？」

まさか自分に演技のことで話しかけてくるとは思っていなかったので、若干反応が遅れる。うまく聞き取れなかったことを察したらしく、彼は言い直してきた。

「要くんの演技が変わってきました。彼女さん、あなたと一緒に暮らすようになってからです」

一瞬、いやな予感がして身が竦《すく》む。

同棲するにあたって、啓の体調管理はしっかりするようにと田畑には釘を刺されていた。特にメンタル面は気を使うようにと。

それができていた自信は、はっきり言ってない。

ひなみは啓との生活が楽しくて、幸せで、そこで満足してしまっていたからだ。啓のプライベートの充実は考えても、仕事のことまでは頭が回っていなかった。

そんな心当たりがあるだけに、だんだんとひなみの表情が険しくなっていく。それを感じ取ったのか、田畑が少し表情を緩《ゆる》めた。

「あ。すみません、悪い意味じゃないです。むしろいい傾向です。今までも要くんの演技は完璧だったんですが、それはそれで隙《すき》がなくて、こう……綺麗すぎて人間味が薄かったんです。それは『王子様』という、ある意味雲上人のイメージとマッチはしていたのですが、同じような役ばかり回ってくるようになって。でも最近の要くん、演技が色っぽくなったんです。撮影の時に監督さんにも言われました。色気って、出そうと思って出るものじゃないし。要くんの内側に変化があったんだと思います。要くんの演技が一皮剥《む》けたと、うちの社長も言ってました。彼女さんのおかげです。ありがとうございます」

ペコリと頭を下げられて、ちょっと動揺してしまった。ひなみは何もしていない。ただ、彼と一緒に普通に暮らしていただけだから。

「そ、そんな……お礼なんて……。啓くんが頑張ったことなので、啓くんを褒《ほ》めてあげてください」

「もちろんです。正直、同棲なんてしたら色ボケするんじゃないかと心配していたんですが、大丈夫でしたね。要くんが彼女さんと一緒にいて、幸せなんだってすごくわかります。――今回のドラマのＰＲのために、要くんをはじめとした主要キャストの私服を公開、という企画が持ち上がりまして。それで要くん、わざわざジャケットを取りに帰るって」

「ああ、それで……」

啓は「自分が気に入っているジャケットがここにはない。その場凌《しの》ぎで買った物じゃだめだ」と言いだしたらしい。

芸能人の私服を見せる番組なんてヤラセも多いだろうに、啓は当たり前のように、自前の服を持ち込むつもりらしい。彼は真面目過ぎて変なところにこだわるから、きっと田畑も気を揉《も》んでいることだろう。

「すみません。わがままを言ったみたいで」

啓の代わりに謝ると、田畑は少し笑って首を横に振った。

「いいえ。要くんはファンの方にちゃんと自分のことを知ってもらいたいだけですから。それに、なんだかんだ言って彼女さんに会いたかったんでしょう」

田畑から自分を彼女と認める一言が出て、なんだか嬉しくなってしまう。ひなみの表情が綻《ほころ》んだところで、啓が戻ってきた。

「お待たせしました」

啓が羽織《はお》ってきたのは、この秋冬用に発売されたばかりの「hinami」のジャケットだった。しかも既製品にひなみが手を加え、啓の身体にジャストフィットさせた物である。彼がマンションを移った九月の段階ではまだ気温も高く、ジャケットまでは必要なかったので、こちらに置いていたのだ。

「田畑さん。これで撮影いいですか？　充分カメラに耐えられると思うんだけど」

上から下まですべてを「hinami」ブランドで揃えた啓は、田畑に向かって羽織ったジャケットの前を揃えて見せる。田畑は顎《あご》に手を当てて、ふんふんと頷いた。

「後ろは？」

「こんな感じです」

「結構シンプルでオシャレですね。どこのブランドですか？」

「『STONE・STORM』です」

レーベル名の「hinami」ではなく、メーカー名の「STONE・STORM」を出した啓は、ちらりとひなみを見て意味深に笑う。一瞬、ぎょっとしたのだが、視線で、余計なことは言わなくていいと告げられた気がして、ひなみは口を噤《つぐ》んだ。

(啓くん、宣伝してくれるの？)

「STONE・STORM」のほうを出したのは、石上を立ててのことだろうか？　レーベルタグを見ればひなみが関わっていると田畑も気が付くかもしれないが、メーカー名だけでは全くわからないだろう。

田畑は「聞いたことのないブランドですね」と少し渋い顔をした。

西條要は、私服でも有名ブランドを選んでいるというイメージが欲しかったのかもしれない。

「ここ、新しいブランドなんですよ。最近のお気に入り。僕自身に、視聴者の方がもっと親近感持ってくれるんじゃないかなーって思うんだけど、どうですか？　プライベートまで気取った感じだと思われたくないな」

「な、なるほど。そういう路線もあり……かな。今の西條要のファン層は女性がメインだけど、男性のファッションリーダー的枠を狙って、男性層も取り込みたいっていう考えだよね。――うん。要くんの意向は、僕からも社長に打診してみるよ。なんて言われるかわからないけれど……」

手の届きにくいブランドものばかりで私服を固めていれば、確かにワンランク上の印象を与えることはできるかもしれない。しかし、共感や親近感は持ってもらえないし、下手をすると同年代の同性の反感を買いかねない。

啓の意図を、田畑もわかってくれたらしい。だが彼には決定権はない。あとは啓の売り出し方針を決めているという社長の判断をあおごうと、今日はこれでジャケットを持って帰ることになった。

「じゃあ、要くん。そろそろ行こうか」

「あ、はい！」

「お邪魔しました。彼女さん」

「お疲れ様です。気を付けて……」

田畑が玄関を開けて、啓が靴を履く。

結局、啓とちゃんとした会話をすることはなかった。田畑と話していた時間のほうが長かったくらいだ。

（ううう、なんだか理不尽……啓くんと話したかったのに……）

でも、そう悪いことばかりでもなかった。何より、啓の顔を見られたのだから、それだけでよしとするべきか。

ひなみは努めて笑顔を作り、小さく手を振った。

「いってらっしゃい、啓くん。頑張ってね！」

「ん。ひなみもな」

啓と田畑が出ていき、寂しくなって肩が落ちる。

彼の姿を見ることができたのは嬉しいが、会ってしまったぶん、余計に寂しさが増した気がした。

（いいな、田畑さんは毎日啓くんに会えるんだ）

仕事だとわかっているけれど、四六時中行動を共にしているらしい様子を垣間見ると、ちょっと嫉妬《しっと》してしまう。そして、ドラマの共演者たちにも――

（今、どこまで撮影終わったのかな。もうキスシーンは撮ったのかな）

啓と本郷葵のキスシーンなんて余計なことまで考えてしまい、「はぁ」と意図せず重いため息がこぼれ出る。その時、まだ鍵をかけていなかった玄関が突然開いた。

「ひなみ！」

「っ⁉」

短く呼ばれた次の瞬間には、抱きしめられていた。

温かくて、いい匂いで、安心するここは、啓の腕の中——

「啓くん⁉　どうしたの？　田畑さんは？」

啓の胸に顔を埋めて小さな声で聞くと、彼の腕に一層力が入った。

「忘れ物したって言って、先に駐車場行ってもらった。ひなみ成分が足りない。充電させて」

啓の声が甘い。ベッドで聞く声そのものだ。ひなみは誘われるままに、すりすりと彼の胸に頬をすり寄せた。

(啓くん成分が足りないのはわたしのほうだよ)

キングサイズのベッドは寝心地はよくても、独り寝には寂しすぎる。

「啓くん……」

「ひなみ、キスしたい」

頬を撫でられて顔を上げる。そこには切なげに瞳を揺らした啓がいた。

あぁ、もう本郷葵とのキスシーンの撮影は終わったんだな。なんとなくそう察しがつく表情だ。

ひなみはそっと彼の唇に指で触れた。

(本郷さんとのキス、どうだったの……？)

そんなこと、思っても聞けない。むしろ聞きたくないくせに、そんなことを考えてしまう自分がいやだった。

自分の物を人に盗られた時の腹立たしさと、やるせなさに似た感情が、ひなみの胸の中でとぐろを巻く。啓は物じゃないのに、なんていやな女なのだろう。表面上は平気なフリをして、腹の底では嫉妬《しっと》の炎が燃え盛っている。

気が付くとひなみは、自分から啓と唇を合わせていた。

「ひなみ」

啓の唇をこじ開け、自分の舌を差し入れ彼の口内をまさぐる。見つけた舌を強く吸った。

――この男《ひと》はわたしのものよ。

認めたくなかった醜《みにく》い感情だが、この感情は確かに自分の中にある。啓の心も身体も、それこそ人生さえも自分のものにしたい。彼に自分好みの服を着せて、縄張りを主張する動物のように、彼の占有を主張したい。

思わず力が入って啓の唇を噛《か》んでしまったのだが、啓はひなみの好きにさせてくれた。ただ、ゆっくりと髪に指を入れ梳《す》いてくれる。

ようやく落ち着いて唇を離した時には、啓の唇が赤く腫《は》れぼったくなっていた。

「ごめんっ、噛んだ……」

「いや？　こういうのも悪くない」

啓がニイッと笑って、自分の唇を拭う。その仕草がなんとも悩ましい。うっかり見惚《みと》れているうちに、ぐいっと身体が引っ張られて首筋に噛みつかれた。

「っ⁉」

驚いたひなみの首筋が、少しピリッとする。肌に歯が食い込むのと同時に、心臓がドキドキしてきた。

「仕返し！　じゃあな、ひなみ。また連絡するわ」

「あ！」

無邪気に笑ってヒラヒラと手を振りつつ、スルッと外に出た啓が憎らしい。もっと触ってもらえるかもしれないと、ちょっと考えていたのだ。彼の時間がないことなんてわかりきっていたのに、それでも期待していた自分がいた。

「もぉっ……いってらっしゃい、言えなかったじゃない。ばか」

急に帰ってきて、急に出ていって。慌ただしいったらありゃしない。今だってほら、もう一度玄関が開くんじゃないか、啓が「やっぱり泊まる」なんて言って戻ってこないか期待して、鍵をかけられないでいる。

振り回されている自分を感じながらも、決していやじゃない。

これが恋かと、しばらく玄関の前に立ち尽くしていたが、ようやくあきらめてドアに鍵をかけた。

（さてさて、今日も独り晩ご飯ですね。何食べような……）

あまり暗いことを考えないようにしながら、洗面所に入って手を洗う。すると、鏡に映った自分の首筋がポツッと赤くなっていることに気が付いた。そこはついさっき啓に吸われたところで——

（あ……キスマークだ……）

初めてもらったそれに、一度はおさまったはずのドキドキが蘇《よみがえ》る。

確かに住むところが違っている今は、付き合う前、東京と地元でそれぞれ過ごしていた時期と似ている。でもあの時はこんなに感情が揺れたりはしなかった。ときめきの種類も、なんだか違うような気がする。あの時は一人で恋をしている感じだったのが、今はちゃんと啓と二人で恋愛をしているのを実感できるのだ。

ひなみはしばらく自分の首筋に手を当てていた。

10

十月半ば。西條要こと、啓が出演するドラマがはじまった。

ひなみは放送時刻の三十分前にはコーヒーを淹《い》れて、テレビの前にスタンバイした。もちろん、録画準備もＯＫだ。原作は読んでいない。気にはなったが、ストーリーを知らない真っさらな状態で楽しみたかったのだ。

(まだかな、まだかなぁ?)

ソファに座ってソワソワしていると、ようやくドラマがはじまった。

出だしは高校の授業の風景だ。共学のようだが、特に女子たちの落ち着きがない。背景には化学式を読み上げる啓の声が響く。まぁ、若いイケメンの男性教諭が教壇に立てば、現実でも女子生徒の注目の的だろう。

そこでカメラが切り替わり、教壇に立つ啓をアップにした。

板書をする啓は、ネクタイを締めたシャツに白衣を羽織《はお》った化学教師に扮《ふん》している。初めて見る啓の白衣姿に、ひなみは「おおっ」と身を乗り出した。

(啓くん白衣姿もカッコいいっ！　眼鏡も似合う！)

いつも見ているあの似合わないサングラスではなく、オシャレなスクエアタイプの黒縁眼鏡だ。勤勉な印象ですごく似合っている。

(カッコいい、カッコいい、カッコいい！　今度白衣、着てもらおう！)

これはもう、今作っているスーツと合わせて、白衣も作るしかない。頭の中で白衣の型紙を作りかけた時、テレビ画面に一際真面目にノートを取っている女子生徒が映る。

本郷葵だった。

本郷の実年齢をひなみは正確には知らないが、啓やひなみよりも二、三歳くらい年下だったのではないか。しかし、ブレザー姿の彼女は、どこからどう見ても女子高生だ。

二十代の大人の女性が高校の制服を着ているというのに、そこはさすが女優。まったく違和感がない。

本郷葵は十六歳ですとプロフィールに書いてあったなら、うっかり信じてしまいそうだ。

(本郷さん、可愛い……っていうか綺麗)

そこはやはり認めざるを得ない。彼女は美人だし、人目を引く。画面越しにも伝わってくるオーラがある。同種のものを、啓からも感じる。きっと、芸能界に生きる人だけが持つものなのだろう。テレビの向こう側とリビングで、とてつもない隔《へだ》たりを感じる。啓と一緒に暮らすようになって薄れてきていたあの感覚が、再び戻ってきた。

ひなみはソファに深く腰掛けて、隣にあったクッションを胸に抱きかかえた。

本郷葵が扮するユメは、西條要が演じる南雲蒼生に常に憧れの眼差しを送っている。それが微妙に不愉快だった。ドラマだとわかっているのに……

そんな感情を抱く自分を叱責して、またテレビを注視する。

時間が一気に進み、ユメが真新しいスーツを着た新人教師となった。しかも担当科目は化学だ。彼女が自ら望んで、南雲と同じ科目を選択したことは、想像に易《やす》い。

職員室で挨拶《あいさつ》をしている時に、憧れの南雲を見つけた彼女は、紹介が終わるとすぐさま彼に駆け寄った。

『南雲先生お久しぶりです！　覚えていらっしゃいますか？　私――』

『ああ、もちろん覚えているよ。教師になったんだね。しかも化学。僕、教務主任だから』

優しい啓の声色だ。啓が出てくるところだけひなみの顔が綻《ほころ》ぶのは、どうしようもない。久しぶりの啓なのだ。ジャケットを取りに帰ってきたのが最後で、もう二週間以上会っていない。

（はぁ、会いたいなぁ。いいなぁ本郷さん、啓くんと一緒で……）

ああ、羨《うらや》ましい。この第一話はもう一ヶ月近く前に撮られたもののはずなのに、そんなことを考えてしまう。別に今この時間に、啓と本郷葵が一緒にいるわけではないのに。

ドラマの画面が変わり、新人教師の歓迎会が居酒屋で開かれることになったようだ。ユメは主賓《しゅひん》の一人ということもあり、ずいぶんとお酒を飲まされている。それを、南雲がたしなめて、彼女を送って行くことになった。

『すみません、南雲先生』

啓に支えられて寄り掛かるユメを見ていると、胸の奥がモヤモヤしてくる。それと同時に、石上に支えられなければならないほど酔い潰れた自分のことを思い出した。

なるほど、これは見ていて気分が悪い。

ドラマだというのに、啓の肩を借りるユメの意図は何なのかと勘ぐりたくなった。もしかして啓に気があるんじゃないかと……

あの時の啓が怒ったわけだ。

『南雲先生、本当にお会いできて嬉しいです。私、昔から先生のこと、尊敬してて、大好きで……これから一緒の学校で働けるなんて本当に夢みたい――』

駅への道すがら、南雲と二人っきりになった時にユメが言う。アルコールのせいか彼女は非常に饒舌《じょうぜつ》に自分の想いを語る。本人は南雲への気持ちを憧れだと思っているようだが、端から見ればそれは好意以外の何ものでもない。

そんな時、南雲が妖《あや》しく微笑んだ。

『じゃあ、付き合おうか』

『え？』

南雲のそんな一言は、啓がひなみに『付き合おうか』と言った日のことを思い起こさせた。

尊敬していた恩師からの一言に、ユメの理解は追いついていないようだ。南雲は口調までガラリと変わる。

『もう教師と生徒じゃない。ただの同僚だ。大人の男と女が好き合って付き合う、なんの不都合もないだろ』

『そ、それは……』

たじろぐユメに南雲は畳み掛ける。

『俺と付き合うよな？　好きなんだから』

『は、はぃ……』

勢いに押されて頷くユメを路地裏に連れ込み、南雲は彼女を腕に囲って唇を合わせた。

（…………）

暗転とかカメラワークとか、いろいろ手法があるといったことを啓が言っていたから、ひなみもそのつもりでいたのだが——唇の合わさった二人の横顔が、五十インチのテレビ画面に映し出されている。

ひなみは、能面《のうめん》のような無表情で固まっていた。

南雲が——西條要が——啓が——、本郷葵の唇を貪《むさぼ》っている。髪を掻き回し、壁際に追い詰め、積極的に唇を吸っている。

あれは自分たちのキスだ。それを奪われた気がして胸が騒《ざわ》つく。

ドラマだ。演技だ。仕事なのだ。啓が浮気しているわけじゃない。そこはもう、充分に理解している。ただ、またあのモヤモヤする葛藤《かっとう》が襲ってきただけ。そう自分に言いきかせている間に、ドラマの第一話が終わった。

(……後半、まったく頭に入らなかった……)

録画した分を見直せばいいのだろうが、とてもそんな気分になれない。

あの二人のキスシーンが網膜《もうまく》に焼き付いて離れなかった。美男美女で絵になっている分、余計に鮮烈《せんれつ》だ。

ひなみは無表情のまま、スマートフォンを片手にベッドへ潜《もぐ》り込んだ。啓がいつも寝ていたほうに移動して、彼の枕を使う。啓の匂いを感じながら、ひなみは目を閉じた。

啓と西條要を同一視するのは、自分にとっても、彼にとってもよくない。だが実際、啓=西條要だから、こんがらがってしまう。しかも今回の役は、ひなみしか知らなかったはずの、啓の素顔に近いように見える。

(啓くんはどうしてあの役がやりたかったの……？)

今まで王子様のような役が多かった。西條要自身も、丁寧に話すキャラで、アクもなく、爽《さわ》やかな二枚目をウリにしてきたのだ。

南雲は違う。表面上は丁寧だが、裏では粗野という言葉がいい意味で似合う男で、二面性がある。ユメにだけは積極的に迫り、翻弄《ほんろう》する——ひなみに対する啓のスタンスと被るのだ。

ひなみはぼんやりとしながら、流行《はや》りのＳＮＳを開いた。ひなみはアカウントを持っていないが、このＳＮＳはログインしなくとも人の発言は見えるし、検索もできる。

ドラマのタイトルを入れて検索すれば、リアルタイムの感想コメントがずらりと並んだ。

〈ちょ、西條要まじヤバイんですけど!!　攻め系イケメン！〉

〈西條要、今までと感じ違うくない？　ドキドキした！〉

〈舌入ってた？　入ってないよね!?　あたしの西條要がぁあああ！〉

一部のコアなファンからキスシーンに対する嘆きもあったが、ざっと目を通した限り八割以上は絶賛コメントだ。

（もぉ……みんな勝手ばっかり言って。啓くんはわたしのなんだから……）

誰にも言えない気持ちを内に秘めて、「はぁ」と重たいため息をこぼす。とはいえ、視聴者の反応がこれだけよいのだから、二話以降の視聴率も期待できそうだ。これは喜ばしいことのはず。なのに気分がちっとも晴れない。いつもなら、啓が出るドラマの評判がいいと、自分のことのように嬉しくなるのに。

「あ――――っ！」

思わず声に出して唸《うな》って、頭を抱える。それもこれも、あのキスシーンのせいだ。

早いところ忘れてしまおうと、啓の枕に顔を埋《うず》めて微動だにしないでいた時、スマートフォンが着信を告げた。

半目で画面を見ると、啓からである。ひなみはぐっと口元に力を入れて電話に出た。力を抜いたままだと、感じの悪い声が出てしまいそうだったから。

「もしもし、啓くん？」

「あ、ひなみ。ドラマ見た……？」

啓の声がひなみの様子を窺《うかが》っている感じだ。これはキスシーンを見たひなみの機嫌《きげん》を気にしているのだろうか？　啓はまだドラマの撮影中だ。ここで彼の熱意に冷水をぶっかけるようなことを言うべきではない。彼女としても、ファンとしても、啓を支える人間の一人として、今は自分の感情なんて隠し通すべきだ。

ひなみはベッドの上に正座して、背筋を伸ばした。

「見たよ！　もちろん見たよ！　当たり前じゃない～。すっごいカッコよかったよぉ～。もう、啓くんの白衣姿最高！　今度白衣作るからね！　絶対着てね！」

「お、おう。わかった」

幾分か啓の声はホッとしたようだった。そう。これでいい。もっともっと啓の気分を上げて、ドラマの撮影に集中させてあげなくては。それが自分の役目だ。

「あえて原作読んでなかったんだけど、南雲役は俺にあうって啓くんが言ってたわけがわかったよ。うん、わたしもあれは啓くんにあってる役だと思う！」

「そうか？　ひなみにそう言ってもらえてよかった。結構、今までのイメージぶち壊しにきてるから、どうかと思ってたんだけどさ」

「大丈夫！　そのギャップがいいんだって！　確かに今までの役の雰囲気と全然違ったけど、それがかえって西條要ファンにはぐっとくると思うし。攻め系の西條要。いいと思うよ。女性ファンにはたまんないと思う」

ＳＮＳで仕入れた情報をちりばめつつ、啓を褒《ほ》めちぎる。

南雲役は自身にとって、イメージクラッシャーな役どころだとわかりつつ、それでも演《や》りたかった役なのだから、世間が受け入れてくれたら尚更嬉しいだろう。

だが、一度は明るくなった啓の声が、再びトーンダウンした。

「……キスシーンも、見た？」

その話か。正直、そこには触れたくなかったのだが、スルーするわけにはいかないらしい。ひなみは引きつりそうになる自分の表情筋を総動員して笑顔を作った。笑って話せ！　そうすれば声も明るくなる！

「見たよ～。ドキドキした！　美男美女で絵になってた。本郷さん美人だし、本郷さんのファンに啓くんが怒られないか心配だな～」

「あー、それは怒られるかもなー」

「ふふふ。かもね。でも、お芝居に怒るほうが変なんだよ。気にしちゃダメだよ！」

暗に、自分は怒ったりしていない、平気だと匂わせながら励ますと、電話の向こうで啓の雰囲気が明らかにホッとしたふうに変わった。

「そうだな。ありがとう、ひなみ」

「ううん、二話も絶対見るからね！　頑張ってね！」

電話を切ったひなみは、そのままベッドに倒れ込んだ。

表情筋が一気に弛緩《しかん》して、また無表情になる。

啓を励ませば励ますほど、自分の気分が落ちる。でもそんなこと、彼に言えるわけもない。甘えることだってできない。彼はまだ撮影中だ。

ひなみは鼻から細く長い息を吐き出して、よろりと立ち上がった。向かった先は向かいのミシン部屋だ。

啓のスーツを作ろう。これが完成したら次は白衣も作る。頭の中を服でいっぱいにしよう。そうして、あのキスシーンを追い出せば、きっと忘れられる。そう信じるしかなかった。

11

「お、おい。瀬田？　大丈夫か、おまえ……」

翌日ひなみは、出社するなり石上に顔を凝視された。

「大丈夫ですよ。ふふふ、ふふっ。ちょっとスーツ作りに夢中で徹夜してしまいまして」

変な笑いが出てしまうくらい、今日のテンションはおかしい。そんなひなみを見て、石上は眉を寄せつつ苦笑いを浮かべる。

「ほどほどにしとけよ。スーツには専門のテーラーがいるくらいなんだ。難しいんだからな」

「わかってます。だからこそやりたいんです」

啓の服はどれも全部作りたいのだ――とは言わないで、意気込みを見せるようにぐっと握り拳《こぶし》を作る。

石上は呆れて笑ったが、やがて何か思い出したというように話題を変えた。

「そうそう。西條さんのドラマ見たよ。すっげーのな、あれ。キスシーンとかビビったわ」

「ああ……」

確かに見てくれと頼んだのはひなみだが、今その話はしたくなかった。だが、そういうわけにもいくまい。

「ふふ、すごいでしょ。啓くん、頑張ってるんですよー」

「でもいいのか？　おまえ、あの人のこと好きなんだろ？」

「……」

微妙に反応に困って、ひなみは苦笑いを浮かべた。石上はひなみが啓に片想いをしていると思っているのだ。その誤解を解《と》くつもりはないが、それを除いてもなんて答えればいいのか、無難な答えが浮かばない。

「ん～でも仕方がないじゃないですか。仕事なんだから」

「まぁそうなんだろうけどなぁ。そううまく割り切れるもんかね。俺ならいやだけど」

（……わたしだっていやですよ）

そうは思っても、口に出すことなんてできるわけがない。ひなみが誤魔化し笑いを浮かべていると、石上が急に引き出しを開けた。

「あ。いっけね、忘れるところだった。これこれ週末届いたんだよ」

そう言って彼が取り出したのは、ひなみが以前頼んでいた、スーツ用の練《ね》りボタンだった。落ち着きあるグレーを基調に、二色をまぜ合わせたマーブル模様で、実に品がある。更に中央の素材が貝調になっていて、高級感もたっぷりだ。

「ありがとうございます！　お幾らですか？」

個人的に使うものを代わりに仕入れてもらったのだ、代金を支払うのが当たり前だと鞄から財布を取ろうとしたのだが、石上は笑って手を上げた。

「いいって。ボタン代くらい。こっちの経費で落とすから」

「でもそれじゃあ悪いです！」

「俺のほうが世話になってるんだから、これぐらいさせろって。瀬田の勉強が会社の売り上げに繋《つな》がるんだから、当然だ」

ひなみは粘《ねば》ったのだが、石上は頑《かたく》なに受け取ってくれなかった。


そんなこんなで啓のドラマは順調に視聴率を稼ぎ、第三話までの放送が終了した。ここで更なる視聴者獲得のための話題作りとして、出演キャストの私服公開なるＰＲ番組が放送される。

番組としては急遽《きゅうきょ》と銘《めい》打ってあるが、なんのことはない、一ヶ月前に啓と田畑がジャケットを取りに来た時に話していた企画だ。

ひなみはドラマを見る時よりも、多少落ち着いた気分でリビングのソファに座った。

啓が「hinami」のジャケットを持っていったが、実際にそれが採用されたかどうかは聞いていない。特に連絡がなかったから、駄目だったのかもしれない。事務所の方針もあるだろうと考えて、ひなみも改めて確認したりはしていなかった。

たとえ事務所の意向で差し替えられたとしても、それはそれで今後の服作りの参考にはなる。ひなみとしても西條要のイメージは崩したくない。

深夜の人気トーク番組内での特集だから、主だった視聴者は若者だ。私服と称した服も、視聴者の年齢に合わせてくるだろう。

(啓くんはどんな服で登場するのかなー)

番組がはじまって、すぐにドラマの内容が紹介され、次にキャストが紹介される。わかってはいたが、啓の隣には本郷葵がいた。

二人はまるで、本当の恋人同士のように並んで立っている。そこには違和感なんてない。

司会のお笑い芸人も、他のレギュラーも、啓と本郷をセットで扱っていた。

『さて、ドラマでは教師ということでスーツ姿が多いお二人なんですが、普段はいったいどんな感じなんでしょうーかっ！　楽屋入り前のお二人に突撃してきました!!』

啓が楽屋入りするところなんて見たことがない。ひなみが身を乗り出してテレビ画面を注視していると、ＶＴＲが流れはじめた。啓が車から降りてきたところだ。

『おはようございます。西條さん！』

『？　おはようございます……？』

企画の話はだいぶ前からあったのだから、知らないわけはないのに、画面の中の西條要は突然の取材に軽く驚いているようだ。これが演技だと思うと、本当にすごい。しかし、それ以上にひなみが驚いたことがある。啓が着ていた服は、ジャケットからシャツ、パンツに至るまで、すべて「hinami」の物だったのだ。

（えっ、え〜？　ウッソ……）

恥ずかしいやら、嬉しいやら。ソファから立ち上がったひなみは、テレビは離れて見るものだというのも忘れて、画面に張り付く。

見間違えるはずがない。どこからどう見ても、「hinami」の服だ。

司会のお笑い芸人が、まずは車から取材しはじめた。

『西條さん、ええ車乗ってはりますね。レクサスやないですか』

下世話にも、啓の乗っている車種の値段がチーンというレジスターの効果音付きでテロップ表示される。車にまったく興味のないひなみは、車種も値段も初めて知った。

「うぉ……」

何も知らずに乗っていた車の値段に恐れおののきつつ、今度乗せてもらう時には靴を脱ごうかななんて真剣に考えてしまう。ついでに、いつも啓がかけていたあの似合わないサングラスは、彼が尊敬している先輩大物俳優からのプレゼントだと知ってなんとも言えない気持ちになった。どうりで似合っていないとわかりつつも手放さないわけだ。

番組越しに啓を知ることを、多少情けなく感じる。しかし、知ることができて嬉しいという気持ちもあって、持ち物ひとつひとつへの思い入れや買った時の状況をコメントする彼から目が離せない。そしてようやく彼が着ている「hinami」の服に話が移った。

『これはどこのブランドですか？』

『「STONE・STORM」っていうアメカジ系のブランドで。今、気に入ってるんです』

『私服、意外とフツーなんですね。もっとスカした高級ブランドで、ゴテゴテ着飾ってはるかと思ってました。キラキラしすぎて目が潰れるぅーみたいな』

『ええっ⁉　どんなイメージを持たれてるんですか、僕』

笑いながら啓は、ジャケットを脱いでシャツだけになってみせた。

『僕ね、筋肉が付きにくい体質で、だいぶ細いのがコンプレックスなんです。肩幅ないし、全体的に薄いし……。この服は細身なので、僕の身体にはジャストサイズなんですよ』

啓は今まで表に出さなかったコンプレックスを織り込みながら、自分が服を選ぶポイントを話していく。全体的にゆったりめの服は着ない。海外ブランドやフリーサイズは大きすぎることが多いので似合わない。特にショートパンツは絶対に着ない！　死んでも着ない！　など、人間臭い主張をするものだから、質問している芸人がお腹を抱えて笑っている。

啓が着ていた服のブランド名や値段が小文字でひと通り表示され、カメラは一度スタジオに戻った。司会のお笑い芸人が啓に絡む。

『西條さんって何気に話しやすいんですよ。今回のインタビューでかなりイメージ変わりましたもん。あ、この人、見た目めちゃくちゃイケメンやけど、中身めちゃフツーやて。フツーに爽《さわ》やかな好青年』

『好青年かどうかはわからないんですが、かなり普通ですね。実家、魚屋なんで』

『魚屋!! 皆さん聞きましたか。このイケメン、魚屋の息子です!!』

スタジオが『えー!』という、驚きの声に包まれ、すぐさま爆笑の渦《うず》に巻き込まれる。

事務所の方針で、今まで啓のプライベートプロフィールは一切公開されていなかったのだが、ここに来て一気に百八十度の方向転換だ。今までの王子様なイメージが崩壊してしまってもいいのだろうかと驚いたのだが、スタジオはかなりウケている。

ドラマのPRというより、もう西條要のPRだ。現に、本郷葵が空気だ。ただ啓の隣に立って、お人形のように微笑んでいる。女優としての演技は素晴らしいのに、フリートークは苦手なのかもしれない。

本郷葵の私服VTRも流れたのだが、啓ほどの意外性はなかった。

彼女の私服は有名海外ブランドのお上品なシフォンのワンピースで、バッグの中身公開も、イメージ通りのお嬢様女優といった雰囲気だ。

番組が終わって、ひなみはなんだか気が抜けたようにソファに腰を下ろした。

啓がプライベートを少しずつ出してきたこともそうだが、その一部として自分が手がけた服が含まれていたことに、まだ驚いている。王子様なだけじゃない、取っ付きやすい西條要のイメージを形作ることに、自分の服が一役買っているのだ。世間はこの新しい西條要のイメージをどう受け取るのだろう？「hinami」の服は、彼に相応《ふさわ》しくないと世間が判断したら……？

（……）

さすがに今日のひなみは、ＳＮＳで番組を見た人の感想を読む気にはなれなかった。


翌日。ひなみが出社すると、石上がパソコンに向かいながら電話をしていた。

朝から電話だなんて珍しい光景だと思いつつ自分の机に荷物を置くと、受話器を置いた石上が焦った表情《かお》を向けてくる。

「瀬田。おはよう。昨日のさ――」

プルルル……プルルル……

石上の話がまだはじまりもしないうちに次の電話が掛かってくる。彼は電話を受けつつ、自分のパソコンの画面を指差した。どうやら見せたいものがあるらしい。

彼の後ろに回って画面を見ると、昨日の放送で西條要が着ていた服についての問い合わせのメールが表示されていた。しかも、無数に寄せられている。ひなみがこうしてパソコンを見ている間にも、また受信ボックスに新着メールが届くのだ。

「あ。はい。西條さんが着ていらっしゃったのは、この秋の新作です。注文は、はい。お受けできるのですが、生産に一ヶ月ほどお時間を頂戴《ちょうだい》することになるかと……。それでもよろしいですか？ありがとうございます。それでは注文書とカタログをお送りさせていただきますので――」

どうやらこの電話の内容も、メールとほとんど同じのようだ。受話器を肩で押さえながら、「カタログ持ってきて」と大きく口パクする石上に、ひなみは展示会で余ったカタログを袋から出して渡した。その手が震える。

（も、もしかして、注文がいっぱい来てるの？　ど、どうしよう……）

それは即《すなわ》ち、「hinami」が世間に認められたということなのだろうか？　そう考えそうになって、いやいやと首を横に振る。昨日テレビに出た商品を仕入れるのは、おそらくショップとしての条件反射だ。だから注文が来ているだけ。

とはいえ、納品まで時間が掛かっては、その間にキャンセルされる可能性だってある。もしもキャンセルなんかされたら、大打撃は必至だ。また、仮にショップに並んでも、最終的に消費者に買ってもらえなければ意味がない。

電話が終わった石上はボリボリと頭を掻いた。

「すごいことになっちまったよ、瀬田。注文がバシバシ来る。しかも『hinami』の商品だけじゃなくて『STONE・STORM』の商品を片っ端から仕入れようとしているショップもあるくらいだ。うちは基本的に在庫抱えてないし、生産レーンに発注掛けないと」

「うわぁ……すみません……なんか……」

「STONE・STORM」の名前をテレビで出すと啓が前もって知らせてくれていたら……とも思ったのだが、彼もこんなことになるとは予想していなかったのかもしれない。それに、仮に聞いていたとしても、石上が在庫を増やしたかどうか、かなり怪しい。

申し訳なくなってひなみが謝ると、石上はケラケラと笑いながら頭を撫でてきた。

「なんだよ。瀬田が謝ることないさ。おまえも知らなかったんだろ？　まぁ正直俺も、テレビを見た知り合いから西條さんがうちの服着てるって電話をもらった時はびっくりしたけどな。こんだけ注文がくれば、こっちはウハウハだよ」

「あ、ありがとうございます！　わたしも頑張ります！」

心からそう言うひなみに、石上は笑って肩を竦《すく》めた。

「と、言っても今日はデスクワークをしてもらうことになりそうだがな。すまない。カタログも商品も足りないな。ちょっと印刷所とレーンに発注掛けてくるから電話番頼む」

「はい」

と、返事をした直後にまた電話が掛かってきた。電話を切ったら、また次の電話。一日中それの繰り返しだ。ランチに立つ暇もない。スタッフは石上とひなみの二人しかいないので、てんてこ舞いだ。こんな状態で石上を置いて帰れるわけもなく、ひなみが家路についたのは二十三時を回ってからだった。

12

啓の出演するドラマは、第四話以降も順調に視聴率を伸ばしていた。これまで若い女性視聴者がメインだったところに、今度は男性視聴者が加わったのだ。

西條要のPR番組——もとい、ドラマのPR番組は大成功だったらしい。西條要の人となりを知って興味を持った男性視聴者が、そのままドラマも見るようになった形だ。

もともと原作がかなり評価の高い作品だったこともあり、一度見てしまえば続きが気になるのだろう。西條要の評判もかなりいい。この秋のトレンドドラマと言えばコレ、という状態だ。今はもう、第八話まで話が進んでいる。

このドラマの啓の役どころである南雲は、今までの西條要のイメージとは違ったのだが、そのギャップがあのPR番組でうまいところ埋まったのだろうか。SNSを眺めていても、今までのファンも違和感なく受け入れているように見える。

「hinami」のほうも啓のPR番組の恩恵を受けて、急遽《きゅうきょ》増産した分も完売。ショップからもユーザーからも評判がよく、服の注文は大幅に伸び、次回の春夏物への予約も殺到している。有名アパレルメーカーからコラボの依頼が来たりと、ひなみはパタンナーとしてだけでなく、デザイナーとしても幸先のいいスタートを切った。だが、啓のドラマが回を重ねるにつれて、ひなみは落ち込んでいっている。

ストーリーが進むに連れて、南雲とユメの関係は親密さを増していた。抱き合って密着するシーンも多々あり、極めつけに二度目のキスシーン。

すれ違いから一悶着《ひともんちゃく》あり、お約束のように仲直りをするくだりでのキスは、密室のソファで繰り返されるもの。否《いや》が応《おう》でも、このあとのベッドシーンを想像させる。ドラマではそのようなシーンは放送されなかったのだが、考えることは誰もが同じようで、SNSでもかなり話題になっていた。

確かに啓はこのドラマにはキスシーンがあるとは言っていた。しかしそれが一度だけでなかったことに、ひなみはショックを隠せない。だが思い返してみれば、確かに啓は、キスシーンが一度きりだとは言っていなかった。

おかげで夜はちっとも眠れない。眠ればドラマで見た彼らのキスシーンが夢に出るからだ。ひなみはずっとミシン部屋に籠《こ》もって、啓のスーツを作っていた。

「おい、瀬田、大丈夫か？」

「へ？」

「すっげークマだぞ。また寝てないのか？」

月曜に出勤したひなみは、顔を合わせた石上に露骨に心配されてしまった。

正直、寝ていない。週末はいつもそうだ。眠れないのだ。

啓が頑張っているのだから、ドラマを見ないわけにはいかない。しかし、見てしまえば啓と本郷葵の絡みがあって、それが心に響いて辛い。啓の一番の理解者でありたい気持ちから、「あれはお芝居で、それが彼の仕事なのだ」と自分に言いきかせているのだが、心は正直だ。辛いものは辛い。

ドラマが終わってすぐにベッドに入っても、夢に出てきそうで眠れない。それならと、作りかけのスーツに手を伸ばし、ミシンを踏んでいるうちに週末が終わり、そのまま出社している始末。そのせいで作業はメリメリと進んで、残す作業はボタンの縫い付けだけだ。

食事もあまり食べる気にならない。ランチはいつも石上と一緒だから無理にでも食べるようにしているが、朝と夜は食べない日もある。

石上は痛ましそうに眉を寄せて、クルッと椅子ごとひなみに向き直った。

「瀬田。どうした？　何か悩みでもあるのか？　それに……なんか前より痩《や》せてないか？」

「そ、そうですか？　大丈夫ですよー。ちゃんと食べてるし……悩みとか別に……。ちょっと眠れないだけで……」

悩みなんて別にない。ただ、啓のドラマを見て勝手に辛くなっているだけなのだ。そんなこと、啓にだって話せないのに、無関係の石上になんてもっと話せない。

ひなみが目を逸《そ》らすと、突然立ち上がった石上に手を掴まれ、そのままパーティションで区切った一角にある来客用のソファに投げだされた。

「きゃっ」

驚いて目を白黒させていると、石上がキャビネットからタオルケットを取った。

「寝ろ！　そんな面《つら》でミシン踏んでると、手まで縫うぞ！」

「大丈夫ですって、そんな……」

そんなミスなんかするわけがない。今までだってこれといったミスなんてしたことはないのだ。それに寝るなら今日は休みにしてもらって、マンションに帰るという手だってある。

しかし石上は大真面目だ。立ち上がろうとするひなみを無理やりソファに寝かせると、上からタオルケットを掛けてきた。彼が仮眠する時に使っているタオルケットなのだろうか。石上の匂いがした。啓とはまったく違う、男の匂い――

「いいからここで寝ろ！　社長命令だっ！」

普段、社長と呼ばれることを好まないくせに、こんな時に限って社長権限を持ち出す彼が少しおかしい。ひなみが苦笑いすると、彼はソファの横で床に膝を突いた。

「頼むから寝てくれ……。おまえ自分でわかってないのかもしれないけど、足元ふらついてるし、正直見ちゃいられんよ。どうせ家に帰ってもスーツ作りの続きするんだろ。わかるんだぞ、そういうの。だからここで寝ろ。監視しとく」

「……」

心底心配そうな視線をくれる石上に、ひなみの良心がちくんと痛む。こんなに心配させるほど、今の自分はひどい状態なのだろうか？

「……すみません……ご心配をお掛けして……」

申し訳なくなってタオルケットを首もとまで引き上げると、石上が真剣な顔をした。

「何かあったなら話せ。俺なんか頼りにならんと思うかもしれんが、これでも年はいってるからな。できることだってそれなりにはあるんだぞ。おっさんを舐《な》めんなよ」

「……ありがとう、ございます……」

石上の優しさに触れて、ひなみはようやく弱っている自分を自覚した。

気が付けば、啓とは二ヶ月も会っていない。

ジャケットを取りに帰ってきた時に付けてもらったキスマークなんて、とっくに消えてしまった。ドラマの放送がはじまってからの連絡は、三日に一回の頻度でメールが来るくらいになっている。電話は、初回の時以降ない。

（そういえば……今月、啓くんからまだ連絡ないや……）

今日はもう十二月五日。

今啓が何をしているかなんて、彼に直接聞くよりも、彼のブログを見たりラジオを聞いたりしたほうが早くわかるくらいだ。

話も佳境なのに、野外撮影の天気待ちで、一週間も遅れが生じたとブログに書いてあった。しかしその待ち時間が全部休みになるはずもなく、彼は雑誌の撮影や、インタビューの仕事が目白押しだ。正直どこで休んでいるのかもわからない。ひなみの目にも、今までのドラマの中で一番のハードスケジュールに見えた。

それは本郷葵も同じで、啓と彼女はいつもセットで紙面を飾り、インタビューに答えているのだ。ドラマが放送中なのだから、自然と一緒の仕事が増えているということなんてわかりきっているのだが、ひなみはそれが辛い。

付き合う前の啓だって、ドラマや映画に出演していて、共演した女優と一緒に他の仕事もこなす姿を散々見てきたはずなのに、どうしてこんなに胸が痛むのか……。そんなこと、自分でもわからない。あのドラマで啓は、演《や》りたかった役をやっているのだ。彼女としても、幼馴染《おさななじ》みとしても、ファンとしても、応援することが正しい。なのに今回に限ってそれができないでいる。相手が本郷葵だから？　キスシーンがあったから？

マンションで、ひなみは何かから逃げるように、必死でミシンを踏んでいる。実家で啓の服を作っていた頃は、「似合うかな？　喜んでくれるかな？」と、啓のことばかり考えて作っていた。それが喜びだったのだ。今だって啓のことを考えていることには違いないが、猛烈に苦しい。

（おかしいよ……わたし、好きなことやってるのに、苦しいとかおかしい……）

悶々《もんもん》としているひなみに石上はタオルケットを掛け直すと、頭上の電気を消してくれた。

「瀬田、ほら目を閉じろ。そんで寝ろ。おまえは頑張ってる。頑張り過ぎなくらいだ。だから寝ろ」

開いたままだった瞼《まぶた》を手で覆われて、目を瞑《つむ》る。そのままゆっくりと頭を撫でられた。

「いい子だ。よしよし……」

石上の声がいつもより優しい。

ここには啓のドラマを映すテレビもなければ、作りかけのスーツもない。

自分の喜びにしなければいけないものから離れて、ひなみはこの時、ようやく眠ることができた。


ひなみが目を覚ましたのは、夕方だった。

「起きたか？」

ごそりと身体を起こすなり、パーティションの上から石上の声が降ってきた。寝起きを見られたのが少し恥ずかしくて、ひなみは照れた笑いを浮かべた。

「おはようございます」

「ん。おはよう。ちょっとは疲れ取れたか？」

「はい。すみません。なんだかずいぶん寝ちゃったみたいで……」

十二月ともなると陽が落ちるのも早い。十八時でも外はもう真っ暗だ。こんな時間になるまで一度も起きなかったなんてと、自分に呆れてしまう。何のために出社したのか。仕事も何もせずにただ寝ていただけで一日が終わってしまった。肩を落とすひなみの頭を、石上はぐしゃぐしゃっと撫でた。

「いいんだよ。俺が寝ろって言ったんだから。さて、腹減ったな。なんか食いに行こう。奢《おご》るぞ」

「えっ。いいですよ、そんな……」

仕事もしていないのに、晩ご飯まで奢ってもらうなんて。躊躇《ため》らうひなみをよそに、石上は自分のジャケットを羽織《はお》った。

「おまえ、昼飯も食ってないんだからな。家帰って一人でちゃんと食べるのか怪しすぎる。食うなら俺の目の前で食え。社長命令だ」

気を使わせないように言ってくれる石上に、ひなみは素直に甘えることにした。彼の言う通り、一人だと食事をするか怪しい。

ひなみは石上に連れられて、事務所の裏側にある個人経営の居酒屋に入った。店の入り口は狭かったが、奥行きがだいぶあり、仕事帰りのサラリーマンで賑わっている。

「こんなお店があったんですね」

「昼は閉まってるからな。気付かなかったろ？」

深夜まで開いているそうで、残業続きのお父さん方には人気の店らしい。石上も、忙しくて事務所に泊まり込みの時には、よく利用するのだそうだ。慣れた調子でおすすめを注文してくれる。今は混んでいるから料理ができるまでに時間がかかるらしい。

レジからそう遠くないテーブル席で、ひなみは辺りを見回した。新聞や雑誌がレジ横の壁棚に置いてある。その一部を視界に入れて、ひなみは思わず声を上げた。

「あ……」

目の前の石上に断るのも忘れ、席を立って一冊の雑誌を手に取る。

発売されたばかりなのか、人が読んでくたびれた形跡がない。その表紙を飾っているのは、「西條要×本郷葵熱愛発覚」の白抜き文字だった。

身体がカッと熱くなったのは一瞬で、その数秒後には面白いぐらいにすぅっと引いていく。

ぱらぱらとページを捲《めく》って目に入ったのは、とあるマンションの入り口で向かい合う、啓と本郷葵のモノクロ写真だった。

記事を読んでいくと、タクシーを降りた二人は西條要のマンションに入っていったと書いてある。ひなみは、啓が一人暮らしをしているマンションには行ったことがないが、この写真に写っているマンションがそうなのだろう。

（……）

ドラマで啓と本郷葵のキスシーンや、抱き合うシーンを見るのがいやだったわけがなんとなくわかった。

本郷葵は以前、啓と交際を噂されたことがある。それもあって、ひなみの本能は何かを予感していたのだろう。あの時は噂でも、ドラマを通じて親密になった二人が、いずれはこういう関係になるかもしれないと――

ひなみが呆然と立ち尽くしていると、横から雑誌が取り上げられる。振り返ると石上が、しげしげと紙面を眺めていた。

「ふーん？　瀬田は西條さんと別れたのか？」

「わ、別れてないですっ！」

咄嗟《とっさ》に言い返して、ハッと口を押さえる。石上には啓とはただの幼馴染《おさななじ》みで、ひなみが片想いをしているだけと話していたのに。

口を滑《すべ》らせたことに青くなっていると、石上は笑って雑誌を壁棚に返した。

「おっさんを舐《な》めちゃぁいかんよ」

石上の言い草からして、啓に初めて会った時から気が付いていたようだ。それでも一生懸命に誤魔化すひなみを見て、騙《だま》されたふりをしてくれていたのか。

「すみません」

頭を下げると、石上は「瀬田が謝ることはないさ。プライベートだ」と笑って、ひなみの背中を席まで押した。

「んで？　瀬田の不眠の原因はアレなのか？」

石上が顎《あご》をしゃくる。なんだか少し、怒っているように見えた。ひなみに対して――というよりは、啓に対してだろうか。

ひなみは困りつつ、首を小さく横に振った。

「いいえ。あんなことになっているなんて、知らなかったです。彼……撮影があるからって、二ヶ月くらい帰ってきていなかったので……会ってなくて……」

「一緒に暮らしてたのか……。会ってないって——連絡は?」

「たまに。三日に一回とか、そんな感じで、向こうから。今月はまだないですけど……」

「そんで? 西條さんは瀬田に連絡もろくに寄越さず、帰ってもこないで、他の女とよろしくしてたと。こういうことか?」

知ったばかりのことを人から言われると余計に辛い。

けれどもひなみは、また首を横に振った。

「あ、あの記事は、違うと思います。前も、本郷さんとの記事が出たことがあるんです。その時も彼は『違う』って言ってくれたので、今回もきっと——」

「写真も出てるのに?」

石上は自分のスマートフォンをひなみに見せてきた。

それはニュースサイトの動画だった。

再生されるそれを黙って見ていると、記者に取り囲まれ、インタビューを受けている本郷葵の姿が流れた。

『本郷さん、現在ドラマで共演されている西條要さんとのお写真が出ていますが、西條さんのマンションに行かれたんですか？』

『今年の初めにもお二人はホテルのレストランで食事されていましたよね？　お付き合いされているんですか？』

詰め寄る報道陣に、本郷葵は困り顔をして頭を下げた。

『西條さんとは、去年くらいから何度かお食事をしたことはありますが、共演者としてもお友達としても、本当にいいお付き合いをさせていただいています』

お友達だなんて、なかなか迂遠《うえん》な表現じゃないか。付き合っていないのなら付き合っていないと、はっきり言えばいいものを、これでは含みを持たせているのと同じだ。しかもこの言い方からすると、彼女と啓が去年から関係があるようにも聞こえる。

正式な会見の場ではなかったからか、彼女はそれだけを言って足早に去って行ってしまう。その姿も可憐で美しい。スキャンダルの渦中《かちゅう》にあっても背筋を伸ばしている彼女は、凛《りん》としていた。嘘を言っているようには見えない。

ニュース番組は今回の写真だけでなく、丁寧にも密会デートの時の写真も合わせて流す。しかも、ドラマのキスシーンまで延々とだ。

本当に余計なお世話だ。一番見たくない光景なのに。

「……」

俯《うつむ》いたまま、ひなみが押し黙ると、石上はスマートフォンをしまってため息をついた。

「……まぁ、なんだ。男は一人じゃないぞ。瀬田はな、可愛いから選びたい放題だ。俺が立候補したいくらいだぞー。俺は結構お買い得だぞー。ちーとばっかし年はいってるし金もないが、才能はあるし、社長だぞ！」

茶化した言い方をしながら、石上が豪快に笑う。

自分は失恋したのだろうか？　啓にとって自分は何なのだろうか？　彼の気持ちはどこにあるのだろうか？　やっぱり自分なんかでは、彼の隣に並び続けるなんて無理だったのだろうか——

こういう時、泣けたらスッキリするのかもしれない。だけどまったく涙が出ないのだ。ただ、胸は痛くて、重くて、苦しい。

（こんな気持ちになるくらいなら、幼馴染《おさななじ》みのままがよかった……）

俯いたまままろくな反応を示さないでいると、石上が頭を撫でてきた。

「瀬田？　泣いていいんだぞ」

少し顔を上げると、さっきの茶化した口調とは打って変わって、石上が真剣な顔をしている。彼が本当に心から心配してくれていることが伝わってきて、ひなみは一瞬戸惑った。

「瀬田。辛いなら逃げろ。西條さんは本当におまえを幸せにしてくれるのか？　おまえは今、幸せか？　本当は辛いんじゃないのか？　俺はおまえのことを——」

「えと……」

問いつめられ、肩を強張《こわば》らせたひなみを怯《おび》えさせまいとしてくれたのか、石上がすっと手を離す。

そしてしばらくの沈黙のあと、切り出してきた。

「——あのさ、瀬田はずいぶんと西條さんに合わせた付き合い方をしてるみたいだけど、そんなことをする必要、本当にあるのか？　それ対等な関係か？　辛い時に辛いって言えない関係に意味はあるのか？」

「……っ」

石上の正論に、ひなみは押し黙った。確かに今のひなみは啓にだいぶ気を使っている。でもそれは、啓がドラマの撮影中だからだ。普段はもっと――と思い直そうとしたが、あまり違いがないような気もしてきた。

ひなみは啓がしたいと言ったことは全部させてあげたい。キスだって、セックスだって、全部啓が望んだ時に受け入れてきた。離れて暮らすことも、一緒に暮らすことも啓の一存だ。

ひなみは啓と一緒にいられるだけで幸せだったから。

「惚《ほ》れた女が辛そうにしてたら、自分も辛い。好きなことやってたって、集中できないし何も楽しくない。男ってそんなもんだよ。単純だから頼られたらそれだけで嬉しいしな。瀬田はどうも自分の感情をうまいこと隠してきたみたいだが、俺ならどんなに居心地がよくても、そんな付き合い方はゴメンだ。経験上、片方だけ無理してたら、長続きしないしな」

「……」

何も言い返せない。啓は、ひなみがドラマのキスシーンをいやがっていたことも知らないはずだ。それどころか、本郷葵との密会デートの記事が出た時に、もう啓に会わないようにしようと考えていたことも話していない。

ひなみはずっと、物分かりのいい女のフリをしていたから。

（だって支えなきゃ……仕事だから……。わたしは、わがままを言って啓くんの足引っ張っちゃいけないの……）

啓が努力し続けているのを知っているから、余計にそう思う。自分を抑え込むことが、ひなみにとって正しいことだった。

「あのな。瀬田は西條さんにべた惚れだから、見えてないこともたくさんあるのかもしれない。あの記事が本当で、西條さんが二股かけるような男だったら、早いとこ別れろ。おまえが尽くしてやるほどの男じゃないぞ」

石上はどっかりと椅子の背凭《せもた》れに体重を預けて、「はぁ」と力なくため息をついた。

「ま、俺が言いたいのは、瀬田は自分で思ってるよりいい女だってことだ。俺がもうちょい若かったら本気で落としたくなるくらい、な。俺にとっておまえは可愛い後輩だし、大事な相棒だ。おまえには幸せになってほしい。ただそれだけだ」

先輩として石上は真剣にひなみを気遣ってくれている。その気持ちがありがたくて、ゆっくりと頭を下げた。

「ありがとうございます……。でも、大丈夫です。わたしの知っている啓くんは、二股かけるような人じゃないので……あれはきっと、何かの間違いです」

「おまえなぁ……ここまでいいようにされて、まだそんなこと言ってるのか……。あー、俺のほうが腹立つわ」

代わりに怒ってくれる石上に力なく笑う。

あの記事を見て確かにショックは受けたものの、不思議と啓のことを嫌いになれない。それは自分でも呆れるくらい、彼のことを愛しているから。

ああそうだ。これは負けた恋だった。失恋する方法なんて、はなから存在しないのだ。

二股されても、どんなに傷つけられても、別れを告げられたとしても、きっとこの恋は終わらない。いつまでも一人で、ひっそりとこの気持ちと共に生きていくだけなのだろう。

「すみません……先輩は心配してくれているのに、わたし……」

「おまえが謝るなよ」

石上がやりきれない表情をする傍《かたわ》らで、料理が運ばれてくる。

あまり食欲はなかったのだが、石上の手前、なんとか詰め込む。

食事が終わってから石上はマンションまで送ろうかと言ってくれたのだが、ひなみは断った。まだ二十時だし、お酒が入っているわけでもない。明日も仕事がある。それになんだか、すごく一人になりたかった。

「明日、絶対来いよ。社長命令だからな」

そう言う石上と駅で別れ、マンションに帰ってきたひなみがエレベーターを降りると、部屋の玄関前にビジネスコートを着た男の人が立っていた。見覚えのあるその人は、田畑だ。

だが、なぜ彼がここにいるのか皆目見当が付かない。

驚きつつも「こんばんは」と、軽く会釈《えしゃく》をすると、彼が神妙な表情《かお》で会釈を返してきた。

「瀬田さん。要くんと別れてもらえませんか」

「…………え？」

あまりに唐突で、ひなみは田畑の意図を掴めずにいた。確かに彼は最初、ひなみと啓の同棲をよく思っていなかった。しかし、ドラマの撮影がはじまってからは、啓の演技が柔らかくなったのはひなみのおかげと、彼女として認めてくれる感じだったのに――

「ど、どうしてですか？」

ともかく話を聞こうと問い返すと、田畑は深いため息をこぼした。

「雑誌、見たんでしょう？　動揺しているのがわかります」

「っ！」

図星をつかれて、ギクッとしてしまう。動揺していないなんて言い切るのは無理がある。胸のあたりを押さえて生唾を呑んでいると、田畑は廊下の壁に背中を預けた。

「ドラマで注目を浴びているところにこのスキャンダル。正直なところ、今、要くんはピンチです。これ以上のスキャンダルはイメージダウンに直結します。要くんにこれ以上の何かがあるとしたら、瀬田さん……あなたです」

「……わたし……？」

「要くんに本郷さんとの噂が出た以上、あなたの存在がバレると、世間的には要くんが二股しているように見えてしまう。これは大きなイメージダウンです」

田畑の言いたいことはわかる。爽《さわ》やかな王子様キャラで売り出し、今は親近感のある好青年にシフトしようとしている西條要が二股疑惑だなんて、今までのファンも、新しいファンも、どちらも離れてしまうかもしれない。

「西條要と本郷葵の大型カップルは話題になります。現にもうなっている。今のドラマの視聴率だけではない。ドラマの放送が終わっても、西條要は注目度が上がるでしょう。その時、あなたの存在は醜聞《しゅうぶん》だ。身を引いてくれませんか？　あなただって、要くんの将来を潰したくはないでしょう？」

無慈悲な田畑の言葉に、ひなみは目の前が真っ暗になった。

一般人のひなみと西條要の組み合わせに、話題性などかけらもない。それに比べて、演技派女優の本郷葵と、ドラマアカデミー賞主演男優賞の西條要のカップルは、注目の的だろう。共演が出会いのきっかけとなれば、ドラマティックで素晴らしい。

切り捨てるならひなみ——その思考に至るのは必然かもしれない。

「ま、待ってください！　それは、啓くんの意思なんですか？」

これだけは聞かなくてはならない。ひなみが震える足で田畑に一歩近付くと、彼は憐憫《れんびん》に似た眼差しを向けてきた。

「要くんが仕事に専念できるように、要くんの手を煩《わずら》わせないことが僕の仕事です。要くんが言いにくいことを言うのもね。正直、今回の瀬田さんとの同棲だって、あなたが上京してくるついでのようなものだったじゃありませんか。初めて東京で一人暮らしをする幼馴染《おさななじ》みのために、面倒見のいい要くんがひと肌脱いだだけにすぎない。違いますか？」

「……」

言葉が出ない。確かにそんな一面もあった。

でも、ひなみは啓が好きで、啓もひなみを想ってくれていたはず……

（啓くん……わたしは幼馴染み以上の存在にはなれなかったの？）

何も言えなくなってしまったひなみの横を軽く会釈《えしゃく》して通り過ぎた田畑は、エレベーターのボタンを押した。

「要くんは今、ドラマの最終話の撮影に入っています。本当にいい演技をするようになりました。そのことだけはあなたに感謝しています」

田畑はエレベーターに乗り込むとそのまま去っていく。

取り残されたひなみは、しばらく部屋に入ることができなかった。

（はは……。田畑さんに「彼女さん」って呼ばれなかったのはじめてだ……）

田畑にとってひなみは、西條要の幼馴染みであって、彼女としては認められないのだろう。啓もそう思っているのだろうか？

ようやく玄関に入ったひなみは、『田畑さんがマンションに来たよ』と啓にメールを送ってみた。もしも田畑が独断で行動しているなら、啓からなんらかの返事が来てもいいはずだと思ったのだ。

しかし何時間待っても、啓からの着信はおろか、メールの一通すら来なかった。

13

なんでもない日常を、なんでもない顔をしてやり過ごす——でも胸の中はぽっかり穴が開いたようで、なんとも物悲しい。

トワルのミシン掛けをしていたひなみは、半分ほど縫ったところで「あ」と、間抜けな声を漏らして手を止めた。

いつの間にか下糸が切れており、縫えていない状態で針を進めていたのだ。こんな初歩的なミス、今までしたことがない。自分で自分に呆れてため息をこぼしていると、後ろから石上が覗いてきた。

「下糸か？」

「あ、はい。切らしちゃって」

苦笑いしてみせると、彼は「俺もよくやるよ」と軽く流して、既に下糸を巻いたボビンを取ってくれた。

「そろそろメーカーの人来るから。作業その辺でやめといて」

「はい。わかりました。お茶の用意をしておきますね」

今日、打ち合わせに来るメーカーは、パターン制作を石上の会社に外注したいという。石上はもともとパタンナーとして優秀だったから、この手の依頼が時々来る。サブとして、ひなみも打ち合わせに同席することになっていた。

石上とは、これまでと変わらない関係を続けている。彼は啓との仲を詮索《せんさく》することもないし、別れろとたきつけてくることもない。ただ、ひなみを見守ってくれている。

ひなみもひなみで、田畑に言われたことを石上に話していなかった。

田畑が来てから今日で四日が経つが、まだ啓からの連絡はない。

（わたしと別れたいっていうの、あれ、啓くんの意思なのかな……）

元からひなみと啓の同棲をよく思っていなかった田畑が、勝手に言っているだけかもしれない。

そんなふうに考えて自分を保とうとしたひなみだが、啓から連絡がない時間が増えるほどに不安が増す。

啓のブログはスタッフによる更新が続いていて、スケジュールはわかっても、彼の感情は一片も見えない。また一層、彼との距離が離れたことを実感する。

（大丈夫……大丈夫。今夜にでも、啓くんからメール来るかもしれないし。もうすぐ、撮影も終わるはずだし……だから、大丈夫）

そうやって、根拠の薄い励ましをするしかないひなみは、今や一人で寝起きすることが当たり前になったマンションで、ぼーっとすることが多くなった。啓にプレゼントしたくて作っているスーツも、仕上げを残して手がとまっている。

これではいけない。もっとちゃんとしなければ。

（帰ったら、今日こそはスーツの仕上げをしよう。あとはボタンを縫い付けるだけだし）

ミシンの下糸を入れ替えたひなみは、電気ケトルに水を入れるために給湯室に入った。

「こんにちは」

「こんにちはー。お疲れ様です～」

この給湯室はフロア共用だから、同じ階の他社の従業員も利用している。先客は隣の会社の女子社員二人だ。まだ若く、ひなみと同年代か少し下に見える彼女らは、お喋りに夢中だ。

「ねぇ、西條要のドラマ見てる？」

「見てる見てる。あれ、かなりエロいよね。白衣姿の西條要が」

「わかる～白衣いいよね」

啓の芸名が聞こえてきて、思わず聞き耳を立ててしまう。二人は前回までのドラマの感想を語りながら、明日の放送が待ちきれないらしい。啓のドラマの評判がいいことは、素直に嬉しい。ひなみは少し頬を緩《ゆる》めつつ、ケトルに水を入れる。

「めっちゃ楽しみー」

「そうそう、西條要と本郷葵、付き合ってるらしいじゃん」

「知ってる！　キスシーン本物だってね。付き合ってるからできんじゃん、あーゆーの。まぁでもあの二人ならお似合いだよね」

純粋なドラマの感想から、下世話な噂に話題が移り、聞いているひなみの胸がズキッと痛む。

ああ、やはり世間では、西條要と本郷葵の交際は受け入れられているのか。

二人の話をあまり聞かないようにしながらケトルの蓋を閉め、給湯室を出ようとした。

「お先に失礼します」

「お疲れ様ですー。──でさぁ、本郷葵、妊娠してるらしいね」

ゴンッ！

鈍器を打ち付けるような鈍《にぶ》い音がして、ひなみの手からケトルが滑《すべ》り落ち、床に叩きつけられる。

衝撃で蓋が開き、中の水が床にぶちまけられた。

「わ。大丈夫ですか？」

給湯室から出てきた二人がケトルを拾い上げ、雑巾《ぞうきん》を持ってきて床を拭くのを手伝ってくれる。

「す、すみません。手が滑《すべ》ってしまって……」

そう言い訳をするひなみの声は、自分でもわかるほど震えていた。

（妊娠……？　本郷さんが？）

相手は誰なのだろう？

考えたくないのに、頭が勝手に考えてしまう。本郷葵と交際中と言われているのは、西條要だ。

なら、西條要がお腹の子の父親ということに──

（うそ……嘘でしょう？　誰か嘘って言って……）

「大丈夫ですか？　顔、真っ青だけど」

女子社員の一人に話しかけられて、ひなみはなんとか頷いた。

「ごめんなさい、ありがとうございます。手伝ってもらって……あとは一人で大丈夫ですから」

「そ、そうですか？」

二人は顔を見合わせながらも自分の会社に戻る。ひなみは一人で給湯室に入った。

ケトルに水を入れ直さなくてはならないのに、蛇口を捻《ひね》る手に力が入らない。

(啓くん……本郷さんが好きなの？　だからメールの返事くれないの？)

その時、田畑の声がひなみの頭に響いた。

——あなたの存在は醜聞《しゅうぶん》だ。身を引いてくれませんか？　あなただって、要くんの将来を潰したくはないでしょう？

西條要はドラマの共演を経て本郷葵と知り合い、交際に発展。熱愛中の二人は可愛らしい赤ちゃんを授かる……。きっと祝福されるだろう。

そこに醜聞なんてあってはならないのだ。

西條要は王子様で、好青年で、二股なんてしない。

地元の幼馴染《おさななじ》みと付き合っていたという事実がなければ、彼が二股したことになんかならない。

上京してからの自分の記憶を、すべて書き換えてしまおう。何もかも田畑の言う通りだ。

啓は初めて上京する幼馴染みに、部屋を借りる手伝いをしてくれただけ。

啓は一人暮らしが初めての幼馴染みを心配して、ちょこちょこと顔を見せに来てくれただけ。

啓と幼馴染みは、はじめから付き合っていない——はじめからずっと、自分たちは幼馴染みのままなのだ。

自分たちの関係を思うと、胸が痛くなって目頭が熱くなる。でも泣いてはいけない。泣いたら石上が心配する。

今になって思えば、年のはじめに本郷葵との噂が出たあれは、本当の話だったのかもしれない。啓はガセネタと言ったが、火のないところに煙は立たないと言うではないか。

啓と彼女の間に何かがあって一時的に離れていて、その時に啓が気まぐれで自分と付き合ってくれただけなのかもしれない。だけどドラマを通して、二人はまたよりを戻した、とか？　そう考えれば筋は通る。

二股は褒《ほ》められることではないが、二人が元々付き合っていたのなら、そこに割り込んだのはひなみだ。

田畑はすべてを知っていて、ひなみに別れるように言ってきたのかもしれない。なんだか田畑に嫌われていたのも合点がいった。

「……スーツ、仕上げなきゃ……」

きっとこれが啓への最後のプレゼントになる。

あとはボタンを付けるだけだけれど、ゆっくり、丁寧に自分の真心《おもい》を込めて仕上げよう。ボタンが決して取れないように——

ひなみは一人、啓と別れる決心をしていた。

14

しかけられた。

心は暗くよどんでいても、仕事は待ってくれない。ひなみはなんとか業務をこなし続けた。そうして翌週も日々は過ぎ、金曜日。仕事が終わって帰り支度をしていたひなみは、徐《おもむろ》に石上から話しかけられた。

「瀬田。大丈夫か？」

「えっ、大丈夫ですよ？」

首を傾《かし》げて、少し笑ってみせる。

石上は痛ましそうな視線をひなみに向けて、口籠《くちご》もった。

「でも、おまえ……。西條さんが――」

石上も、本郷葵の妊娠の噂を見聞きしたのだろう。気を使ってくれているのがわかる。

業界関係者からの情報をまとめたネット上の記事では、本郷葵が少しふっくらしてきたようだとか、西條要が彼女を気遣う素振りを見せたとか、ロケ現場でも二人は仲睦まじい様子だとか書かれている。先日、ついにそれをワイドショーも取り上げてきた。公式発表はまだないが、それも時間の問題だろう。

明日はドラマの最終回だ。だが、どうやら撮影が押しているらしい。スタッフが更新している啓のブログに書いてあった。最高のドラマにしたいと、監督も俳優陣も気合いが入っているのだとか。

このドラマが一段落したら、西條要と本郷葵のあれこれを正式発表……なんてこともありえる。

「西條さんから連絡あったか？」

静かに首を横に振ると、石上が机に拳《こぶし》を振り下ろした。

「くそっ！　腹立つ！」

代わりに怒ってくれる石上を宥《なだ》めるように、ひなみは笑いながら言った。

「そういうわけで先輩。わたし、土日も出勤できますよ。お手伝いします」

石上は普段から忙しいが、最近は特に忙しい。先日外部から発注されたパターンもやらなくてはいけないから、手はいくらあっても足りないはずだ。そして何より、ひなみ自身、忙しくしているほうが気が楽だった。

「……」

ひなみは明るく笑っているのに、石上がますます眉を寄せる。どうして彼はそんな表情《かお》をするのだろう？　本当に平気なのに。

帰ってこない。メールの返事すらない。マネージャーの田畑を通しての別れ話が啓の意思ならば、ひなみはそれを受け入れるしかない。彼のことを愛しているから、自分が身を引くことで啓の芸能活動がうまくいくなら、――それでいい。というか、それ以外ひなみに何ができるだろう。

今でも彼を想う気持ちは涸《か》れていなくて、ひなみは失恋とはほど遠いところにいた。涙も出ない。

石上は小さく息を吐いて自分の後頭部を掻くと、椅子の背凭《せもた》れに体重を預けて笑った。

「……そうか。瀬田がそう言ってくれるなら頼もうかな」

一人でいたくないひなみの気持ちを察してくれたのかもしれない。休めと言われなかったことに安堵《あんど》して、ひなみは力強く頷いた。

「はーい！　頑張ります。先輩、お疲れ様でした。また明日」

ぺこりと頭を下げると、石上は目を細めて頷いた。

「ああ、お疲れ。また明日な」

「はいっ！」

ひなみはニコッと笑って、事務所をあとにした。

マンションには、仕上がったばかりのスーツがある。若々しいグレーの生地で、落ち着いていながらも重苦しくない爽《さわ》やかさがある。きっと啓に似合う。今のひなみの技術を総動員して作った。応援の気持ちも、独り寝の寂しさも、ありったけの愛情も、全部込めたスーツだ。

彼が袖を通すことはないかもしれないけれど、最後に受け取ってもらえたら、想いのすべてが昇《しょう》華《か》できる気がする。その時やっと、泣けるのかもしれない。

つかの間でも啓に愛してもらえた思い出は、大切な宝物としてひなみの中に残っている。きっと生涯、忘れることはないだろう。

ひなみは、マンションの玄関を開けた。朝、出掛けた時と変わらない部屋は、空気が動いた形跡さえない。

ただいまも言わずに中に入り、リビングのソファに身体を預けた。

ブラインドの隙間から射し込む街明かりを頼りに部屋を見渡せば、そこかしこに啓と暮らした跡がある。

卵料理や、肉料理ばかりが並んだダイニングテーブル。一緒に料理をしたキッチン。並んでテレビを見て、たくさん話をしたリビング。ひなみが作った服が並んだミシン部屋。一緒に入ったお風呂。一緒に寝たベッド。

この世で一番愛おしい幼馴染《おさななじ》みは、ひなみの初恋の人――もうこんなに愛せる人には出会えないかもしれない。

（……いつまでもこの部屋にいちゃいけないよね。本当の一人暮らし、しなきゃ……）

この部屋にいる限り、馬鹿な自分はいつまでも啓の帰りを待ち続けるのだろう。

東京の暮らしも少しは慣れてきた。今度は一人で部屋を探すこともできるだろう。本当なら、九ケ月前にそうしていたはずだった。一人で上京して、一人で暮らして……。啓に想いを伝えることなどなかったはずなのだ。それが思わぬほうに進み、こんな形になったが、いよいよもって元に戻ろうとしている。それだけのこと。

頭ではわかっているけれど、身体が動かない。

ひなみは、ぼんやりしたまま目を閉じた。何も考えずに、眠ってしまいたかった。

15

日曜の朝、ひなみはいつも通り出勤の支度をしていた。

昨日に引き続き、今日も石上の手伝いだ。

昨夜は啓のドラマの最終回だったのだが、帰ってきたのが深夜で見ていない。一応、録画の予約はしているが、たぶん見ることもないだろう。今、ひなみがしなくてはならないことは、啓を忘れる努力だ。

(それと、引っ越しだね。頑張ろう。わたしは、一人でも大丈夫……。今日の帰りにでも、不動産屋さんに寄ってみようかな)

メイクをして、髪を結って、パタンナーらしくファッションにはこだわって……

すっかり出勤の支度を整えたひなみが靴を履いていると、玄関の鍵が外側から開いた。

「え?」

思わずひなみが顔を上げると、長身の男の人が、躊躇《ためら》いもなく一歩踏み込んできた。

「ひなみ!」

身体が軋《きし》むほど強く抱きしめられて、ひなみは目を見開いた。

鼻腔《びこう》をくすぐる優しい匂い。熱い体温。自分を抱きつつむ腕――

そして忘れもしない啓の声に、脚から力が抜けそうだった。会いたくて、会いたくて、どれだけ想いを募らせたかわからない人。でもどうしてこの人は、自分を抱きしめるのだろうか？　この手はもう、他の女《ひと》のものなのに。

「ひなみ。ごめんな、連絡できなくて。やっと帰ってこれた――」

「……苦しい……」

やっと出てきた声は喉に張り付いて、うまく話せない。ひなみは逃れるように啓の胸を両手で押した。

「ひなみ？」

腕の力を緩《ゆる》めてくれた啓は、すかさずひなみの顔を覗き込んでくる。その視線から思わず目を逸《そ》らした。

「連絡しなかったから怒ってるのか？」

「……」

怒っているんじゃない。ただ悲しいだけ。

どうして連絡をくれなかったのかと詰《なじ》る言葉も出ない。

「……ひなみ、なんか痩《や》せてないか？」

ひなみの肩を触っていた啓の声が強張《こわば》っていく。

「ひなみ。田畑さんが――」

啓の口から田畑の名前が出た途端、ひなみの脚がガクガクと小刻みに震えてきた。

——あなたの存在は醜聞《しゅうぶん》だ。

頭の中に、田畑の声がこだまする。

そうだ。自分の存在は醜聞だ。啓の側に——西條要の側にあってはならないものなのだ。

「……啓くん、ご、ごめんね。わ、わたし、今から仕事なの！」

啓の横をスルリと抜けると、ひなみは玄関のドアノブに手を掛けた。

怖かった。一緒に暮らしていたことが世間に知れたら、啓に汚名を着せることになってしまう。

ひなみの頭の中は、そのことでいっぱいだった。

「ごめんね、啓くん。わたし、ちゃんと出て行くから……！」

「ひなみ!?　まっ——」

自分を呼ぶ啓の声を振り切って、ひなみは駆け出した。啓の乗ってきたエレベーターに飛び込み、ボタンを連打して扉を閉める。

（……啓くんと一緒にいるところ、誰にも見られてないよね……）

どうしてもっと早く引っ越しをしなかったのだろうか？　啓が帰ってくる前にマンションを出ておけば、鉢合わせすることもなかったのに。自分は馬鹿だ。

ドクドクと音を立てる心臓が痛い。いや、痛いのは胸か。

ちょっと顔を見ただけで、こんなにも胸が痛むなんて……

エレベーターを降りたひなみは、駅まで足を止めることなく走った。今、足を止めたら、せっかく振り切ったはずの啓を想う自分の気持ちに追いつかれそうだから。

ひなみが事務所のある青山で電車を降りた時、スマートフォンのバイブが鳴った。恐る恐る画面を見ると、啓からの着信だ。

ドキンと心臓が跳ね上がってしまう。電話を取ることもできず、人が行き交う歩道で足が止まる。ひなみが動けないでいると、留守電も入らず着信が切れた。何秒かあけて、また着信が入る。

電話に出ればいいのだろうか？　わからない。でも、啓の言葉を聞くのが、どうしても怖いのだ。別れなくてはいけないことは田畑から言われて理解している。でも、それと同じことを啓の口から聞くのは耐えられそうにない。そうだ。傷つくのが怖い。これ以上追い詰めないでほしいと、逃げる心が生まれている。

ひなみは鳴りやまないスマートフォンを鞄にしまって、再び歩きだした。

啓は忙しい。ドラマの撮影が終わって一日くらいは休みがあるかもしれないが、どうせまた次の仕事が入って家を空けるだろう。その時に引っ越しを済ませてしまおう。しばらくはひなみがホテル暮らしでもすれば、啓と一緒のところを人に見られる心配もないのだから。

（物件……物件探そう……）

ひなみが今後のことを考えながら事務所への階段を上がっていると、今度はメールが来た。相手は言わずもがな啓で——

見てはいけない気がしたものの、どうしても気になってメールを開く。するとそこには、端的な文章が並んでいた。

『田畑さんに今聞いた。ひなみ、俺は別れない。今日の昼、生放送に出るから見てほしい。他人の言葉じゃなくて、俺の言葉を聞いてくれないか』

ひなみは階段で足を止め、目を見開いていた。

（……本郷さんは？　赤ちゃんは……？）

頭の中が混沌《こんとん》とする。

啓は田畑に何を聞いたのだろう？

画面にある、『別れない』の文字が網膜《もうまく》に焼き付いて離れない。

啓に電話をしようとして、はたと止める。さっき啓からの電話に出なかったのは自分だ。なのに今度は自分が聞きたいことがあるからと言って電話するのか。それはあまりに身勝手ではないのか。

それにお昼の生放送に出演するなら、啓はもうマンションを出ているはずだ。本当なら、マンションには寄らずにスタジオ入りしなくてはいけないくらいなのに。

（……時間がないのにわざわざ帰ってきてくれたの？　わたしの顔を見るために？）

今までの啓がどんなだったかを思い出して、ひなみは唇を噛《か》みしめた。

啓はいつだってひなみに会いに来てくれていた。ひなみが地元にいる時も、わざわざ東京から帰って来て。ジャケットを取りに来た時もそうだ。時間の許すかぎりひなみに会おうとしてくれた。

（……もしかして、今日も？）

今はこの、彼の『別れない』という言葉を信じていいのだろうか。

ひなみは恐々としながらメールの文面を指先でなぞった。このメールになんて返事をすればいいのかわからない。だいたい、啓は生放送で何を言うつもりなのか。本郷葵との交際宣言の可能性だって否定できない。けれども、その生放送を見れば啓の真意が聞けるというのなら……

（聞きたい。啓くんの言葉、聞かなきゃ）

また傷つくかもしれない、と心のどこかで恐れながらも、ひなみは番組を見る決心をしていた。

16

「瀬田。今日の昼飯なんにする？　休日出勤してくれたんだもんな。奮発するぞ」

トワルの調整をしていた石上が、伸びをしながら聞いてきた。ここ最近の彼は、ひなみにランチの店を決めさせようとする。食の細くなったひなみのことを考えてくれているのだろう。ありがたいことだ。

ミシンを踏んでいたひなみは作業の手を止めて、おずおずと自分のスマートフォンを差し出した。

「あの、休憩中にワンセグ見たいんですけれど、いいですか？　ランチも、これを見られる場所にしても……」

「ん？　それは全然構わないけど、珍しいな？　なんで？」

普段、啓の出演する番組はすべて録画予約をしているのだが、今回の出演は直前に聞いたためにできていない。どうしてもこの場で見る必要があるのだ。

「啓くんが生放送に出るんです。録画してないから見たくって」

正直に白状すると、石上は一瞬眉を寄せたものの、何も言わずに、出前のチラシを数枚、ひなみに差し出してきた。

「んじゃ、何か頼もう。ピザ？　カツ丼？　うな重もあるぞ」

石上が列挙するメニューはどれも重い。そんなに食べられないのに。

「ええっと……わたしは軽い物のほうが……」

「んじゃ、うな重な。栄養とれ。社長命令だ」

社長命令が出ては仕方がない。

石上がうな重を注文する傍《かたわ》らで、ひなみはスマートフォンのワンセグを起動させた。

番組はもうはじまっていて、今日のゲストとして啓が――西條要が紹介されている。

「あ……」

拍手で登場した啓は、ひなみが作ったグレーのスーツを身に纏《まと》っている。仕上がってはいたものの、何も言わずにミシン部屋の人台《ボディ》に着せていたのに、彼はこれが自分のために作られた物だとわかったのか。

（着てくれたんだ……）

手前味噌ではあるが、啓の身体にフィットしており、よく似合っている。

自分が作った服に彼が袖を通すことはもう二度とないのではないかと、勝手に思っていたひなみは、素直に目頭が熱くなった。今朝会ったはずなのに、ろくに顔を見ていなかったから、画面越しに彼を見つめる。すると、啓と目が合った気がした。

（そんな。まさか……）

画面越しだ。目の前に啓はいない。なのに、彼がこちらを見ているように錯覚するのはなぜだろう？　啓のあの強い眼力のせいだろうか？

ひなみがひとりドキドキしていると、注文の電話を終えた石上が、横から画面を覗いてきた。

はじめは当たり障りのないドラマの話だ。第一話から徐々に視聴率が伸びて、この冬ドラマの中で最高視聴率を獲得したのは、主演の西條要あってのことだと司会者が賞賛している。

啓は「みんなで作り上げたドラマですから」と、自分だけの力じゃないと謙遜《けんそん》しつつ、「見てくださってありがとうございます」と視聴者に向かって礼儀正しく頭を下げた。

王子様のような柔らかくて落ち着いた物腰。ここまではいつもの西條要だ。

すると、ドラマの話の流れで、司会者が本郷葵の名前を出してきた。

『あーそうそう。これ視聴者のみんなも聞きたいと思うんだけど、ぶっちゃけ本郷葵ちゃんとはどうなってるの。ラブラブなの？』

客席から『聞きたーい』という声が次々と上がる。

啓は困ったように笑いながら、居住まいを正した。

『ここ二週間のロケ地がすっごい山で、スマホの電波が入らなかったんですよね。だから写真が出てたことなんて全然知らなくて。今日見たんですよ、写真。もうびっくりですよ。だいたいあれ、僕のマンションじゃないですし。ドラマ撮影のワンシーンですね。うまくトリミングされているんですが、まわりに撮影スタッフもいるから、全然二人っきりじゃないんですよ。というか僕、彼女いるので。彼女を泣かせるようなことは絶対にしないです』

スマートフォンの、決して大きいとは言えない画面を見ていたひなみの表情が強張《こわば》る。

(な、ななな何を言ってるの⁉　啓くんっ⁉)

啓からの連絡が途絶えた理由はわかった。ツーショット写真の事情もわかった。しかし、二人の付き合いは秘密にするようにと田畑からもきつく言われたのに、何を血迷っているのか。

「どうしよう。どうしよう、え⁉　なんで⁉」

「落ち着け、瀬田。西條さんも何か考えがあるんだろ」

一緒に番組を見ていた石上がそう言ってくれるが、啓にどんな考えがあるのかなんて、ひなみにはわからない。ひたすら「どうしよう、どうしよう」と焦っていると、再び画面の中の司会者が、啓に質問した。

『彼女いるの？　本郷葵ちゃんとはガセ？』

『ガセですね。年明けに出たホテルの食事ってのも、あれ他の番組の打ち上げなんですよ。他にもいっぱい人いたのに、なんで僕と本郷さん？　って本当に困惑しました』

『ガセネタひどいな～。じゃあ西條くんの彼女はどんな子なの？』

『彼女は幼馴染《おさななじ》みなんです。もう、生まれた時からの付き合いで。でも、付き合いはじめたのはほんと最近で、まだ一年も経ってないんです。お互いずっと好きだったんだけど、言えなくて、気持ちを隠してズルズル幼馴染みの地位に甘んじていたというか、なんと言うか……。ほんとね、もっと早く告っときゃよかった、って素で思いましたけど。今は幸せです』

そう言う啓は、わずかにはにかんでいる。それは見ているこちらが恥ずかしくなるような優しい眼差しだった。

『僕が高校の頃にモデルとしてスカウトされて、やってみたいけど……って迷った時に彼女に相談したら、「やればいいじゃない」って。本当に軽くぽんって背中を押したんですよね。次は俳優に転身したいと思った時。やりたい気持ちだけでやれることじゃないから、本気で悩んで、迷って――そして彼女に相談したら「俳優さんも素敵だね」って言ってくれたんですよ。「絶対向いてる」って。彼女に言われたら、なんかやれるんじゃないかって思えてきて、今こうやって皆さんの前に俳優として出ることができています。彼女がいなかったら、今頃僕は、実家の魚屋を継いでいたんじゃないかなぁ。俳優としての僕と皆さんを繋《つな》いでくれたのも彼女だし、僕をずっと支えてくれたのも彼女です。僕のことは誰よりもよく知っている人ですよ』

『でも当時は付き合ってなかったんだ？　なんで付き合ってなかったの？』

興味津々の司会者に、啓は頭を掻いて頷いた。

『なんでですかね……付き合ってなかったんですよ。ちょっとどころかだいぶ恥ずかしいんですが、自分が付き合ってるわけじゃないけれど、彼女が他の男と仲良くするのは許せないみたいな気持ちが当時からあって、幼稚園・小・中・高……僕が上京してからは、だいたい月一で会いに行ってましたし、真面目に周りの男を牽制《けんせい》しまくってましたからね。彼女の実家に堂々と入り浸《びた》ったりして。

でも気持ちは言えないってのを、この年まで延々と繰り返してたんですよ。馬鹿でしょ？　でも筋金入りですよ、僕の気持ちは』

ひなみは顔から火が出るかと思った。啓のこんな話、今まで聞いたことがない。

確かに彼は昔から、用もないのにひなみの家に出入りしていたけれど、それが他の男の人に対する牽制《けんせい》だったなんて知らなかったのだ。ひなみはただ、啓と一緒にいられるのが嬉しくて、上京した彼が時々顔を出してくれることにも、なんの違和感も持っていなかった。

「だいぶ重いな、西條さん……。瀬田。おまえこれじゃぁ、彼氏できなかったろ……」

石上が呆れながらそう呟《つぶや》く。ひなみは頷くしかなかった。

「彼氏どころか男の人に告白されたこともありません……」

「だろうな……。つーかこれ、周りからしてみれば西條さんとおまえが付き合ってるようにしか見えなかったんじゃないか？　だったら誰も告るわけないわ。勝ち目ねーもんよ、あんなイケメン」

「……」

年頃になっても誰にも相手にされないのは、自分になんの魅力もないからだと思い込んでいた。けれど石上の言う通り、ちょっと見方を変えてみると、確かに自分たちが昔から付き合っているように周りには見えていたとも取れる。現に、ひなみの父親がそうだ。完全に誤解していた。

生まれた時から二人は一緒だから、周りもひなみと啓がセットであることに違和感などなかったのかもしれない。

（わあああああ――）

なんだか猛烈に恥ずかしくて、居た堪《たま》れない。全国放送で自分たちの馴れ初めを話されてしまったのだ。地元の人たちは、啓が誰のことを言っているのかなんて、百パーセントどころか千パーセントわかるに違いない。

ひなみが火照《ほて》った顔を両手で押さえているというのに、画面の中の啓は甘酸っぱさ全開に笑うのだ。

『なんかすごいね。他にいいなーって思う女性はいないの？　仕事柄いろんな女性と出会うでしょ？』

『確かに女性と出会う機会は多いです。でも彼女以外の女性を女として見ていないので。まぁ、同じ役者としての尊敬はありますが、それ以上の気持ちは持てないです。彼女は僕の最愛の女《ひと》で、僕から彼女を手放すことは、まずありえないです。——あ、なんか照れますね』

このあと番組はドラマの役柄と、啓の性格的な共通点を掘り下げる方向へとシフトしていった。既存のイメージクラッシャーだった役柄をいかに演じるか、最終回放送の数時間前まで撮影していたことなど、話はそれなりに盛り上がっているようだが、ひなみはもう、涙が出そうだった。

——彼女は僕の最愛の女《ひと》で、僕から彼女を手放すことは、まずありえない。

啓の言葉が真っ直ぐに胸に突き刺さる。

（ずるいよ、啓くん。こんなことテレビで言うなんて……）

本郷葵の会見も、今の啓の声で全部吹き飛んでしまった。伝わってくるのは、啓のひなみに対する揺るがない愛情だけだ。

（でも、大丈夫なのかな？　啓くんはすごく期待されている俳優なのに……）

啓が自分を彼女だと公《おおやけ》に認めてくれたことは確かに嬉しいのだが、こんなことを言ってしまった彼の評判が今後どうなっていくのかが気にかかる。事務所の反応も心配だ。この番組は生放送だったから、啓が事務所の意向とは違うことを話してしまった可能性だってある。

「よかったな」

番組が終わって、石上が優しい目で笑ってくれる。

「ま。うちのデザイナーの心配事が減ったなら、それでよし！」

石上に言われて、ひなみはほのかな照れ笑いを浮かべた。

不安はまだある。だからこそ早く啓に会いたい。今度は画面越しにではなく、直接彼の気持ちを聞かせてほしい。そして、彼に謝りたかった。


「啓くんっ！」

仕事を定時で終えたひなみは、駅からマンションまでの道のりを全速力で走ってリビングに飛び込んだ。

当たり前のようにマンションに帰っていた啓が、番組に出演していた時と同じ、ひなみが作ったグレーのスーツを着て出迎えてくれる。冬だというのに額《ひたい》に汗を浮かべたひなみを、切なそうに見つめて、彼は自分のほうにぐいっと引き寄せた。

「ひなみ、一人にしてごめんな。悪かった。田畑さんにいろいろ言われたんだろ？　今朝、田畑さんを問いつめて初めて知ったよ」

そっと頭を撫でてくれる彼の手付きは、まるで壊れ物を触るように優しい。ひなみは緩《ゆる》く目を閉じ、啓の胸に額を擦《こす》りつけた。夢にまで見た啓の優しい匂いがする。安心する、啓の匂い――

「……わたしが弱かったの」

誰に何を言われても。どんな噂を書き立てられても。ドラマで啓がどんな演技をしたとしても。連絡が途絶えたとしても。ひなみが動じなければ生まれなかったすれ違いだ。

啓は俳優だ。人前に出る仕事をしている以上、有る事無い事、取り立てて騒がれることもある。ひなみにはそれを、笑って受け流す強さが必要だったのだ。

「ごめんね……ごめんね啓くん、わたし、弱くて。ちゃんと応援、できなくてごめんなさい」

何度も何度も謝るひなみを、啓はただ抱きしめながら首を横に振った。

「なんでそんなこと言うんだよ。大丈夫だ。ひなみが一番俺をわかってくれてる。ひなみが一番俺を応援してくれてる。ひなみがいないと俺は、舞台には立てない。ひなみが望むなら、俺は西條要をやめたっていいって本気で――」

「だめっ!!」

自分でも驚くほど大きな声が出て、ひなみは面食らった。だがそれ以上に、啓が驚いているように見える。彼は痛ましそうに目を細めると、ひなみの頬を撫でてきた。頬に冷たい感触が生まれて、自分が泣いていることに気付く。それでもひなみは止まらなかった。

「啓くんはお芝居好きなんでしょう？　啓くんが好きなことやめる必要なんてない。わたしはもう、大丈夫だから。啓くんが、あんなふうに言ってくれたの、……嬉しかった。だからわたしは大丈夫。わたしも頑張る。わたし、もっと強くなるから！」

だから一緒にいたいと打ち明けると、啓が両手で頬を包み、額《ひたい》を重ねた。

「おまえだけに頑張らせるつもりなんてない」

口調こそぶっきらぼうだが、声は甘くて優しい。いつもの啓だ。ひなみだけの啓――

彼はひなみの涙を唇ですくうと、ギュッと抱きしめてきた。

「ひなみ。ベッド行こ？　久しぶりにひなみを抱きたい……」

耳元で囁《ささや》かれ、ひなみの頬がぽっと色づく。啓が前のマンションに帰ってから三ヶ月の間、彼に触れていない。ひなみの耳にちゅっと口付けられ、ぞわぞわした。

「ひなみの中に入りたい……いいだろ？」

熱い吐息と共に乳房をすくい上げるようにやんわりと揉《も》まれると、もう乳首がぷっくりと立ち上がってしまう。それだけではなく、脚の間に秘められた処《ところ》もじわっと下着を濡らしてくるのだ。そんな自分が恥ずかしい。だけど啓に触ってほしい気持ちを抑えることなんてできない。

ひなみは真っ赤になりながら、ぎこちなく頷いた。すると、ニッと笑った啓が、軽々とひなみを横抱きにかかえ上げるではないか。いきなりのことに驚いて、ひなみは彼の胸に抱きついた。

「きゃあっ！」

「ははは」

笑う啓に寝室に連れ込まれ、そのままベッドに寝かせられる。

覆い被さってきた啓の眼差しは、蕩《とろ》けるほど優しくて甘い。テレビで見るのとはまったく違うそれは、不安も苦しみも嫉妬《しっと》も全部溶かして、ひなみを幸せなお姫様にする魔法をかけてくれる。王子様はもちろん啓――

「ひなみ、愛してる」

「わたしも……愛してる。大好き……大好きだよ、啓くんっ！」

両手を啓の肩に回すと、自然と彼の上体が倒れてくる。近付いてきた唇は、当たり前にひなみの唇と重なる。

ひなみが目を閉じると、彼はひなみの口内に自身の舌を差し込んできた。温かいぬめりを伴ったそれは、優しくひなみの中を蹂躙《じゅうりん》する。舌を擦《こす》り合わせ口蓋をつーっと舐《な》められると、気持ちよくて力が抜けた。

ぱたんとシーツに両手を落としたひなみが蕩けた眼差しを送ると、彼が少し笑う。

「俺さ、離れてる時、ずっとひなみのこと考えてた。おかしいだろ？　付き合う前は離れて暮らしてても、ちゃんと仕事に集中できてたから、俺は一人のほうが集中できるタイプなんだと思ってたんだ。けど、全然そんなことなかったわ。『ひなみは無事に家に帰ったのかな』とか、『ひなみは今頃何してんのかな』とか、ひなみのことが気になって気になって余計ダメだった」

啓が仕事に集中できなかったと聞いて、ひなみはガクガクと震えるくらいに焦った。以前はできていたことが、自分と付き合ってからできなくなるなんて！

「そ、そそそんなっ！　ご、ごめんねっ！　ごめんねっ！　わたしのせいで……」

（わたしが頼りないから、啓くんに心配かけちゃったんだ！）

やっぱりもっと頑張って強くならなければいけないのだと、青くなりながら誓っていると、啓が鼻先で頬を突《つつ》いた。

「そーだよ。ひなみのせいだ。責任とってくれるよな？」

返事をする前に、啓はひなみの唇に吸い付く。

「んっぁ……」

舌が絡まる。甘いキスと同時に、啓の手のひらがひなみの頬をまあるく触った。

「責任とって、一生俺の側にいてくれ……」

「……」

言われていることが本気で呑み込めない。ずっと側にいるに決まっている。啓から手を離されない限り、ずっとずっと側にいる。それは責任をとるとか関係ないと思うのだが。

鳩が豆鉄砲を食らったようにパチパチと目を瞬《またた》かせていると、啓が優しく笑った。

「ひなみにはストレートに言ったほうがよかったかな。結婚してくれって言ったんだよ」

「け、っ……こん……？」

（けっこん？　けっこんって……結婚⁇）

思ってもみなかったことを言われて、今度は瞬《まばた》きを忘れてしまう。

売れっ子俳優の結婚なんて、熱愛スキャンダルの比じゃないビッグニュースだ。特に啓は今、俳優として波に乗っている。その彼が結婚？　現実的に考えて、ファンが――いやいや、事務所が許さないに決まっている。啓もそれはわかっているらしく、「今すぐじゃないけれど」と付け足した。

「俺は昔っからひなみが俺の嫁さんになってくれないかなって思ってた。だからさ、予約させて。ひなみの隣は俺だって」

啓はひなみに抱きつき、すりすりと頬をすり合わせる。わずかに視界に入った彼の耳が真っ赤だ。

（本気、なんだ、啓くん……）

将来の約束が、ひなみの中であっと言う間に形になっていく。いや、本当はもっと前から、想像していたのかもしれない。でも人気俳優の彼に釣り合わない自分に気後《きおく》れして、意識しないようにしていただけ。

それなのに、啓はずっと自分を欲してくれていたのか――

「う、れし……ぃ」

また涙があふれる。でも今度は嬉し涙だ。悲しくなるのも、嬉しくなるのも、ひなみの感情が動くのは、いつも啓のせい。

啓は脱力してひなみの上に身体を預けると、そのまま抱きしめてきた。

「はーっ！　緊張したぁ！」

「そうなの？」

「当たり前だぞ。付き合うのはいいけど、結婚はしたくないって言われる可能性だってあるだろ」

「ないよ、そんなの」

結局のところひなみは、啓だからこうしてすべてを受け入れるのだ。クスッと笑うと、顔を上げた彼が、胸の膨らみにふんわりと手を乗せてきた。

「笑ったな？　まぁいいさ。ひなみは泣いてるより笑ってるほうがいい」

やわやわと乳房を揉《も》みしだき、その膨らみの間に顔を埋《うず》める。久しぶりに触られて、自分が敏感になっているのがわかった。乳首がツンと固くしこっている。啓は服の下のブラを強引に押し上げると、服越しに乳首を擦《こす》ってそのまま摘《つ》まんだ。

「んっ……」

くりくりと捏《こ》ねるようにいじられて、背筋がゾクゾクしてくる。立ち上がった乳首がセーターからうっすらと透けていた。

「えっろ」

「……やだぁ……」

恥ずかしくなって、両手で胸を覆う。啓は強引にひなみの手をどけることはなかったが、ニヤリと何か企《たくら》んだような笑みを見せてきた。

「へぇ？　隠すんだ？　じゃあ、こっちを可愛がろうかなぁ？」

ひなみの腰からお尻にかけてを撫でていた啓の手が、シフォンのスカートをめくり上げ、タイツを一気に剥《は》ぎ取った。

「あ、ああっ！」

ひなみは悲鳴を上げるが、それは意味のない悲鳴だ。啓もそれは承知の上で、何も言わずにひなみの腰を持ち上げて両脚をかかえ上げた。爪先が頭のほうを向く。膝が胸に当たりそうで、おまけに秘められた処《ところ》が天井を向く。恥ずかしくて、ひなみは思わず太腿《ふともも》を寄せた。

「や、やだぁ！　シャワー浴びてないのに……」

だが啓は強引にひなみの膝を割り広げ、脚と脚の間——つまり、クロッチの部分に顔を近づけた。

「シャワーとか待てない。可愛がるって言ったろ？」

彼は妖《あや》しく瞳を煌《きら》めかせると、クロッチごと敏感な蕾《つぼみ》にむしゃぶりついてきた。

「ひゃぁん！」

食べるのと同じようにあむあむと咀嚼《そしゃく》され、秘裂に啓の唇が当たる。布越しのその行為は直接されるよりも卑猥《ひわい》だ。尖らせた舌先で蕾を押し潰され感じてしまう。舌でいじられているのとは違う処が、いやらしい蜜で濡れてくる。

ひなみのクロッチは、啓の唾液と、いやらしい蜜の二つで濡れ、二箇所の染みを作ってしまう。恥ずかしくて逃げ出したくなったが、動けなかった。啓が二箇所の染みを指先で弄《もてあそ》びはじめたから。

「濡れてきたな。透けてきた。エロいな、ひなみ」

啓はクロッチを蜜口に押し込むように指先を押し充《あ》て、上下にゆっくりと擦り上げてくる。それはあまりにも焦れったい疼《うず》きで、ひなみはぷるぷると太腿を震わせ、か細い声を漏らした。

「んぅ……ぁ……はぁぅ……」

「ここ、びしょびしょな？　ひなみ。可愛い……」

二箇所あったはずの染みは、繋《つな》がってひとつの大きな染みになる。触っているだけで興奮したのか、啓は息を荒くしながらクロッチを脇に寄せた。

両手でぱっくりと花弁が割られる。愛液の泉と化した蜜口があらわになり、ヒクヒクと蠢《うごめ》く。それに誘われるように、啓が蜜口に舌を這《は》わせてきた。

「ひなみ……ほら、見てみ」

「は……ぁ……ぅ……」

悶《もだ》えながら薄く目を開けると、啓と目が合った。彼は興奮しきった眼差しで、ひなみの蕾《つぼみ》を親指でいじりながら、柔らかな舌腹で丹念に愛撫してくれている。このケダモノのようないやらしい行為が、気持ちよくて恥ずかしい。後ろの窄《すぼ》まりまで晒《さら》して、啓の綺麗な口で奉仕してもらうなんて。

「啓くん……もぉだめ、舐《な》めないでぇ」

「嘘つけ。気持ちいいくせに」

彼は優しい侮蔑の言葉を投げると、蕾をちゅっと吸い上げ、唇ではみはみと甘噛《あまが》みしてきた。蕾がコリッコリッと押し潰されて、いきそうになってしまう。

「あう……はぁはぁ、はぁはぁ……いやぁ……んっ！」

息を荒くするひなみを見つめ、啓は野獣のように舌舐めずりをする。彼は蜜口に右手の人差し指をとぷんと沈めてきた。浅い処《ところ》を何度も掻き回し、しかも蕾をねっとりと舐め回す。

「だめ……中ぁ……そんなにいじっちゃぁ……もぉ、舐めちゃだめだってばぁ」

お腹の裏を擦《こす》られて、蕾を舐められて、気持ちいいのにそんなことを口走ってしまう。本当はもっと奥までみっちりと、この身体の穴を埋めてほしいくせに。

舌先でピンと蕾を弾《はじ》いた啓は、更に奥に指を挿《い》れてきた。しかも強弱をつけてお腹の裏の媚肉《びにく》を押し上げてくる。その瞬間、ゾワゾワとした何かが内側から迫りきて、爪先がキュッと丸くなった。

「ぐだぐだ言ってないで感じろよ」

「ぁあんぅ！　だめぇ……！」

言葉とは裏腹に蜜口がぎゅぅうっと締まり、啓の指を咥《くわ》え込む。その反応に気をよくしたのか、啓は左手で秘裂を割り広げ、蜜口の隙間から左手の人差し指と中指を挿れてきた。しかも、右手の中指も挿れられてしまう。

四本もの指が身体の中に入ってきて、ひなみは感じ入った声を上げた。

「ああっ！」

左右の指が競い合うように膣内《なか》を掻き回してくる。

とてつもなくいやらしい格好をさせられて、指と舌で弄《もてあそ》ばれ――恥ずかしいのに、抵抗できない。

（どうしよ……気持ちい……）

こんなにたくさん挿れられたのは初めてかもしれない。

右手の人差し指と中指が回転しながら媚肉を蹂躙《じゅうりん》している。左手の人差し指と中指は、右手の間を縫うようにピストン運動を続ける。時折、蕾を舐められて、身体全体が快感に打ち震えた。

淫《みだ》らな水音と共に、ひなみの荒い息が寝室にこだまする。

「ぁ……ぁ、ぅはぁぅ……ふぅ……ぃあん」

啓は白く泡立った愛液を啜《すす》るように舐め、すぐ上の蕾にかぶりついてくる。しかも左右の人差し指を交互に出し挿《い》れしながら、だ。蜜口をギチギチと引き伸ばすその容赦ない行為は、ひなみの頭を朦朧《もうろう》とさせ、快感に泣かせる。

自分は今、どんな顔をして喘《あえ》いでいるのだろう？　きっとだらしない顔をしているに違いない。

「はぁぅぁ……だめ、そんなにしちゃあ、ぅう……お、おかしくなる！」

「いいね。そういうおまえも見てみたい」

彼はそう言うなり中から左手の指を引き抜き、右手の二本の指でピストン運動をしてきた。お腹の裏のざらついた肉襞が丁寧な指戯《しぎ》で服従させられ、蕩《とろ》けてしまう。

自然に寄った太腿《ふともも》が啓の手を挟む。彼は太腿の隙間から左手を差し込み、蕾《つぼみ》をいじりはじめた。

「はぁあぁんっ、ぅんんンッ！」

中と外。感じる処《ところ》を同時に弄《もてあそ》ばれるなんて、もう耐えられない。ひなみはぶるぶると震え、愛液を迸《ほとばし》らせながら絶頂を極めた。

「ひゃぁんっ！」

太腿からお尻までをぐっちょりと濡らし、放心状態で下肢をベッドに投げだす。啓は達してしまったひなみの脚からショーツを抜き取ると、膣《ちつ》を指で弄びながら、自分のベルトのバックルを外した。

「ちゃんと指でいったな。いい子だひなみ。今度は一緒に気持ちよくなろうな」

スラックスの前をくつろげた啓は、臍《へそ》に付くほど反《そ》り返った漲《みなぎ》りを根元まで押し込み、ひなみを一気に貫いた。衝撃に痙攣《けいれん》する身体は少しも休ませてもらえず、そのまま奥処《おくか》を掻き回され、強制的に悦《よろこ》びを受け入れさせられてしまう。

「はぁああああん！」

憚《はばか》りもしない絶叫が上がった。

指と舌で散々弄ばれ、柔らかくほぐれた媚肉《びにく》が、もう啓のそれに馴染んでいる。ひなみの中は、啓にぴったりと吸い付いて離れない。一緒に暮らして、何度も何度も挿れられて、もう啓の形にされてしまっているのだ。

久しぶりでも啓の漲りを悦んで迎え、纏《まと》わりついて、ぎゅっぎゅっと扱《しご》き上げるように締まる。蜜口に至っては、うねうねと蠕動《ぜんどう》して、まるで啓のものをしゃぶっているみたいだ。

「……ひなみ、なんだこれ、締まって気持ちい……」

啓は、はぁはぁと肩で息をしながらひなみの上着を捲《めく》り上げ、あらわれた乳房にむしゃぶりついた。

「ああっ！　啓くん……けぃくんっ！」

ぐっちゃぐっちゃと荒々しく抜き差ししながら、乳房に指を食い込ませ押し出した乳首をしゃぶり尽くす啓。大好きな彼に身体を貪《むさぼ》られる悦びに、子宮がきゅんきゅんと疼《うず》いて、また新しい愛液がこぼれた。

「ひなみ……」

啓はひなみの唇を吸い、唾液を含んだ舌を口内に押し込み、れろれろと擦《こす》り合わせてくる。

汗ばんだ肌を彼の手が這《は》い回り、ひなみの膝裏を押さえ付けた。腰が少し浮き上がり、繋《つな》がっている処《ところ》がよく見える。

目の前に広がるのは、啓がいやらしい腰使いで自分の中を泳ぐように縦横無尽《じゅうおうむじん》に出入りしている光景だ。彼の太いものが愛液を浴びてぬらぬらと光り、先から根元まで、ずぶずぶとひなみの中に入ってくる。

「見ろ。これ全部ひなみの中に入ってんだぞ」

啓は中に入っていたものを引き抜くと、手で掴んで鈴口を蕾《つぼみ》に擦《こす》り付けた。ただそれだけのことなのに、とてつもなくいやらしくて、気持ちいい。

「ほら、気持ちいいだろ？　もっと挿《い》れてほしいか？」

彼は掴んだ漲《みなぎ》りを扱《しご》きながら鈴口で蜜口を撫で回した。それはもう、ひなみを挑発する行為に他ならない。焦《じ》らして、弄《もてあそ》んで、ひなみの恥ずかしい姿を知り尽くそうとしている。辱《はずかし》められているのだと思う。でも彼はひなみのどうしようもなく淫《みだ》らな女の部分まで、愛《め》でてくれているのだ。

ひなみは蕩《とろ》けた思考で頷いた。

「いい子だ。ほら、目ぇ逸《そ》らすなよ。自分が俺に挿れられてるとこ、ちゃんと見ろ」

啓はひなみの頭を少し起こすと、必要以上にゆっくりと挿れてきた。花弁が捲《めく》れ、啓のものを咥《くわ》えさせられた蜜口が引き伸ばされる。張り出したところまで挿れると、啓は一度それをくぽっと引き抜いた。掻き出された愛液がとろっと垂れて、自分がどれだけ濡れているのかを思い知る。この身体の中は啓を求めて淫らな蜜をあふれさせているのだ。なんてはしたない身体になってしまったのだろう。もうきっと、啓なしでは満たされない。

「啓くん、意地悪しないで……おねがい……」

泣きながら上目遣いで見つめると、啓は生唾を呑んでひなみの蜜口に沿って丸く鈴口を動かした。

「ひなみ。可愛いおねだりするようになったな……今のすごく好みだ。ご褒美やんなきゃな」

啓はずぷーっとひなみの中に入ってくると、すぐさま腰を前後に動かしてきた。ひなみの乳房を両手で掴み、全身から汗を滴《したた》らせながら生身の交わりに没頭している。

「ひなみ……ひなみ。あぁ──愛してる！」

「ああっ、ンッう！　あひぃ、うん！」

わたしも愛してる──そう言いたいけれど、激しく揺さぶられすぎて言葉がうまく出ない。でも桃色に染まった身体からは、言葉以上の愛があふれて止まらない。

啓もそれを感じてくれているようで、ひなみを両手で抱きしめた。それでも彼の腰の動きは止まらない。それどころか激しさを増していく。ベッドが大きく軋《きし》んで、パンパンと肉を打つ音が響いた。

「ああ、ひなみ。俺にはおまえだけだ。おまえがいてくれたら俺はそれだけで頑張れる。でもおまえがいなきゃ駄目だ……」

「……けぃ──く、ん……」

「ひなみ、中に……このまま中に出させてくれ。おまえの中に出したい。離れたくないんだ。まだ一緒になれないならせめておまえは俺の女《もの》だって、実感したい」

切実な啓の声に愛おしさが募る。愛してる男に女としてこんなに求めてもらえるなんて、幸せで涙が出てくる。

ひなみは蕩《とろ》けた眼差しで頷いて、彼を抱き寄せた。

自然と唇が合わさり、舌が絡む。大胆に開いた下肢は啓が荒々しく出入りして、愛と快楽を堪能《たんのう》している。上からも下からも入ってくる啓を受け入れて、包み込むひなみの身体は、彼を離したくないという想いのままに、ギュッと彼の物を締めつけた。

「出る、あ――っ、ひなみ！」

感じたことのない熱が子宮に浴びせられ、膣内《なか》を満たす。啓は射精がおさまらないのか、出しながら腰を振っている。繋《つな》がったままの処《ところ》から、愛液と射液のまざった濃厚な白い液があふれて、ひなみの太腿《ふともも》を汚した。

「ひなみ、ひなみ。……ありがとう。すっごい嬉しい」

「わたしも嬉しい……」

まだ繋がったまま腰を落ち着けた啓は、ひなみを抱きしめ何度も何度もキスしてくる。すると、中で啓のものがピクピクと動いた。

「んっ、啓くん？」

「やばい、キスしてたらまた勃《た》った」

彼は困ったように笑い、ひなみの乳房を舐《な》めしゃぶりはじめた。しかも、乳首を口の中から出したり入れたりして弄《もてあそ》びながら、腰をゆるゆると揺すってくるではないか。

そう、二度目の交わりのはじまりだった。

「んっ……ぁ……けぃ――っく！」

「ひなみ……愛してる。俺にはおまえだけだ。おまえしかいない……」

自分を唯一の女だと打ち明けながら、中に中にと入ってくる愛おしい男を拒むなんてできるはずがない。

ひなみは啓を抱きしめ、包む悦《よろこ》びを噛《か》みしめていた。


「ごめんな、ひなみ、不安にさせて」

心も身体もひとつになって、ひなみが充足した気持ちを味わっていると、ひなみの頭を撫でていた啓が、不意にそうこぼした。

「最終話のロケ地、関東なのに山のせいかやたらとスマホの電波の入りが悪くて、田畑さんが用事で東京に戻る時に、しばらく連絡とれないってひなみに伝えてくれるように頼んだんだ」

しかし東京に戻った田畑は、啓と本郷葵のスキャンダル記事を見て、啓とひなみを別れさせる絶好の機会だと思ったようだ。もちろん、ひなみとの同棲が露呈《ろてい》してしまった場合のリスクを考えてのことではあったようだが、そもそも彼は二人を別れさせたかったようだ。

「俺が田畑さんの前で、『ひなみはどうしてるかな』って、ずっと言い続けたのが悪かったんだろうな。さっきも言ったけど、ひなみと離れて余計に集中できなくて、田畑さんは撮影に支障をきたすんじゃないかって心配だったんだろう。今朝、ひなみの様子がおかしかったから電話で田畑さんを問い詰めたら、『彼女さんに身を引いてくれませんかって言いました』って――。俺、初めてマネージャーにキレたわ」

啓の怒りが尋常でなく、田畑の行動は事務所の社長の耳にも入ることとなったらしい。

社長は啓にとってひなみがどういう存在なのかよく理解してくれていたから、まずは本郷葵とのスキャンダルを公の場で否定したいという啓の希望を、叶えてくれたのだという。それがお昼の生放送だ。

「本郷さんもいい迷惑してたんだと思う。はっきり否定しようにも、ドラマの放送中に下手なことは言えないしさ。今日の生放送も、ドラマが終わったからできたことだし」

本郷葵が会見で話した啓との食事は、ただ何回か打ち上げで同席しただけらしい。彼女が熱愛報道を完全否定しなかったのは、ドラマをアピールしたいという事務所の方針で、妊娠説に至っては、彼女が次回のドラマで演じる役が妊婦だという情報がどこからか漏れて、いつの間にか彼女自身が妊娠しているという話に置き換わっていたようだ。

啓の行動に対する事務所の理解を聞いて安心したが、ファンの反応は十人十色のはず。芸能人に擬似恋愛をしている人だってたくさんいる。そういう人たちからも応援してもらっている以上、安易に夢を壊すべきじゃない。

「でも、本当に大丈夫なの？　ファンの人たちは――」

「ひなみの言いたいことはわかるけど、案外大丈夫だと思うぞ。田畑さんが不安がって、生放送中からずーっとネットに張り付いてたけど、否定的な感想はあんまりないってよ。むしろ、『純愛

～』っていう感想のほうが多いって。昨日のドラマの最終回も、評判いいってさ。ＤＶＤの予約も好調。なんの問題もない」

「そ、そうなの？」

「田畑さんはわかってないんだよ。俺にとってひなみがどれだけ大切か。俺が集中できてなくて心配なら、ひなみと別れさせるんじゃなくて、ひなみを連れてきてくれたらよかったんだ。つーか、俺、撮影自体はちゃんとしてたんだぞ？　休憩中にちょっとひなみの写真見てただけなのに……」

「え？　写真？」

啓とひなみは子供の頃からずっと一緒だったから、写真はたくさんある。しかしそれらをまとめたアルバムは全部実家にあるはずだ。啓がモデルや俳優になってからは、ひなみは彼の写真は撮らない。どこで流出するかわからないからだ。だから同棲しても、ひなみと啓のツーショット写真なんて一枚もない。それどころか、啓がひなみの写真を撮ったこともないはずなのに。

「……ひなみの寝顔。一緒に暮らすようになって、いっぱい撮ってたやつがスマホに……」

「はあっ⁉」

思わず身体を起こして素《す》っ頓狂《とんきょう》な声を上げると、ひなみの腰に抱き縋《すが》った啓が力説する。

「だっておまえ、寝顔めちゃくちゃ可愛いんだぞ⁉　撮るだろ」

「し、知らないよ！」

本人に向かって何を言っているのか。ひなみが真っ赤になっていると、突然ベッドへ押し倒され、そのまま唇が塞《ふさ》がれた。

「んんぅ!?」

驚いて目を白黒させるひなみに、啓は何か悪巧みをしている視線を向けてニヤリと笑う。

「とりあえずこれで全国的に牽制《けんせい》できたかなーと」

「へ？」

「石上さんとか、地元の連中とか、石上さんとか」

「……石上さん、二回出てきてるよ」

あの人はただの先輩なのにと呆れた眼差しを向けるひなみに、彼は「フン」と鼻を鳴らした。

「俺はひなみに近付く男は片っ端から牽制してきたからな。今更変えるつもりはない。これが俺の純愛なんで」

どれだけ自分は啓に愛されてきたのだろう。もう、幸せすぎて涙が出る。

ひなみはギュッと自分から彼を抱きしめた。他の人を牽制したいのはひなみも同じだ。この男《ひと》を誰にも渡したくない独占欲が確かにある。だから彼の服を作り続けてきたのだ。服はひなみなりの牽制だったのだ。

お互いにこんなに想い合っていて、失恋なんてできるわけがない。

もう揺れたりしない。彼がこんなに愛してくれていることを知ったのだから……

「大好き……」

「わかってるよ。俺のほうが好きに決まってるけどな」

自信満々に笑う彼と、ひなみはもう一度唇を合わせた。

恋愛小説「エタニティブックス」の人気作を漫画化!

溺愛デイズ

Dekiai Days

Eternity COMICS

漫画 ひのもとめぐる Meguru Hinomoto

原作 槇原まき Maki Makihara

一級建築士を目指し、建築会社で働く櫻《さくら》井《い》穂《ほ》乃《の》香《か》。ある日彼女はコンペ会場で、ライバル視している建築士の黒《くろ》崎《さき》隼《はや》人《と》とぶつかりそうになる。その拍子に階段から落ち、穂乃香は足を骨折――。すると隼人が「ケガの責任をとる」と言い出し、強引に同居を決めてきた!　よくない噂もある隼人に戸惑う穂乃香だけど、いざ一緒に暮らしてみると甘やかされっぱなしの毎日で……!?

B6判　定価:640円+税　ISBN 978-4-434-21764-7

～大人のための恋愛小説レーベル～

ETERNITY エタニティブックス

ETERNITY Rouge エタニティブックス

その指に触れられたら腰くだけ⁉
イジワルな吐息

エタニティブックス・赤

伊《い》東《とう》悠《ゆう》香《か》

装丁イラスト／ワカツキ

実は手フェチのカフェ店員・陽菜《ひな》。理想の手を持つイケメン常連客に憧れていたのだけれど……ひょんなことから彼と同居することに⁉　恋愛不信（？）だという彼だけど、なぜか陽菜には思わせぶりな態度を見せる。時にはイジワル、時には強引で淫ら――本当の彼はどっち⁉

妖しい指先に翻弄される、ラブきゅん同居ストーリー！

※エタニティブックスは大人の女性のための恋愛小説レーベルです。ロゴマークの色で性描写の有無を判断することができます（赤・一定以上の性描写あり、ロゼ・性描写あり、白・性描写なし）。

詳しくは公式サイトにてご確認ください。
http://www.eternity-books.com/

携帯サイトはこちらから！

槇原 まき（まきはら まき）
ファンタジー小説や恋愛小説を web にて発表。2012 年「橘社長の個人秘書」にて、出版デビューに至る。

イラスト：アキハル。

失恋《しつれん》する方法《ほうほう》、おしえてください

槇原まき（まきはらまき）

2016 年 6 月 30 日初版発行

編集ー城間順子・羽藤瞳
編集長ー塙綾子
発行者ー梶本雄介
発行所ー株式会社アルファポリス
〒150-6005 東京都渋谷区恵比寿4-20-3 恵比寿ｶﾞｰﾃﾞﾝﾌﾟﾚｲｽﾀﾜｰ5F
TEL 03-6277-1601（営業） 03-6277-1602（編集）
URL http://www.alphapolis.co.jp/
発売元ー株式会社星雲社
〒112-0012東京都文京区大塚3-21-10
TEL 03-3947-1021
装丁イラストーアキハル。
装丁デザインーansyyqdesign
印刷ー中央精版印刷株式会社

価格はカバーに表示されてあります。
落丁乱丁の場合はアルファポリスまでご連絡ください。
送料は小社負担でお取り替えします。

ISBN978-4-434-22089-0 C0093